MIGHTY ORIGIN LITERATURE

心眼

北南 著

Bei Nan
Works

广东旅游出版社
中国·广州

目录 CONTENTS

001　序　章　好久不见

009　第一章　长林街

039　第二章　阳台上的白狗花

073　第三章　岭海

105　第四章　冰释前嫌

135　第五章　予你欢喜

167　第六章　平安结

199　第七章　怦然心动

229　第八章　好梦一场方觉醒

261　第九章　失而复得的珍贵

289　第十章　迟来的安宁

325　番　外　绿玫瑰

「序章」 好久不见

平海市电视台。

实习期结束,乔苑林拿到正式工作证,分配在新闻采访部,记者二组。

新闻中心下设七大部门,近十档品牌节目,当中数采访部尤为奔波。实习三个月,乔苑林至今都没机会在食堂吃顿饭。

今天他有空,不过要参加他爸乔文渊的婚礼,二婚。

乔苑林其实早就和乔文渊闹翻了,念大学和研究生的这些年,他不回家,乔文渊也不闻不问,父子俩相忘于江湖。

再婚这事是确定了、领证了,乔苑林才得到乔文渊的通知。乔文渊一如既往的霸道,不许乔苑林不去。

乔苑林磨磨蹭蹭地出发,台里三栋大楼,新闻中心独占一栋。内部刚翻新过,采用大片镜面装饰,据说是为了让员工照照加班熬夜后的熊样,及时整理,别影响电视台的形象。

他照了一下,T恤是去年的款,牛仔裤洗得发白,球鞋倒是限量版,但原装鞋带洗了还没干,系着一副普通的。他从头休闲到脚,感觉特别适合参加亲爹的婚礼。

手机响,是乔文渊打来催命的。

电梯里信号差,乔苑林接通了却没听,直接放回裤兜,到了一楼,出电梯后再掏出来，说："行，知道了。"

乔文渊问："你知道什么了？"

街边停着一辆奥迪，乔苑林挂了线，拉开车门坐进副驾驶座。司机是位清秀佳人，是大他四个月的亲表姐，姚拂。

乔苑林打开导航，说："姐，维也纳大酒店。"

发动车子前，姚拂交给他一封红包和一束鲜花，说："份子钱你交给舅舅。"

"二婚也要凑份子吗？"乔苑林道，"你自己给他吧。"

姚拂说："我妈出差，我等下见客户，没办法参加婚礼了。"

乔苑林说："那就我一个人去？"

姚拂幸灾乐祸地笑道："虽然不能为你分担尴尬，但我为你准备了一束花，喏。"

乔苑林问："我拿花干吗？"

姚拂一脚油门踩上西滨大道，说："特意挑的勿忘我，你送给舅舅，暗示他娶了新老婆别忘了亲儿子。"

路旁香柏飞掠，乔苑林倚着车门看，高挺的鼻梁碰到晒热的玻璃窗，他才发觉天气明媚，很适合办喜事。

花束躺在大腿上颠动，夹在花朵间的卡片摇摇欲坠，他一指头给塞了进去。

姚拂打方向盘拐弯，忽然问："见过你后妈了吗？"

乔苑林答："没有。"

姚拂说："那你就别烦了，总得见见后妈是什么人吧。"

乔苑林略有耳闻，后妈是一位产科医生，独身多年，有一个大他几岁的儿子。

恰好经过宁缘街，乔苑林沉默地盯着街道两旁，他大学和研究生都在北京读的，其间没回来过，对平海的旧街感到熟悉又陌生。

全市最高级的私立医院伫立在路尾，白色的大楼端庄气派，乔苑林记得，乔文渊曾说这家医院不错。

身为三甲医院的副院长,乔文渊的夸赞一向克制,"不错"算是相当高的评价。

姚拂问:"你不是最讨厌医院吗,瞅什么呢?"

"没什么。"乔苑林说,"我部门领导,也是带我的师父,他爸今天转到这家医院。"

高耸的大楼里,医务科的万组长已经在环廊上等了十分钟,他负责处理各项投诉,外号"万金油"。

梁承刚下手术台,换完衣服从更衣间出来,准备下班。

万组长截住他,说:"梁医生,辛苦一上午,一起去吃午饭吧。"

术中五小时没喝水,梁承嗓子发哑,人也粗糙不温柔,说:"我妈结婚,我带你去吃酒席怎么样?"

万组长一愣:"那……替我恭喜伯母!"

梁承解开第二颗纽扣,咳嗽一声,道:"有话直说,谁又投诉了?"

万组长否认道:"没有没有,我是来跟你说一声,孙老爷子从三院转过来了。"

梁承稍微回想,那位八十岁的退休老主编,不信任医生,不配合治疗,只迷恋保健品,前后折腾了三家医院。

被气哭的护理人员能凑一桌麻将,还不敢抱怨,否则老爷子以"见报"威胁。

梁承说:"退休了见什么报?"

"那是狐假虎威。"万组长小声道,"老爷子的家属是电视台的,新闻部门。"

梁承握着车钥匙在耳后刮了一下,抬腿往外走,仿佛压根儿没听这句潜台词:"走了,回来再说。"

万组长急忙说:"梁医生,医院得多担待,这次你千万要注意态度啊!"

梁承头也没回地道:"知道了,下午看看他是何方神兽。"

维也纳大酒店听着高级,档次也就中等。乔文渊有行政级别,从用车到酒席规格均不宜铺张。

乔苑林拿着花到四楼宴会厅,立在门口不想进去,手机又响,是乔文渊打来催第二遍的。

他正一正领口走进去,宴会厅里只摆了十来桌,差不多坐满了,基本上是乔文渊的同事和朋友,鲜少女方那边的生面孔。

乔文渊穿着一身板正的黑西装,大步走过来,人逢喜事竟还是一脸严肃,说:"怎么这么慢?"

乔苑林道:"第一次参加二婚宴,紧张。"

乔文渊没跟他计较,指向前方一张空桌,说:"过去坐,不用你应酬谁。"

乔苑林问:"我自己一桌?"

"你和贺阿姨的儿子。"乔文渊怕他牢骚,"医生不好把控私人时间,他还没来。"

乔苑林有些不满,但更多的是惊讶:"什么,你继儿子也是医生?"

乔文渊面露不悦:"等会儿人来了你客气点,人家在英国念的生物学本科,然后进医学院,一路名校毕业,前程似锦。"

乔苑林听得烦,这时一个身着红裙的中年女人走近,称不上多漂亮,但气质很吸引人。

女人走到乔文渊身旁,打断道:"老乔,这就是苑林吧?"

乔文渊放软了语气,说:"是他。苑林,这是贺婕阿姨,快叫人。"

乔苑林说:"阿姨,你好。"

贺婕保养得一般,笑起来眼尾有很深的纹路,说:"你好,经常听你爸爸夸你优秀,没想到模样也这么俊。"

乔苑林不擅长客套,便笑了笑。

气氛正要冷下来,一道身影迈入宴会厅,贺婕招了招手,轻声喊:"梁承,在这边。"

乔苑林笑容凝固:"你说……谁?"

梁承迟到了十分钟,一路大步流星,挽在手肘的衬衫衣袖都忘了放下来，他循着声音看见贺婕和乔文渊，还有一个高高瘦瘦背对他的人。

半路，那人转过身。

梁承戛然顿在地毯上，人是静止的，套在指根的钥匙环一点点滑下去，又痒又麻。

乔苑林风平浪静地看着他，没有错愕，也没有惊喜，好像在看一个姗姗来迟又不相干的宾客。

忽然，贺婕"呀"了一声。

一束勿忘我掉落在地上，不知道抱花的人是哪一刻松的手。

梁承及时把滑到指尖的车钥匙钩回来，扣环上绑着一个浅蓝色的平安结，他抓进手心，走过去。

乔苑林弯腰捡起花，抬头对上梁承垂下的目光，视线相触、错开，谁也没有再看谁。

贺婕高兴道："这下人齐了。"

梁承说："不好意思，跟同事多说了两句，迟了。"

"不打紧，工作重要。"乔文渊在人前总是大度的，"今天第一次见，要不先给你们介绍一下？"

贺婕便说："梁承，这是苑林，比你小……"

梁承说："四岁。"

乔文渊见乔苑林没反应，道："年底过完生日就二十五了，还不懂事。"

梁承低声道："年底？"

乔苑林迟滞地眨了一下眼睛，没头没脑地说："别耽误婚礼时间。"

贺婕打圆场："老乔，先让孩子们去坐吧。"

每个人都在关注着他们，乔苑林和梁承走到单独预留的那一桌，识大体地坐在了一起，勿忘我隔在桌面中间。

梁承伸手按住圆盘边缘，骨节分明的手指上没戴任何饰品，只有淡淡的消毒洗手液的味道。他一转，问："喝果汁还是茶水？"

乔苑林分开在桌下攥着的膝头，端起茶壶，遵循酒满茶半的餐桌礼仪，先给梁承斟了半杯，又给自己斟上。

梁承口渴，一饮而尽。

乔苑林用杯沿贴着嘴唇，一直啜饮到菜品上齐。他擦擦手，开始剥虾敲蟹，啃烤牛骨，捞汁花蛤嚯了半碟子。

梁承端着一碗蛋炒饭，朴素得像在食堂吃饭，筷子伸出去，乔苑林把他要夹的菜转走了。

如此几次，他始终没夹到那道菜，便学乔文渊的口吻说："快二十五岁了，能不能有点眼力见儿？"

乔苑林回答："酸口的，你不爱吃。"

梁承说："我记得你什么都爱吃。"

新郎新娘在台上致辞，掌声一阵接一阵，乔苑林偏过头瞧了一会儿，问："贺阿姨真的是你妈？"

梁承："是。"

乔苑林说："你知道乔文渊是我爸吗？"

梁承说："现在知道了。"

乔苑林第一次觉得这个世界真小，他以前觉得世界太大了，平海也太大了，找一个人特别难，只能凭运气、凭缘分。

运气好又有缘分的人，在台上举案齐眉。

他跟着鼓掌，跟着看热闹。

梁承的余光里是乔苑林的侧脸，眉尾眼角都尖尖的，鼻梁窄而高，是聪明相，但圆润的唇珠却添了一份纯真。

清茶润过的嗓子又觉干涩，梁承倒了第二杯茶，看一眼手表，原来只过去半个钟头。

乔苑林已经吃饱了，说："你慢慢吃，我想先回去上班。"

梁承问："用不用送你？"

"不用，打车很方便。"乔苑林说，"对了，你现在还骑摩托车吗？"

梁承摇了摇头，一些久远的片段浮现出来，那时的乔苑林才十几岁，成天喜欢蹭他的摩托车坐。

他突然道："我们多久没见了？"

乔苑林安静一秒，回答："还行，才八年。"

梁承问："原来八年算短的？"

乔苑林看着他："走之前你说过不会再回平海，跟一辈子相比，八年也就一餐饭的事。"

周围正热闹，乔苑林悄悄离开了宴会厅，他不想等电梯，进楼梯间走安全通道。

下了两三级台阶，乔苑林搭着扶手停下来。

他想，全世界那么多人，为什么乔文渊偏偏娶了梁承的妈？

最后一粒米划入口中，梁承放下碗筷，旁边的丝绒椅面回弹平整，没有了坐过的痕迹。

他倒不觉得一个人尴尬，只是有点无聊，伸手拨弄乔苑林留下的勿忘我。

夹在花瓣里的卡片掉出来，印着无人考证的花语——请记得我，请想念我，请待我归来给你幸福。

梁承转过头，偌大的宴会厅只占据不到二分之一，空置的一大半没开灯，被落地窗投进的光线覆盖着。

他起身离席，高大的个子十分引人注目，大家纷纷打量他这个女方的儿子。

梁承穿过十几张席面和满堂宾客，走到空荡的另一边，贴着窗朝下望。

外面是平海市的炎夏，阳光艳毒，乔苑林立在酒店门口的街上，发顶蒙着一层柔和的光晕。

很不真实，一切像一张虚焦的老照片。

乔苑林招手叫了一辆出租车，该回电视台的，他却说："师傅，我想去……长林街。"

CHAPTER 01

第一章

长 林 街

乔苑林抬起头和梁承对视了数秒,
惊讶地说:"你就是超人?"
梁承的反应淡定许多,确认下单的是乔苑林,
拎出烩饭和豆奶,说:"记得付账。"

01

长林街的草木繁茂得不透风,居民区掩盖在一片绿意里,出租车拐过来减速,司机朝街边张望,问:"在哪个口停啊?"

乔苑林低头扫付款码,说:"就前边,晚屏巷子。"

这一带是旧城区,楼房属于中介市场上的"老破小",巷子里的民房更不吃香,租赁叫不上价,买卖没人稀罕。不过老居民们谁也不舍得搬,绿化好,公园多,菜市场近,适合颐养天年。

在巷口下了车,乔苑林把书包甩到背上,初夏气温骤增,有些男孩子已经迫不及待地换上短袖,但他从小怕冷,还穿着长袖的连帽卫衣。

巷口往里走三四十米,有一栋多年未粉刷的小楼。一楼挂着牌子,写着"芮之旗袍店",店里正放着邓丽君的《在水一方》。

满屋浓艳或素淡的旗袍,墙角有一张宽大的操作台,一个老太太坐在缝纫机后,是老板王芮之。

乔苑林推门进来,叫道:"姥姥。"

王芮之扶起银丝眼镜,搁下手头的活儿,说:"宝儿,来啦,快过来。"

乔苑林踱到台边。

王芮之揽住他打量,说他比上次来高了一大截,又瘦了,头发也该剪了,有点遮耳朵。

往常乔苑林总会汇报一下长多高了,今天却没反应。

王芮之明白缘由,说:"你爸妈办完离婚手续了?"

乔苑林点点头。

王芮之问:"哪天办的?"

乔苑林说:"上周。"

王芮之抚摸他的背,又问:"那把你判给谁了?"

乔苑林回答:"我爸。"

纵使舍不得,王芮之也只能安慰道:"你妈一向有主见,我也干涉不了她。这样,你不想回家就在我这儿住着。"

乔苑林说:"那我不走了。"

王芮之笑道:"哎,你爸知道你过来吗?"

乔苑林小小的唇珠色泽粉润,不用噘嘴便嘟嘟的,再加上一双大眼睛,即使臭着脸也掩盖不了十六岁的稚气。

王芮之瞧着又欢喜又心疼,说:"我给他打电话吧,你甭管了。"

收音机里邓丽君正唱到"无奈前有险滩,道路又远又长",乔苑林听着烦,啪嗒把收音机关了。

他说:"姥姥,我先上楼了。"

王芮之在背后喊:"你就背个书包啊,行李没带来?"

厨房、小库房和王芮之的卧室在一楼,与店面一帘之隔。乔苑林掀帘子进去,踩上木楼梯,说:"多沉啊,我发同城快递了,下午就能到。"

王芮之一直想不明白,父母都勤快得像拧了发条一样,这孩子懒洋洋的劲儿是随了谁?

二楼就两卧一卫,乔苑林学业繁忙,大半年没过来了,以往过来都是住在宽敞、向阳的那一间。

他进了屋,习惯性看一眼墙上挂着的水墨画,是他姥爷画的。

老年人睡眠不好,乔苑林的姥爷喜欢打呼噜,在世时便单独睡在这一间卧室。家具都没换,边边角角已经老到掉漆了。

床边是书桌,乔苑林把书包放在椅子上,瞥见桌角的台历。

今天的日期上打了个鲜红的叉。

他警觉起来,指尖在桌上一抹,比乔文渊的脸都干净。被褥叠得整整齐齐,台灯旁边有一个眼镜盒,窗台上放着一盆长势良好的仙人球。

他出去扒着楼梯栏杆,冲楼下喊:"姥姥,卧室怎么好像有人住啊?"

缝纫机的声音停下来,王芮之说:"哎呀,我忘了告诉你,朝阳的卧室我两个月前租出去了。"

这无异于晴天霹雳，乔苑林原以为找到了避风港，结果避风港成了出租屋。

他去对面背阴的小卧室一瞧，又潮又暗，还没打扫干净，和另一间对比惨烈。

乔苑林又出去问："姥姥，那我怎么办？"

王芮之答："我跟人家讲好了，小卧室收拾好之前你们先挤挤。"

房间那么整洁，说明租客爱干净，乔苑林确认道："租客不是女生吧？"

"做梦呢？女生谁跟你挤？"王芮之说，"是个小伙子，姓梁。"

乔苑林不习惯跟人合住，问："那他租到什么时候？"

王芮之犯难道："签了半年合同，怎么也得秋天了。"

一切已成定局，乔苑林返回卧室，气不顺地碰上了门。他在书桌前坐下来，桌上放着一台他小学用过的现在淘汰不用的旧电脑。

十六岁的少年，一半认为自己是全世界最牛的，一半认为自己是全世界最倒霉的。乔苑林目前属于后者。

遭遇父母离婚就罢了，最绝的是乔文渊和林成碧挑他考SAT（指美国高中毕业生学术能力水平考试）的日子去办手续。

全家人吃了最后一顿团圆早餐，虽然食不知味。他考完试回家，茶几上亮着两本离婚证，他第一次不必汇报考得如何，只需接受父母彻底分手的事实。

更受打击的是，林成碧主动放弃了他的抚养权。

整个过程毫无温度，乔文渊和林成碧劳燕分飞了。二位气都没喘，一个回医院做手术，一个飞外地跑采访，没人安慰曾经的爱情结晶半句。

乔苑林不知所措了一个晚上，决定收拾东西离家出走，可他太磨蹭，光挑选球鞋就用了一个礼拜，出发前已经平复得差不多了。

此时因为房间问题，新愁旧怨一起涌上来，乔苑林要让自己冷静一下。

他从书包里掏出笔记本电脑，说："算了，我做完课题再生气。"

书桌对着窗，光线慢慢黯淡，乔苑林心无旁骛地写到了黄昏，等太阳落山，他拿出一包红薯干吃，边嚼边打量旁边的双人床。

晚上睡觉他躺外面还是里面？那位租客胖不胖，多大岁数？毕竟在王芮之眼里四十岁也算小伙子，他可不想跟个叔叔睡一块。

吃过晚饭,那位租客还没回来。租这里的房子肯定收入不高,估计干的是起早贪黑的辛苦活儿。

快递一股脑送到了,乔苑林懒得收拾,只刨出内裤和睡衣,洗完澡拿着一本外文原版书下了楼。

叽里咕噜读了一段,王芮之疑惑道:"你这英语是哪儿的口音?"

乔苑林说:"这是法语。"

"怪不得。"王芮之问,"学英语不够,还学上法语了?"

乔苑林的理想是当一名国际新闻记者,多学一门语言没坏处。他说:"过几个月我要考 DELF(指法语学习证书),B2。"

王芮之听不懂那些,说:"你去溜达一圈,消消食,熟悉一下附近的环境。"

乔苑林腹诽,晚饭就喝碗小米粥,还值当消化?

夜风微凉,他趿拉着拖鞋走了四十米到巷子口就不想动了,往电线杆上一靠,机智地打开手机地图。

马路对面有家吴记早点,西行二十米有蓝蓝烘焙屋,向东五十米有连锁便利店,去大型超市要步行十五分钟……他把能吃的地方记了记,搞定。

乔苑林一转身,被电线杆上五彩斑斓的小广告晃得眼花,开锁、办证、重金求子,没一个能满足他的需求。

最上面贴着一张二维码,写着:超人跑腿,懒货福音。

虽然感觉被内涵了,但他义无反顾地扫码加了微信。

天完全黑了,乔苑林回家听法语广播,听到十一点多,那位租客还没回来。

奔波一天有些困,他上床前从书包里拽出一大袋零食,全码在桌上,对方回来可以当夜宵。

他瘦,抽完条的骨骼不结实,怕躺外面被对方不小心踩折了。他挨着墙躺下,床上有一条被子和一条薄毛毯,能闻见清新的皂角味。

乔苑林坚持背了两页法语单词,最终捏着单词本睡了过去。

凌晨三点,一阵摩托车引擎声渐渐逼近。

乔苑林被吵得半醒,没睁眼,一半灵魂留在梦里,另一半促使他拉高被角,把脑袋蒙起来隔绝噪声。

咻,声响在楼下戛然而止。

熄了火,梁承长腿一收从摩托车上下来,左手摘下头盔拎着,绕到楼侧,影子投在昏暗的墙上。

他掏钥匙打开楼侧的小门,进去后是楼梯旁的玄关。

周围漆黑静谧,梁承熟练地把头盔挂在门边的挂钩上,然后三级台阶一步上了楼。

卧室关着门,门缝透出台灯浅黄色的光。他想起来,房东说外孙要来住一阵子,看样子人已经到了。

梁承拧开门,走进去,一时不确定屋里有人没人。

乔苑林从里侧滚到了床边,蒙在被子底下听不见呼吸声,只鼓着薄薄的一长条。

能躺这么平的属实罕见,梁承停在床头,捏着车钥匙伸出手,用钥匙尖挑开被角向下一压,露出安睡的那张脸。

毛茸茸的。

凌乱的头发和纤长的睫毛都毛茸茸的,梁承一瞬间联想到一种狗。

叫什么来着——马尔济斯。

脸颊失去遮盖,有点凉,乔苑林不舒服地皱了皱眉头。

梁承盯着看了几秒,把被角像盖尸体一样又给乔苑林盖上了。

他审视一周,房间内的东西基本上没动,但书桌惨不忍睹。除了文具和书本,上面还堆满了零食,吃一半的,没开封的,跟摆摊儿一样。

洗完澡回来,梁承关了灯,在一片黑暗中迈过"尸体",保持无形的楚河汉界,在床里面躺下。

后背硌得一疼,他从身下摸出一个单词本,翻身放到床头,再扯开毛毯,陈旧的床板嘎吱嘎吱作响。

乔苑林忽然"诈尸",从被窝里伸出一只手。

就着月光,梁承目睹这只手越过边界线,摸到他的毛毯,抓住一角一点点往回扯。

唯一的遮盖快被偷走了，梁承不得不掐住乔苑林的手腕，很细，皮肤是凉的，看来血液循环不太好。

乔苑林在被窝里说梦话："姥爷，冷。"

梁承："……"

第二天清晨，乔苑林醒来后旁边是空的。不清楚是租客走得太早，还是根本就没回来，反正他连对方的影子都没见到。

身上有些沉，乔苑林才发觉被子上搭着毛毯，他在暖洋洋的被窝里翻个身，拿起床头的单词本。

起床之前先复习一下昨晚背的。

乔苑林翻开书页，里面夹着的字条掉在了枕边，字体遒劲而陌生，略微潦草地写道——

再乱扔东西，就把你丢出去。

02

乔苑林一下没了睡意。

这位租客有点意思，来无影去无踪跟个幽灵似的，还留字彰显存在感。吓唬人呢？他乱扔什么了？

他不爽地坐起来，正对书桌。桌上的零食全部收进了袋子里，没吃完的用夹子封了口，一样不少。

所以对方不但没吃，还给收拾了？

乔苑林把字条揉成一团，心道这哥们儿是不是有洁癖。

他复习完单词去洗漱，浴室不大，镜子旁是置物架，上面一共四条毛巾。其中三条叠得像五星级酒店里的一样，只有他那条歪成一坨。

怕不是还有强迫症。

洗完脸，乔苑林照猫画虎把毛巾叠成小豆腐块，即将成功的时候，楼后面传来一声女人的尖叫。

他吓得一哆嗦，成型的毛巾在手里恢复了奇形怪状。

早餐还是小米粥,祖孙在厨房外的小方桌上吃,乔苑林一直竖着耳朵,问:"姥姥,你听见有人尖叫吗?"

王芮之淡定地说:"哦,没事。"

一声痛苦的男高音从楼后面飘了过来,乔苑林道:"你听啊,真没事?"

王芮之说:"后巷有两口子天天干仗,街坊们谁也劝不住,人家还嫌多管闲事,现在大家都习惯了。"

乔苑林问:"我能去看看吗?"

他从小就爱看热闹,林成碧说这点随她,有当记者的潜质。乔文渊却不乐意,企图把他往医生的路子上培养。

乔苑林刚喝下半碗粥,吵架声停了。

"吃那么慢,人家散场了。"王芮之说。

乔苑林遗憾道:"下次一定。"

王芮之给他打预防针,说:"我这儿离你们学校远,明天周一你可别迟到了。"

乔苑林不担心,他们班主任最近离职了,无纪律主义之风盛行。再者他没有哪天不迟到,早已放弃挣扎。

聊了些不要紧的,王芮之想起来问:"哎,昨晚睡得怎么样,跟人睡一屋没闹失眠吧?"

"没有,睡挺香的。"

"那就行。"

乔苑林说:"姥,租房的人叫什么名字?"

"一起睡一晚上没打招呼?"王芮之笑道,"叫梁承,比你大四岁,二十了。"

乔苑林盘算,二十岁,那应该是大学生,早出晚归在考研吧。

王芮之说:"小梁的性格不太开朗,都没主动找我说过话。嘻,反正你们小孩儿不就流行那样吗,叫酷?"

酷什么酷。

乔苑林在内心吐槽了一句,没再说别的,吃完早餐就上楼去了。

走廊尽头是阳台,灌进来风,吹得很舒服,他过去拨开晾衣架上的床单,能望见葱郁的巷口。

阳台上种着一些植物,乔苑林记得王芮之嫌泥土脏,不喜欢打理,上次来时有几盆快死了,没想到如今又变得花枝招展。

墙边挂着一条铁管梯子,爬上去是楼顶天台,夜晚很适合观星。

乔苑林站了片刻,手机响起语音提醒:"汤姆老师的线上数学课要开始啦!"

他回卧室上网课,每周末两个半小时连讲带练,结束后接着写作业、做课题。为防止沉迷,他会定一个三小时的闹钟。

铃响了,乔苑林休息一会儿,后仰靠住椅背伸了个懒腰。

他喜欢听摇滚乐,戴上耳机,将音量调大。

一辆摩托车拐入巷口,在旗袍店外熄火。梁承下了车,取下挂在车把上的芋头糕,转弯去了后巷。

在不算幽深的巷子里走到一半,梁承停在墙根下,对着一扇门,弯曲食指关节抵住薄唇,吹出一声口哨。

很快,一个八九岁的小男孩打开门跑出来,喊道:"梁承哥!"

梁承屈膝蹲下,把三角形的芋头糕掰成两份,递过去大的那一份。

男孩叫小乐,接住芋头糕咬了一口,交代说:"我爸妈已经吵完架了,今天摔碎一个暖水瓶。我躲柜子里,他们走了我才出来。"

梁承"嗯"了一声,吃掉小的那块芋头糕。他支着修长的手指,垂下眼皮觑着指尖的油花。

小乐习惯他不搭理人,自顾自地吃,时不时瞅他一下,观察后发现道:"哥哥,你今天没精神,还有黑眼圈。"

梁承说:"没睡好。"

小乐想了想:"我爸妈昨晚没吵架啊。"

梁承声调慵懒,说:"昨晚屋里跑来一只小狗。"

"这么好?"小乐羡慕地请求道,"还在吗?哥哥,你能把小狗抱来让我看看吗?"

梁承说："不能。"

"为什么啊？"

梁承站起身，居高临下地忽悠小孩儿道："我怕他咬我。"

小乐一本正经地支着儿："我看绘本上说，你对小狗好的话，小狗就会喜欢你。"

梁承难以忍受指尖的油腻，用手背敲了小乐一下，说："以后看点字多的书，少看漫画。"

太阳把地面照成了浅黄色，梁承无视树荫下的凉爽，一路踩着阳光返回了旗袍店。

王芮之看见他回来，在操作台后叫住他，说："小梁，早晨怎么走得那么早？"

梁承说："有事。"

王芮之客气地问："苑林过来住不影响你吧？"

梁承没吭声，在反应"苑林"是哪位。

王芮之赶紧夸一下外孙："苑林挺乖的，不是那种爱闹腾的孩子。就是从小身体不好，没干过活儿，还有点懒……"

说着说着不太像夸人，老太太见好就收地道："总之苑林和你住一屋，你多担待吧。"

梁承只想洗掉手上的油渍，没说好与不好，挥开帘子进去了，洗完手上楼去补觉。

乔苑林的耳膜受够了摇滚乐的冲击，关掉音乐，在椅子上意犹未尽地晃了两下，然后从袋子里拿出一个蛋黄酥。

撕开包装盒，他想起那张字条。

管他呢，对方回来那么晚，他睡前收拾干净就好了。

乔苑林咬了一口，瞥见桌角泛黄的白瓷笔筒，姥爷去世后，里面的毛笔跟着一起烧了，现在只盛着一枚小钥匙。

他把钥匙倒出来，插进书桌抽屉，姥爷曾经有一套小匕首，怕他乱碰总是锁在里面。

打开了，那些旧物完好地保存着，但是多了几本没见过的证件。

最上面一张倒扣着，他拿起来，正要翻看封皮上的字，门口传来一句冰冷不善的人声。

"给我放下。"

乔苑林吓了一跳，背上的汗毛都竖起来了。

他把证件放回抽屉里，吃掉剩下的半个蛋黄酥，刚站起身，梁承已经走了过来。

乔苑林抬起头，迎面看向这位陌生的租客——比他高一大头，面孔英俊锋利，混合着少年过渡到青年的两种质感。

他咽下蛋黄酥，声音也变得像蛋黄一般沙沙黏黏的，打招呼说："嗨，你就是租这间房的吧？"

梁承伸出手，将抽屉推了进去。

乔苑林解释道："我不知道是你的证件。"

梁承往桌上一扫，包装纸、糕点的碎渣、从袋子里滚出来的乳酸菌……他留的字条皱成一团扔在地上。

乔苑林暗道糟糕，尴尬地说："你回来得真早。"

梁承退一步到床边，长腿一屈坐下了，尽管变成仰视，可扬起下巴的模样更添几分桀骜不驯。

他开口问："你要在这间屋子住多久？"

乔苑林也不确定，支吾间忽然明白，对方或许是在婉转地对他下逐客令。

他继而想到日历上鲜红的叉。

乔苑林把王芮之搬出来，说："这是我姥姥的房子。"

梁承道："这是我付过租金的房间。"

乔苑林第一次被这样不留情地下面子，很挂不住，问："你交多少房租？这个月给你便宜点。"

梁承说："我不需要。"

乔苑林："那你想怎么样？"

梁承回答："我不习惯跟别人一起住。"

话说到这份儿上够明白了,但乔苑林又挣扎了一下:"至于吗,我不就住了一晚吗?"

梁承说:"令我度夜如年。"

"我睡觉踹你了?"乔苑林捡起地上的纸团,"再说,你有意见不会好好提,威胁谁?"

梁承这次没说话,只意味深长地看了一眼桌上的垃圾。

乔苑林气得忘了解释昨晚摆零食的用意。这租房子的人情商低不会说话,又刻薄不近人情,既然如此,他何必给自己找气受?

"巧了,我也不喜欢跟别人一起睡。"他说,"我现在就搬走。"

乔苑林挽起袖子一通收拾,把作业塞进书包背上,拿上睡衣,手腕缠着数据线,端起笔记本电脑大步告辞。

他直行进入对门的小卧室,生气地踹上了门。

周围一下子安静,昏暗的光线中灰尘飞扬,七八箱没拆的包裹堆在地上,使房间更加狭窄。

乔苑林走到床边,短短三步距离就有一些后悔了。

他立在床角,寻思这屋连张桌子都没有,怎么写作业啊?

可话说得那么潇洒,气势也挺足,是万万不能够回去的。

除非姓梁的亲自来请他。

正做梦,梁承在门外敲了敲。

乔苑林心头一喜,真来请他了?也对,他好歹是房东的亲外孙,得罪他有什么好处?

那他也就不计较了,愿意把零食收好,吃完立刻扔垃圾,也愿意称呼年纪比他大一届奥运会的梁承一声"哥"。

乔苑林迅速消了气,打开门。

想象中求和的画面并没有发生,门口无人,梁承已经返回了对面。他一低头,门把手上挂着一大包忘记拿的零食。

嘭,对门关死了。

午后温度升高,房间晒得热烘烘的,梁承趴上床睡觉。脸颊有些痒,他从枕巾上捏起一根纤细柔软的发丝。

比他的长,也比他的浅。

梁承心想:这小狗掉毛。

03

乔苑林一夜没睡好,觉得床垫枕头哪里都不舒服,周一早晨没精神地下了楼,趴在餐桌上等候开饭。

熟悉的味道从厨房飘出来,他警觉地说:"姥姥,不会又是小米粥吧?"

"哪能总喝小米粥。"王芮之端着托盘出来,"今天喝紫米粥。"

乔苑林宁愿饿着,把盛好的粥推远一些。他也不愿意去早餐店排队,干脆从果盘里拿了个苹果。

楼梯传来脚步声,梁承刚起床,手指穿入短发间拂掉洗脸时溅的水珠,他下了楼,拐到小玄关换上球鞋。

王芮之说:"小梁,这就出门啊?"

梁承系好鞋带,问:"有事?"

王芮之把那碗粥挪了挪,说:"我粥煮多了,一起吃点早饭吧。"

乔苑林瞪着眼珠子,小声说:"这是我的粥!"

"你又不喝。"王芮之没理他,"快来,等会儿凉了。"

租房是不管饭的,但王芮之经常麻烦梁承修东西、搬东西,便用一顿饭来抵消人情。昨天乔苑林搬进小卧室,她猜测是和梁承闹了矛盾,所以也有缓和关系的意思。

梁承去洗了手,在乔苑林隔桌角的椅子上坐下。面前的粥温度正好,他端起来喝了一口,随后乔苑林咬苹果的动静都响了一分。

两个人正好一黑一白,乔苑林穿的是校服白衬衫,春款,领带卷着塞在胸前的口袋里,垂下一截,遮住了刺绣校徽。

梁承身上是一件黑色短袖T,配着深色的短发和眉眼,几乎看不出生气了。

他们两个互不理睬,梁承收敛着余光专心喝粥,乔苑林面无表情地啃苹果。

早晨时间不多，王芮之没有绕弯子，问："宝儿，你昨天搬到小卧室了？"

虽然睡眠质量稀烂，但乔苑林不想靠老太太撑腰，免得被姓梁的瞧不起。他回答："嗯，那个屋还不错。"

"哪儿不错？"

乔苑林悟了两秒，说："风水不错。"

"可还没收拾呢。"

"我今天就收。"

王芮之看外孙不配合，转向梁承道："小梁，你看能不能让苑林再住几天？"

"别。"乔苑林抢一步道，"我不习惯跟别人睡一屋，令我度夜如年。"

紫米粥喝完了，梁承放下碗筷擦擦嘴，直接借着乔苑林的话说："我尊重他的选择。"

乔苑林："……"

这人怎么两副面孔啊？

梁承吃完后，到门口取下头盔就出了门。

王芮之只好作罢，连减租金的话都没机会说出口，问："你那些包裹自己收拾？"

"您真看得起我。"乔苑林说，"放心吧，我在网上预约了家政阿姨，顺便把一楼也打扫一下。"

"多少钱？"

乔苑林说："付过了。"

王芮之道："你这孩子也不跟我商量一声，你爸妈离婚了，你花你爸的钱没事，我这个前丈母娘可不能花。"

乔苑林有点骨气，离家出走没带乔文渊给的零花钱，用的是奖学金。

出门之前，他从兜里掏出一个银灰色的小盒子，丝绒质地，看上去很贵重。他怕家政阿姨弄丢，交给王芮之，说："姥姥，你先帮我收一天。"

王芮之以为他把乔文渊和林成碧的结婚戒指偷出来了，好奇地打开，失望道："就这啊？"

乔苑林说："这特别重要。"

"我店里多得是。"王芮之打发他，"给你收着，快上学去吧。"

晚屏巷子离学校很远，乔苑林打车过去，不出意外地迟了一刻钟。身为迟到惯犯，门卫对他已经习以为常。

国际（1）班的教室里充满了无人管教的快活气氛，各小组扎成堆，正在讨论周末作业。

乔苑林姗姗来迟，把书包扔到第一排后，上讲台开多媒体。

第一排的同学一边自觉打开他的书包拿作业，一边问："苑神，你每天迟到不觉得羞愧吗？"

这个外号听着玛丽苏，背后却是个悲伤的故事。乔苑林一听见就头皮发麻，也记不清是哪个家伙先叫起来的。

他投降道："麻烦换个称呼。"

大家很配合："好的，班长。"

乔苑林说："我大名是烫嘴吗？"

王珍妮拿着他的数学卷子，一共八张，夹杂着一页课题报告的目录，说："烫嘴倒没有，有点烫手。班长，你这儿怎么有微积分的课题报告？"

每个学科分模块，每个模块除了平时的作业、测验、模拟考，最终还要独立完成一份课题报告。而重点是，今天才即将学微积分第一章第一小节。

乔苑林回答："哦，打印完忘装订了。"

距早课还剩一分钟，乔苑林弄好投影，上面是数学老师七点钟发给他的一道思辨题，让他带全班同学在早课上讨论。

他走下讲台，作业被瓜分完了，只抢回目录和书包。

忙碌的周一过得很快。

除了去卫生间，乔苑林几乎不离开座位。中午，等别人都走光了，他才慢吞吞地离开教学楼。

姚拂在（2）班，半路上发来信息，通知他饭已买好，老地方见。

所谓老地方，就是食堂一层坐满了，又懒得上二、三、四层，便在外面的桌子上晒着太阳吃，也俗称"校园地摊儿"。

乔苑林买了两瓶饮料，找到姚拂。他饿死了，叉起一块牛肉塞嘴里，太阳悬挂在头顶，照得他白皙的皮肤上浮起一片朦胧的浅红。

姚拂咋舌道："你是有多饿啊，搬去你姥姥家吃不饱饭吗？"

"别提了。"乔苑林说，"离家出走太辛酸了，你知道我现在住的房间多小吗？连张桌子都没有。"

姚拂幸灾乐祸地道："不至于吧？"

"何止。"乔苑林说，"我还被租客欺负，想起他我就不爽。"

姚拂问："是什么人啊，怎么租房子还带欺负房东的？"

"不清楚什么人。"乔苑林把鸡排咽下去，"凶巴巴一男的，上来就吓唬我，骑个摩托就当自己是古惑仔了。"

姚拂好笑道："那你要住下去吗？"

乔苑林暂时没有搬走的打算，家里房子大有保姆，可他不想面对乔文渊。学校宿舍的环境也不错，可室友打呼噜，他当初住了三天就跑了。

"先住着吧。"乔苑林随遇而安道。

姚拂吃饱了，说："珍惜你现在的校园生活吧。"

乔苑林问："什么意思？"

"一个准确率百分之九十九的小道消息，关于你们的新任老班，要不要听？"

乔苑林明白天下没有白吃的午餐，反问道："什么条件？"

"老娘上完体育课很累，别再让我给你买饭了！"

乔苑林无辜地说："我每节实验课结束，也都帮你买了啊。"

姚拂冷笑一声道："弟弟，你以后恐怕不能跷生物实验课了。"

乔文渊给乔苑林规划好了，出国读生物学本科，再进医学院，将来做一名医生。乔苑林不乐意，为了气乔文渊把生物学成绩搞得惨不忍睹，偏科偏得极具主观故意性。

姚拂一口气说道："你们的新班主任是段思存，生物学教授，曾经的市七中特聘教师。他不仅会教你们生物，还将担任项目学务长和学科论文高级审查员。"

乔苑林的关注点落在其中一句，惊喜道："七中？"

"没能进入梦中情校,让它的老师教一教也算是种安慰吧。"姚拂摸摸乔苑林的头,"估计你将是段教授的重点整治对象。"

乔苑林被拉回现实,问:"你这八卦准不准?"

这一小道消息很快就传开了,当天下午学校官方网站更新了教师资料,新增段思存的个人主页,就此证实。

放学前,上周末的生物学测验卷发下来,乔苑林不及格,往常他会第一时间拍照发给乔文渊挑衅,这次偃旗息鼓没了兴致。

乔苑林直觉好日子要到头了,回家闻见熟悉的米粥味道,连饭也吃不下了。

晚上旗袍店关了门,他在操作台上写作业,那份生物试卷扔在一沓废布料上,直至深夜他也没改一个字。

写完最后一题,乔苑林摸摸饿瘪的肚子,决定吃个夜宵。

他打开外卖软件,老城区没有夜生活,附近的小餐馆大多打烊了,搜来搜去选中一家评分很高的大排档,不巧的是超出配送范围。

他正觉可惜,忽然想到在电线杆上扫的二维码。

乔苑林打开微信,在列表找到"超人跑腿",头像没设置,地区是埃及,朋友圈空无一物,怎么看怎么像没人用的废号。

他试着问了句:你好,能下单吗?

对方没有回复。

乔苑林又发了一句:小玉大排档的虾仁烩饭加一盒豆奶,能送吗?

超人:地址。

居然是活的?乔苑林莫名激动,他怕吵醒王芮之,回道:长林街晚屏巷子,送到巷口的电线杆。

超人:二十分钟。

这里到小玉大排档单程开车也不止二十分钟,乔苑林婉转提醒:你确定?

对方又没有回复。

乔苑林听了十五分钟广播,然后从侧门悄悄出去等他的外卖,走到巷口,路灯是坏的,他打开手机电筒半举着当信号灯。

寂静的街道尽头，梁承骑着摩托车飞驰而来，车灯照射出强烈的白色光束，扫过暗色的路面，在巷口拐弯，刷地照亮了电线杆上的二维码——

以及站在电线杆旁边的人。

乔苑林快被闪瞎了，偏过头嚷道："别撞着我！"

摩托车刹停，梁承一条长腿支住地面，将车把扭到一边。他摘下头盔，把短发从前额捋向脑后，微昂起头。

两个人看清彼此，互相皱着眉。

谁也没有闪人的意思，梁承问："你站在这儿干什么？"

乔苑林道："关你什么事？"

梁承并不关心，掏出手机打开微信，单手打字不方便，发了条语音过去："我到了，出来吧。"

乔苑林默默脑补：大晚上叫谁出来？

难道他女朋友住在附近？这种人还能谈到女朋友？

举着的手机"叮"的一声，打断了乔苑林的思路。

他点开消息，超人发来的语音新鲜热乎，外放出来竟是耳熟的冷淡——"我到了，出来吧。"

怎么会这样？

04

乔苑林抬起头和梁承对视了数秒，惊讶地说："你就是超人？"

梁承的反应淡定许多，确认下单的是乔苑林，拎出烩饭和豆奶，说："记得付账。"

餐盒还是热的，乔苑林低头看外卖小票，客户一栏直白地写着他的微信昵称：吃嘛嘛香。

"嗡"的一声，梁承骑着摩托车冲进了巷子。

乔苑林也返回，抱着外卖发了付款红包，才消化对方就是超人这件事。

拐到楼侧，梁承上前开门，钥匙插入锁孔，后巷里突然爆发出争吵声。

他松了手,回头对乔苑林说:"你先进去。"

乔苑林没搞明白发生了什么,梁承已经朝后巷走了。

吵架声持续传来,貌似是那对经常干仗的夫妻,乔苑林上次没看成,于是拔下钥匙追了过去。

整条后巷仅有一只灯泡,光线灰蒙蒙的,梁承的脸色被暗光涂抹得一片冷峻,走到一半发现乔苑林在后面跟着他。

他停下,出声问:"你干什么?"

乔苑林回答:"去瞧瞧。"

梁承说:"别人家吵架有什么可瞧的?"

"那你去干吗?"乔苑林不理会,扬着下巴大步从梁承的身边经过,"我爱去哪儿去哪儿,管好你自己。"

梁承在原地站定,抱起手臂说:"就这儿。"

不早说,乔苑林讪讪地退回来,停在梁承身旁。

激烈的叫骂从对面的门中倾泻而出,字句肮脏。乔苑林呆呆地听着,庆幸乔文渊和林成碧没有闹到这般难看的地步。

门打开一条缝,小乐垂头丧气地逃出来避难,见梁承如见到救星,狂奔过来抱住了梁承的大腿。

乔苑林讶异地看着这一幕,好奇梁承和小男孩的关系。

但梁承并不热络,捏住小乐的衣领从腿上撕下来,语气也和平时毫无区别:"打起来了?"

"还没。"小乐说,"我爸刚下班回来,怪我妈没煮饭,然后就吵起来了。"

梁承问:"你吃饭没有?"

小乐点点头,又摇摇头说:"我不饿。"

乔苑林一直沉默着,闻言掂了掂手里的外卖。虽然他不认识小男孩,但来都来了,束手旁观似乎不太合适。

"那个,小弟弟?"

小乐早就注意到了乔苑林,他有些认生,悄悄拉梁承的衣服:"梁承哥哥,这个哥哥是你朋友吗?"

乔苑林抢先回答:"不是。"

梁承索性闭上了嘴,小乐则一脸茫然。

乔苑林就这么把天聊死了,尴尬地递上外卖,说:"我有饭,给你吃吧。"

小乐看向梁承,用眼神请求指示。

乔苑林问:"你看他干吗?他是你哥吗?"

梁承批准道:"吃吧。"

小乐感激得给乔苑林鞠了一躬:"谢谢哥哥!"

乔苑林不好意思地往旁边躲了一步,碰到梁承的手臂。他赶紧缩回手,揣起卫衣口袋。

小乐打开餐盒,香气飘满半条巷子。

乔苑林情不自禁地吸了吸气,盯着那盒饭,虾仁好多啊,笋丁一定很脆,火腿粒咸香,再配一口甜甜的豆奶……

梁承的余光全瞧见了,一时忽略了刺耳的争吵声。

小乐吃到一半,没那么饿了,说:"哥哥,你也住在这里吗?"

乔苑林咽下口水:"哦,我前两天刚搬来,就住在前面的旗袍店。"

小乐说:"原来你跟梁承哥住在一起啊。"

乔苑林含糊道:"算是吧,但一点也不熟。"

小乐单纯地问:"为什么住一起还不熟?"

乔苑林在同辈的兄弟姐妹里是最小的,没应付过小孩,他若有若无地碰了碰梁承的手肘,从牙缝里挤出一句:"你来答。"

梁承就说了三个字:"吃你的。"

乔苑林心想:啊,原来这么简单?

吵架声变得微弱,小乐回头看了一眼,说:"我好像可以回家了,梁承哥,他们要是半夜打起来怎么办?"

梁承道:"110报警。"

乔苑林冲小乐帅气一笑,说:"情况不好你就跑,可以去旗袍店待一会儿。"

"谢谢哥哥。"小乐想起一件事,问,"哥哥,那我能看看小狗吗?"

乔苑林问:"什么小狗?"

小乐说:"梁承哥哥前两天没睡好觉,他说因为房间里跑进去一只小狗。"

吵架声终于停了,梁承说走就走。

乔苑林愣了几秒才明白过来,跟在后面愤怒地喊:"姓梁的,你说谁是小狗?!"

返回旗袍店,梁承一摸兜,想起钥匙在乔苑林那儿,便闪到一旁。

乔苑林揣着两把钥匙,跟揣着五百万似的,得意地威胁道:"进不去吧,你先说一遍你才是狗。"

话音刚落,他的肚子咕噜一声,在深夜叫得特别清晰。

乔苑林略窘,掩饰道:"……你快点说。"

梁承看了一眼时间,说:"你自便吧,我去吃个夜宵。"

乔苑林想都没想就问:"去哪儿吃?"

梁承说:"愿意跟就跟着。"

乔苑林不愿意:"我都走多少路了,我下单,你去给我买回来,就不用说那句话了。"

"不好意思,超人下班了。"梁承转身朝外走。

乔苑林在原地纠结,附近真有夜宵吃?肚子又叫了一声,就算回家也饿得睡不着,他只好相信姓梁的一次。

老城区不够繁华,这个时间长林街黑了一片。乔苑林跟着梁承走了五十米,到便利店门口,失望之情溢于言表:"就这儿?"

梁承没理他,推开玻璃门进去。

便利店老板正在点货,对深夜来的客人司空见惯,说:"吃夜宵的吧,快餐还有一个肉松饭团,泡面提供热水。"

货架上只剩一桶红烧牛肉面,梁承和乔苑林同时伸出了手。

乔苑林刚要收回,梁承把泡面推给了他。

窗边有桌子,梁承买了饭团,屈起一条腿坐在高脚椅上,另一条腿踩着地面。乔苑林趴在旁边,目不转睛地盯着泡面桶。

外面夜色浓黑,乔苑林打了个哈欠,自言自语:"明天又要迟到了。"

玻璃像镜子一样清晰,他往梁承那边瞧,抿了抿嘴巴,欲言又止的模样,说:"你每天晚上干跑腿?是兼职吗?"

梁承剥开饭团吃起来,说:"看心情。"

"你早出晚归的,我以为你在考研。"乔苑林又道,"你是学什么专业的?"

梁承抬眸从镜子里觑向他,闭口咀嚼着,声调近乎阴沉:"我不上学。"

乔苑林觉出气氛一下子变了,拔下固定在泡面桶上的叉子,掀开纸盖说:"我的面好了,不跟你说了。"

两个人安静地吃了几口,老板在收银台后面喊:"要不要办充值卡?凭学生证可以领早餐券,还送笔记本。"

乔苑林下意识地问:"你办吗?"

梁承反问:"你说呢?"

"哦……瞧我这记性。"乔苑林咬着叉子,终究是没忍住,"你的意思是辍学了吗?"

梁承毫无反应地吃着,喉结上下滚动,没否认就等同默认。

以乔苑林的年纪和家境,周围的人只有上不完的补习班,"辍学"实在是一个遥远又意外的词。他想脑补因由,甚至都找不出一条合理的线索。

梁承倏地开口:"还要问什么?"

可神情和语气都在表明——别再跟老子说话。

乔苑林安静地吃面,本来吃得就慢,渐渐几乎静止住了。他从消毒柜里拿出一副碗筷,挑了半碗面进去,倒上红亮的热汤,推给梁承。

大概是动了恻隐之心?

"我吃不完。"他故作无所谓地说。

梁承没说什么,将饭团掰开一半,礼尚往来地递过去。

乔苑林摇摇头:"不用,我不吃别人吃过的东西。"

梁承说:"在别人睡过的床上睡得倒挺香。"

"哼。"乔苑林找了条死无对证的借口,"我是怀念我姥爷。"

凌晨一点多了,梁承先吃完,没钥匙只好等乔苑林一起。十分钟后,他发现乔苑林吃面的速度还赶不上面条泡发的速度。

老板等着下班,开始赶人:"小哥俩,我要打烊了。"

乔苑林不满地道:"可我还没吃完呢。"

"那你抓紧吃啊,急死我了。"老板说,"要不我赠你一根火腿肠,你回家吃去?"

深夜的街边,店铺全都关门了,路灯在树影里明明灭灭,乔苑林双手捧着一桶红烧牛肉面过马路,嘴里咬着叉子。

一辆面包车疾速经过,完全没有避让的意思。梁承在后面薅住乔苑林的帽子,把人拽到了身边。

乔苑林哼了一声抽象的"谢谢"。

梁承松手向下,在他口袋里掏出一把钥匙,回道:"不客气。"

说完就扔下他走了。

回到旗袍店,梁承上楼休息。乔苑林吃完泡面被困意袭击,没收拾操作台上的作业,也上楼刷牙睡觉了。

第二天早晨,店里残留着泡面味,梁承下来,王芮之喊他帮忙拉一下卷闸门。

他单手把卷闸门推上去,店面立刻亮堂堂的,一阵风吹进来,台上的试卷飘落在他脚边。

梁承捡起来,翻到正面看试卷的抬头——德心中学。

平海市最难进、最拔尖、最昂贵的私立高中,录取率不足百分之六。

科目是生物学,考试范围是遗传与进化模块,卷面全英文,应该是国际班的章节小测验。

梁承大致扫了扫,回去看分数。

哦,不及格。

乔苑林比平时晚醒半个小时,一看闹钟吓得睡意全无,收拾完下来,就见梁承未经允许擅自欣赏他的生物卷子。

乔苑林原话奉还:"给我放下。"

还挺记仇的,梁承把卷子放在桌上,忽然笑了一下。他第一次在乔苑林面前笑,稍纵即逝,带着一点不加掩饰的轻蔑。

乔苑林觉得不舒服,问:"你笑什么?"

梁承答得漫不经心:"没什么,你的成绩博我一乐。"

乔苑林怀疑对方根本看不懂他的试卷,说:"你一个辍学人士好意思笑话我?"

梁承反问:"我们辍学人士难道只能跑腿?"

乔苑林没空吃早饭了,顿时放错了重点:"我要下单,你去吴记早餐给我买个海蛎饼吧。"

梁承拒绝道:"白天不接单。"

"为什么?"

梁承晃了晃车钥匙,走之前说:"辍学混社会忙啊,今天要去砍个人。"

摩托车留下一串尾气,乔苑林用力把卷子塞进书包,后悔地想,昨晚他就不该同情这种人。

05

乔苑林空腹上了两节课,大课间掏出一包好丽友和一盒牛奶,还没开始吃,同桌田宇匆匆忙忙地跑进了教室。

田宇坐得太猛,把桌子都撞歪了。乔苑林的牛奶打翻流了一大摊出来,他无语地道:"有狗追你啊?"

田宇说:"来了来了!"

"谁来了?"乔苑林拿纸巾擦拭,"你闻闻,奶味儿桌子。"

国际(1)班的学生陆续回到座位上,教室里安静下来,乔苑林不禁瞅了一眼挂钟,奇怪地道:"没打上课铃吧,你们怎么了?"

前桌扭头对他说:"班长,你能不能有点班委的敏感度?"

乔苑林道:"我倒贴你二百,以后你当。"

他不是抬杠,因为他确实不想当班长。作为一个懒人,他管好自己就够费力了,哪有心思管别人?

当初乔苑林的入学成绩名列前茅,一双大眼睛看着又机灵,于是班主任被他的外表迷惑,直接点名他做临时班长。

上任后，他无为而治，从来不管同学们的违纪行为，并且变成了活体学习资源包，所以大家包容他的不足，彼此凑合到了现在。

至于外号，原本几个外向女生调侃他长得好看，是（1）班男神，但还没叫"苑神"那么羞耻。

直到前一阵他父母离婚，他总是心不在焉，频繁忘记班级事务。恰好老班离职，在告别会上当着全班叮嘱他："乔苑林，以后对班级上点心，不要恍恍惚惚、神神道道的，你要修仙啊？"

乔苑林撕开好丽友，问："到底什么事？"

田宇朝门口昂头，说："我从洗手间回来，看见教育总监和新班主任正朝这边走。"

"段思存？"乔苑林愣住，"你五百度近视，没看错吧？"

田宇推了推眼镜："不然其他人为什么都回来了？"

乔苑林没想到段大教授这么快就来了，正好下一节是生物课，不会一露面就走马上任吧？

教室外出现两道身影，胖的那个是教育总监，另一个又瘦又高背对着门口，引得大家窃窃私语。

"打赌吗？"田宇靠过来，"赌段教授第一句说'大家好'还是'同学们好'。"

乔苑林说："行，赌注？"

田宇就地取材地道："我输了赔你一盒牛奶，你输了把好丽友给我。"

乔苑林挑了挑眉，当他傻吗？无论输赢他都没赚到。还没协商出结果，铃声响了，所有人齐刷刷地望向了门口。

田宇下注："大家好。"

乔苑林跟注："同学们好。"

段思存对教育总监做了个"请留步"的手势，转身独自走进了国际（1）班的教室，登上讲台面向全班学生。

乔苑林猜测百分之八十的同学跟他一个想法：比上一任老班英俊多了。

段思存已经五十岁，相貌周正，身材保持得很好，能看出年轻时是个帅哥，并且兼具教授的睿智和资深教师的干练。

他空手进来的，也许只是来亮相做个自我介绍。

谁也没料到，段思存冲大家笑了笑，开口抛出了第一句话："拿出阶段测验的卷子，现在抽查一下错题改正的情况。"

全班倒抽一口冷气，田宇小声地问："他怎么这样？"

乔苑林不忘吹一波梦中情校，说："这大概就是七中教职工的素养吧。"

大家纷纷拿出卷子，田宇说："谁没改可就惨了。"

乔苑林心虚地捋了一下头发，夹着红笔，展开试卷，决定给段教授一个面子，姑且一听错题的讲解。

段思存环顾一圈，点名课代表："周晴，第一页第八题，你错选了B，现在知道答案了吗？"

周晴站起来，"知道了，选C。"

段思存说："总结一下题干的考查点、易混点和答题思路。"

周晴逐一回答，坐下后长舒了一口气。

段思存马上点了另一名学生，提问模式相同，包含纠错、答疑和巩固三部分，一连点了七八名。

这位新班主任看似毫无准备，实则提前记住了每一道题，每个人的名字，还记住了每个人错的题，这节课就是一场"脱稿互动见面会"。

教室里的空气越来越凝固，大家都感觉正在段思存的面前裸奔。

乔苑林单手抚额，未知是最大的恐惧，他不知道段思存什么时候会叫他。

大半节课在煎熬中过去了，下课前三分钟，试卷刚好讲完，段思存这才做起自我介绍："今后我就是（1）班的班主任及生物学老师，有任何问题欢迎来找我。"

全班热烈鼓掌，带着劫后余生的喜悦。

紧接着，段思存说："测验卷讲完了，我出了一套稍难一点的巩固卷，当是送给你们的见面礼物。"

所有人："……不用这么客气吧。"

下课铃响，乔苑林躲过一劫，浑身放松地往桌上一趴。

结果段思存还没走，叫道："班长？"

乔苑林起来道:"老师,有事吗?"

段思存说:"跟我去一趟办公室。"

乔苑林自我安慰,应该没事吧,说不定只是跟他交代班级事务。他缓缓地起身,就听段思存吩咐道:"把你的卷子拿上。"

五分钟后,乔苑林乖乖地站在办公桌旁,垂着手,一副听候发落的样子。

段思存不知是生气还是纳罕,抖着卷子笑了一声。乔苑林不由得想起梁承,他早晨被辍学的嘲笑,现在被大教授嘲笑,也太荣幸了。

时间紧迫,段思存比上课时更直白,问:"你知道自己的名次吗?"

乔苑林回答:"我们学校不排名。"

"是不公开排名。"段思存说,"其实老师和学生心里都有数,哪天世界上的考试不再参考名次,才有可能真正的不排名。"

乔苑林不知道怎么接,干巴巴地道:"哦。"

段思存拿出班里每个学生的成绩分析表,抽出乔苑林的那张,说:"你的成绩优秀、稳定,综合下来基本是年级第二。"

跟乔苑林心里预估的差不多。

"听说你的外号叫'苑神',挺帅啊。"段思存说,"如果在七中,你会多一个外号——万年老二。"

乔苑林一头黑杠:"所以我选择了德心。"

段思存笑道:"前二十名学生里,只有你偏科,你的生物只要达到(1)班平均分,你就可以成为最优秀的那个。"

乔苑林早就听过这句话,说:"我的生物成绩确实不太好。"

段思存严谨道:"不及格,属于中下水平。"

"嗯……"乔苑林想了句服软的废话,"对不起。"

段思存语气温和,态度犀利地道:"不用道歉,先弄清楚你是学不会,还是压根儿不肯学。"

"我学不会。"

"真的?"

乔苑林迂回地说:"我很喜欢'万年老二'这个外号。"

"但我不喜欢成绩差的学生。"段思存毫不避讳地道。

乔苑林有些惊讶,七中滤镜都碎了点,说:"没关系,我爸都不怎么喜欢我,别人不喜欢也正常。"

段思存看着他,过了将近半分钟,笑道:"一步步来吧,起码把卷子改好,把落下的实验课时补上。"

乔苑林识时务地说:"知道了,段老师。"

"还有一个硬性规定。"段思存说,"你不许再迟到,男孩子别磨磨蹭蹭的。"

周晴来抱生物卷子,听见后说:"段老师,这太难了。他除了做题不慢,干什么都很慢。"

乔苑林点点头:"我走路也慢,再不走该耽误下节课了。"

段思存没了脾气:"行了,回去吧。"

天色由晴转阴,下午早早就黑了。乔苑林放学后去上法语课,回家已经十点钟了。

对面卧室关着门,梁承还没回来。

乔苑林在一楼写作业,本来不想写那张巩固卷,但今天刚被约谈,就勉强给段教授一个面子吧。

他空着不会的题目,编都懒得编,渐渐空了一大片出来。他忍不住道:"是题太难了,还是我太菜了?"

马马虎虎写完正面,他上楼刷牙,休息一会儿再写反面。

门锁轻响,梁承回来了。

短发吹得有些乱,他低头换鞋,眉间嫌弃地皱了一下,俯身将乔苑林东扭西歪的白球鞋放进了柜子。

挂好头盔,他拎起扔在玄关桌上的校服领带,打结挂在了旁边。

梁承上了楼,二楼浴室亮着灯,但门开着,他径自走了过去。

乔苑林正在刷牙,含混不清地说:"我好了你再用。"

梁承置若罔闻地从他身后走过。

乔苑林闻见一股浓烈的烟酒气,吐掉泡沫,凑近往梁承的肩上闻了一下,立刻呛得弹了出去。

梁承停在洗衣机前,说:"看来你好了。"

"我好什么好?"乔苑林捂着下半张脸,眼睛显得又圆又大,"租房规定,不许在家里抽烟。"

梁承没搭理他,打开洗衣机盖子,脱掉外套扔了进去。他搭住腰带,说:"我要脱裤子了。"

洗衣筒里已经有两件衣服,乔苑林追加道:"新规定,你的衣服那么大烟酒味,不能和我的混在一起洗。"

"有科学依据吗?"梁承问。

乔苑林也不清楚,只知道乔文渊是烟民,林成碧从不让衣服混着洗,为此经常吵架。他回答道:"反正我妈就不让我爸混着洗。"

"哦。"梁承又问,"那你爸听吗?"

乔苑林一时语塞,答案写在了表情变化中。

梁承说:"你妈都管不了你爸,你确定要管我?"

这人哪来的脸理直气壮?乔苑林气道:"谁管你,我又不是你爹,神经病。"

下了楼,乔苑林冲天花板翻了个白眼。这什么人,年纪轻轻辍了学,深夜回家,满身烟酒味,八成也没有正经工作。

真是混社会的?

水是冷的,梁承绷紧肌肉打了个喷嚏。

写完卷子,乔苑林关了灯,抱着一大摞书本上楼。

他踩上最后一级阶梯拐到走廊,刚好梁承洗完澡,从尽头和他迎面走过来。

所谓冤家路窄,乔苑林回避地低头看卷子,发现漏写了一道选择题。

他停在门边腾不出手,一边艰难地碰门把,一边盯着那道题思考。

梁承搭着湿毛巾走过来了,呛人的味道消失,乔苑林的鼻息间闯入一股沐浴露的清香。带着水汽,他抬头瞥见梁承的下巴。

咔嗒,梁承在身侧帮他打开了门。

前后不过一秒,乔苑林的目光来不及再抬高一寸。

梁承掠过他的卷子,转身时说:"选B。"

CHAPTER
02

第二章

阳 台 上 的

白 狗 花

纯白色的小花，香香的，他仰着头："什么意思？"

梁承在楼上说："送你。"

乔苑林问："这什么花？"

梁承回答："白狗花。"

乔苑林怒道："你有种给老子跳下来！"

01

昨天的阴云没酝酿出一场雨，清晨一片晴朗。梁承热醒了，洗漱干净，下楼去厨房找凉白开喝。

乔苑林正在吃早饭，那张生物卷子摆在一旁，趁早晨清醒再加工一遍。

"小梁，起来啦？"王芮之拿了一个空碟子，"我做了素炒粉，坐下一起吃。"

梁承说了句"谢谢"，依旧和乔苑林隔着桌角坐。他往卷子上看了一眼，那道选择题的括号里赫然写着个"C"。

乔苑林转一圈笔杆，用眼神传达出"我才不相信你"。

梁承的面部肌肉都没动一下，无所谓地收回目光。不足巴掌大的一碟炒粉，很快就吃完了，他洗干净餐碟便出了门。

王芮之拿开乔苑林的卷子，说："别看了，专心吃。"

乔苑林挑出胡萝卜丝和卷心菜的梗，道："好吃，再放点肉丝就更好了。"

王芮之怪他挑剔，说："有肉嚼得更慢，人家比你下楼晚都吃完了，你抓紧点吧。"

"没事，我特意起得早。"乔苑林说，"我们老班新官上任，第一把火就烧到我头上了。我以后不能迟到，起码今天不能。"

王芮之说："我感觉够呛。"

"怎么可能？"

"那你看看表。"

乔苑林一看手表震惊了，居然和平时出门一个时间，他明明早起了啊！

王芮之心想架不住你磨蹭，问："还吃吗？"

乔苑林立刻放下筷子，擦擦嘴起身。

王芮之了然地说："怪不得身上不长肉，没一顿饭能正经吃完。"

乔苑林背上书包赶紧走，在门口换鞋，系鞋带的时候腾出两秒疑惑了一下，他昨天把球鞋摆得这么整齐吗？

乔苑林拿下领带又奇怪了一下，这么漂亮的结是他打的？

乔苑林没空细想，一出门，原来梁承还没离开，他推着摩托一并站在阳光下，人和车都闪闪发亮。

之前在黑夜看不清，乔苑林此刻多欣赏了几眼，车身有些旧，像二手的，但斑斑痕迹更显得炫酷。

梁承拿着块拧湿的毛巾，将车座子从头擦到了尾。

乔苑林往外走，内心一项一项做着排除，公交车要等，出租车会堵，无论怎样都会迟到。

除非，像超人送外卖的速度那么快。

他踌躇着掉了头，好汉能屈能伸，返回来在摩托车旁站定。

梁承连眼皮都没抬，懒洋洋地问："怎么，迷路了？"

乔苑林忽略他的挖苦，说："我要下个急单，你能跑一趟吗？"

梁承说："送你？"

"嗯。"乔苑林点点头，"我今天不能迟到。"

梁承说："巷口往东七十米有地铁站，一口气跑过去，不用换乘就到你们学校了。"

"不行。"乔苑林当即否决，后半句说得有点飘，"我不能跑步。"

梁承抬起了眼皮，很晒，微眯着眼睛觑了过去。乔苑林的手揣在兜里，指甲悄悄抠了抠指腹。

要解释一下吗？

乔苑林张张嘴，算了，迟到就迟到吧。

然而梁承什么也没说，攥着毛巾在车座上用力掸了一下，纤尘飞舞，他一抬腿跨上了摩托车。

"你答应了？"乔苑林问。

梁承将毛巾绑在车把上，说："上来吧。"

乔苑林不喜欢白占便宜，先把价格谈好："怎么收费？"

梁承回答："打表。"

"你逗我呢？"乔苑林说，"你这车还能打表？"

梁承掏出耳机戴上，说："一首歌五块。"

摩托车飞驰出晚屏巷子，乔苑林紧紧抓着梁承的腰侧。他不单是害怕迟到，还藏有一半羡慕的私心。

从小到大，他没尝试过刺激的东西，骑摩托对梁承而言稀松平常，对他来说是第一次。

梁承绕近道走的小路，只有一个路口遇见红灯，刹得有些急，乔苑林连人带书包一齐撞上了他的后背。

天气热，身体接触就加倍的热，梁承拂开了抓在他腰间的手。

乔苑林为自己化解尴尬，说："你这车……挺舒服的。"

梁承戴着耳机，没听见。

感觉更尴尬了，乔苑林无所适从地垂着手，什么都不抓他很害怕啊……变绿灯了，他摸索半天抓住了自己的校服裤兜。

摩托车飞快地穿梭，梁承盯着前方，耳边除了音乐和划过的风声，隐隐约约似乎有个人在瞎嚷嚷。

倏地，一只耳机被拽下来，乔苑林的呼吸喷在他耳后，大声道："打扰一下！"

梁承偏头，不耐烦地问："又怎么了？"

"我真的不能抓着你吗？"乔苑林显然挣扎了很久，"我都快被甩飞了！"

梁承的本意是等红灯时松开，上路后当然要抓紧，可惜他给忘了，乔苑林也当真老实得没乱动。

他反手一捞，捉住乔苑林的手放回腰侧，立刻被抓紧了。

后半程，那只耳机一直垂在胸前，吹得鼓起的T恤衫被身后的胸膛压平，梁承很不习惯，不过不至于难受。

摩托车抵达德心中学的大门外，动静不小，引得不少人回头。乔苑林下了车，恋恋不舍地拍了一下车座。

梁承掏出手机，将播放完毕的第四首歌按下暂停。

乔苑林问："一共二十？"

梁承摘下耳机，一圈圈缠在手机上，微信跳出消息提醒，他点开，是乔苑林发来的五十元红包。

三十元小费，够再来一趟了。

果然，这位十六岁高中生意犹未尽，说："我晚上八点放学，你来接我吧。"

梁承："……"

还多十元，乔苑林说："顺便给我带一份臭豆腐。"

梁承的粗口呼之欲出。

乔苑林没给他机会，望见马路对面的一辆汽车，忙道："好像是我们班主任，不说了，我得走了。"

梁承一个字都没讲，而乔苑林已经安排得明明白白。他揣起手机，发动引擎扬长而去。

旗袍店开门营业，来的顾客是老相识。王芮之给对方量尺寸，有一搭没一搭地聊着天，内容无非是儿女家庭。

顾客说："你女儿好久没来了，大记者，又出息又漂亮的。"

王芮之笑道："就是太忙，做记者经常出差，有时候一走半个月，家都顾不上了。"

顾客说："你女婿是医生，应该也很忙的？"

"都忙。"王芮之坦然道，"前阵子离婚了，从此各忙各的。"

顾客有点不好意思，安慰道："还年轻，以后再找一个。"

王芮之说："随他们吧，我就是心疼外孙。"

顾客小声问："记得是生下来就身体不好？"

王芮之想到乔苑林，叹息了一声，透过窗户望见摩托车去而复返。等梁承进了门，刚才的话题彻底终止。

顾客夸了句："小伙子真帅啊。"

梁承大步流星地经过，仿佛这句话与他无关。

王芮之打圆场，问："小梁，你怎么回来了？"

梁承外出的时间不定，说："今天在家待着。"

"在家？"王芮之惊讶道，"那你送苑林，不是顺路？"

"不是。"梁承掀帘子上了楼。

顺哪门子路，他趁天气好擦擦车，根本没想出门。至于这一趟计划之外的跑腿，就当那一碟炒粉的饭钱了。

梁承回到房间，从墙角的矮柜里拿出一只背包，沉甸甸的，装满了纸质资料和厚重的书刊。

他挑出一沓，坐在桌前打开那台旧电脑。主机运行很慢，勉强能聊QQ，或者查一些补充资料。

他在房间里待了一整天，直到傍晚才摘下眼镜，离开椅子去开了个灯。

梁承踱到窗边，晚霞把那盆仙人球照成了橘红色，他触摸仙人球的刺，沉浸于刺痛里一点点得到放松。

手机响，他蜷缩起扎红的指尖。

梁承看了一眼屏幕，接通道："喂，应哥。"

手机里面的人说："马上过来，盯个人。"

梁承回答："好，我现在过去。"

国际（1）班开始第一节晚修，内容很自由，可以小组讨论，也可以去实验楼和图书馆学习，或者单纯地写作业。

乔苑林打开中国文学的卷子，第一篇文章读到一半，田宇靠过来，问："放学要不要去我家？"

"去你家干吗？"

"快月底了。"田宇说，"商量一下本月CAS去哪儿当牛做马。"

CAS是创新、行动与服务的英文简称，毕业前，国际班的活动时间必须达到一百五十个小时。上次服务活动是去动物园清理大象粪便。

乔苑林读完文章，说："咱微信聊吧。"

田宇道："微信太麻烦了。"

"语音电话，怎么样？"乔苑林没有妥协的意思，小声解释的时候带着一点小得意,"今天真不行,放学有人来接我。"

田宇八卦道:"谁来接你?"

乔苑林放慢写字速度,琢磨该怎么定义梁承的身份。

租客,田宇肯定会问租客为什么接他放学;超人跑腿,可是跑腿又不等于司机;朋友……也太勉强了。

乔苑林想了半天,说:"本少爷雇了个摩的。"

八点钟放学,学生们鱼贯而出。乔苑林惦记着坐摩托,破天荒地利索了一次。

父母工作忙,小时候都是保姆接,或者坐校车,只每年生日当天乔文渊和林成碧会来,但也仅维持到小学毕业。

人潮汹涌,乔苑林站在门卫亭前,目光追着流动的车水马龙。四十分钟后人越来越少,校园逐渐走空了。

梁承怎么还不来啊,有没有时间观念?不会是忘了吧?

乔苑林摸出手机,点开超人的头像一愣,五十元搁在那儿,梁承根本就没收他的红包。

既然没收红包,等于没答应来接他。

乔苑林白等了一场,打车回家,路上萎靡不振地歪靠着车门。他玩了会儿手机,返回微信再次点开梁承的头像。

他发了一条:为什么不收红包?

一条街过去了,梁承没有回复。

乔苑林:是不是嫌少?

乔苑林:价钱可以商量。

乔苑林:给你加起步费。

乔苑林:不带臭豆腐也行。

乔苑林:同意吗?

快到巷口了,梁承始终没有回复。

乔苑林盯着发出去的六行字,怎么这么卑微,对一辆破摩托至于吗?这要是被拒绝,他的脸往哪儿搁?

可撤回已经晚了，乔苑林当机立断编辑了第七句：算了。

按下发送的同时，超人回复了一个字——

行。

02

有些事就这么巧。

乔苑林盯着手机屏幕，"算了"和"行"一右一左、一上一下，可时间误差不足半秒，梁承回复得这么快？

或许，是在回复他前面的六句？

二者的意思截然相反，回复"同意吗"是答应，回复"算了"是不答应，乔苑林怔了片刻，点开输入框打字：你回复的哪一句？

他打完悬着指腹，迟迟按不下发送。

连发六句已经够卑微了，全指望第七句找补点尊严。他这样问，万一梁承拒绝了，岂不是彻底丢了面子？

乔苑林把那句话删掉，改成语焉不详的省略号，还没发出去，出租车在巷口停下，司机递给他二维码的牌子。

他返回聊天界面，省略号变成了草稿箱内容。

付了款，乔苑林拖着步子走进巷口，空气有些闷，手心贴着机身出了一层汗。

那一句回应之后，梁承又恢复掉线状态，完全没有说清楚回复哪一句的意思。乔苑林也懒得问了，将省略号删成了空白。

吃过晚饭，王芮之在一楼裁衣服，操作台被布料占满了。

乔苑林只好待在房间里学习，听完一节网课，他趴在床上写一套英语卷子。翻过第二页，微信提醒有一条新消息。

乔苑林做题的时候不碰电子设备，也不回任何消息，又写了三道题，笔尖却凝固在了纸上。

他没忍住，滑开手机屏，点开那一条不知是谁发来的未读。

原来是田宇发的,问他几点讨论当牛做马的事。

乔苑林撇撇嘴,回复道:三十分钟后。

田宇又发来一条:放学真坐摩的走的?

哪壶不开提哪壶,可乔苑林吹都吹了,便模棱两可地回了个"戴墨镜歪嘴笑"的表情。

田宇:我也想试试。

乔苑林切到浏览器搜索关键词,然后给田宇甩了一条链接,内容是——平海市路路通,摩的、三轮、皮卡、厢货,为您提供各式运输服务。

田宇:……三十分钟后再聊。

这套卷子是循证阅读题的专项训练,乔苑林曲起两条小腿轻轻打晃,做得很轻松,写完还来得及冲个澡。

他湿着头发打开数学复习,没吃成臭豆腐,凑合着撕开一包鸡汁豆干,同时一心二用地和田宇语音通话。

CAS分两类,一类是学校统一安排,另一类是自主行动。后者的好处是时间灵活,项目选择自由,适合乔苑林这种散漫人士。

确定服务项目后向学校的监督专员报备,事后写活动日志收录档案,才算真正地完成。

乔苑林正在看一道大题,没仔细听。田宇叽里呱啦地说完,问他:"怎么样?"

"不错。"他张口就来。

田宇决定道:"好,那这个月就去幼儿园。"

乔苑林愣道:"幼儿园?你能搞定小孩?"

"总比大象粪便好搞吧。"田宇说,"你不是会弹钢琴吗?你弹琴,我唱歌,小朋友们笑呵呵。"

乔苑林:"……行吧。"

"那活动日记就靠你了。"田宇挂线前找了个抽,"晚安哦,苑神。"

乔苑林一把扯下耳机,豆干都没胃口吃了。他翻身躺平,盯着陈旧的天花板发呆,手机被压在了肩膀底下。

嗡，微信振动了一下。

乔苑林嘟囔"又怎么了田小宇"，右手穿过左边腋下，拽出手机，打开微信，只见超人的头像移动到列表顶端，挂着个红红的圈。

梁承发来短短的一句：听，起风了。

凌晨十二点发这么莫名其妙的话，乔苑林第一感觉是"诈尸"，品了品，第二感觉诈得怪文艺的。

旁边书页掀动，窗缝里漏进来一股股凉风，呼啸声在屋外盘旋，很快噼噼啪啪的雨点就砸在窗户上。

当真是起风了，乔苑林回复道：下雨了。

超人：收下衣服。

原来在这儿等着呢。

乔苑林趿上拖鞋去阳台。他的衣服晾干被王芮之收进了柜子，挂着的几件都是梁承的，雨点很密，他一股脑薅下来抱回了房间。

打开灯，空荡的卧室比他的整洁多了，床单抻得一条褶都没有，简直是离谱。

乔苑林站在床尾来了个天女散花，把怀里的衣服扔了一床，他用手机拍下来，发给梁承以证明衣服收了。

超人没反应，但一直显示对方正在输入。

乔苑林等了一会儿，着急要回屋复习，便不耐烦地催促道：你回复的是什么啊？

发送完他傻了，手指形成肌肉记忆了吗？竟然打的是"你回复的是哪一句"？！

对方终于停止输入，显然已经看到了。乔苑林暗自决定，要是姓梁的让他下不来台，他就把这堆衣服晾回去。

屏幕一闪，超人发来：都行。

乔苑林：什么叫都行？

超人：先叠衣服。

使唤人上瘾了是吧？乔苑林飞快地回道：没空，不伺候。

超人：那就是"算了"。

乔苑林的脾气蹿上头，算了就算了，他转身回房，走到门口穿堂风嗖嗖的，却不敌摩托车后座的风声爽快。

他顿了半分钟，返回床边拎起一条牛仔裤。

乔苑林十六年间第一次收衣服，第一次叠衣服，都奉献给了一个来路不明的租客。叠好摆在床头，他拍下照片发过去。

等待回复的几分钟因屈辱变得漫长。

结果梁承又没影了。

乔苑林非常愤怒，可惜他不擅长骂人，憋了半天用文明的中国字苍白地发了句：大兄弟你讲不讲信用？

房门大敞着，一阵风吹乱了桌上的纸张。

乔苑林正生气，捡起来在桌面上粗暴地磕了磕，低头一看，纸上满篇英文，并且夹杂着很多又长又复杂的专业名词。

一些句子用红笔画了线，在空白处写着注释。乔苑林翻到下一页，上次梁承看他的试卷，那他看一下这份资料应该不过分吧？

可惜他无奈地发现，他能看得懂语言，但读不懂内容。

乔苑林提炼出一些词，中心围绕"癌症学"，莫非这是一篇医学的论文资料？

他最费解的是，梁承为什么会有这么一份资料，还做了笔记注释。他虽然偏科，但不至于还不如一个不念书的吧？

乔苑林受到了冲击，他把资料放好，用水杯压住，临走时拍下了前三页。

雨下大了，窗外的树叶摇曳了半宿。

梁承一夜未归。

天蒙蒙亮，乔苑林脑袋晕沉沉地睁开眼，他像一块柔软待发的面团，醒了一会儿才爬起来去洗漱。

收拾好书包下楼，比平常早了四十分钟，就算蹬三轮去学校都不会迟到了。

王芮之刚起床，以为外孙子转了性，问："怎么这么早啊？"

乔苑林到门口换鞋，回答："我靠自己也可以不迟到。"

王芮之说："确实得靠自己，哪能天天蹭人家的摩托。"

乔苑林勒紧鞋带，要把脚丫子勒死一只似的，说："我付了钱的，是他不收。再说哪有天天？我今天不就自己走吗？"

王芮之道："当然得自己走，小梁昨晚又没回来。"

乔苑林吃了一惊，房门关着，他还以为梁承在屋里睡觉呢。再一看，头盔没在，梁承的球鞋也没在。

"姥姥，他到底干什么的，一整晚不回家？"

王芮之说："我没问过。你不吃早饭了？"

乔苑林觉得老太太心真大，改天得好好问清楚，回答："我去对面早餐店买海蛎饼。"

巷子里地面潮湿，乔苑林绕开积水走到巷口，太早了，平日繁杂的街道冷冷清清，半天没一辆出租车经过。

马路对面的吴记早餐倒是热闹，几张小桌坐满了，乔苑林望过去，试图寻找一个空位。

忽然，他看见了斜停在路边的摩托车。

车旁边的小桌上，梁承吃完了一笼牛肉烧卖，偶尔偏头，隔着不算宽的马路对上了乔苑林的目光。

瞪他呢？

梁承拿起手机，隔了一个晚上延迟回复：衣服叠得不错。

乔苑林气得想拉黑，穿过马路走到梁承的桌对面，冲老板说："老板，我要一个海蛎饼和一碗粥。"

梁承说："大清早，不嫌油吗？"

乔苑林补充："要油大的。"

等吃的端上来，乔苑林坐下。梁承在喝剩下的半杯豆浆，压低了眉骨，眼下一片熬出来的青色。头发和衣服昨晚淋过雨，泛着湿凉的水汽。

冷不防的，他打破了沉默："走这么早？"

乔苑林说:"早点就不会迟到了。"

"正好。"梁承朝摩托车抬了抬下巴,"今天没法送你,疲劳驾驶。"

乔苑林捧着海蛎饼,他理解能力还行,这话的意思是不是今天不行,但改天可以?

梁承抬眼看他,薄唇展开一点弧度,咬着吸管笑了,"小兄弟,我也没那么不讲信用。"

乔苑林咬了一大口,谨慎地咕哝:"你这人靠谱吗?"

"一般吧。"梁承逗他,"起步费给多少啊?"

乔苑林说:"看你服务态度。"

梁承道:"还是看我心情吧。"

乔苑林心里有数,就算给钱,梁承也不会每天送他的。时常半夜回家,偶尔彻夜不归,比起这件事,他更想知道梁承是干什么的。

昨天回复得断断续续,说明在忙?通宵又淋雨,难不成是户外作业?

乔苑林不好意思直接问,试探地说:"你刚下夜班?"

梁承回答:"算是吧。"

"什么叫算是?"乔苑林怕迟到,不拐弯抹角了,"你是做什么工作的?"

梁承反问他:"你觉得我像做什么的?"

乔苑林大胆猜测,麦当劳服务员,不对,这个"跩"样儿早被开了。送夜宵的,那之前几晚怎么不工作?电影院售票员?

他联想夜间营业的场所,KTV、酒吧、夜店,一连猜了五六个。

梁承事不关己地听着,偏着头,锋利的轮廓在雨后初晴的阳光下镀了一层金边,却不温暖,反而英俊得不真实。

乔苑林对着这幅画面脑子一抽,说:"你不会是夜总会的少爷吧?"

梁承呛咳一声,爆了粗口:"你猜对了,我还是头牌。"

03

梁承推着摩托车走回旗袍店,锁好车,卷闸门从里面拉起了一截。他迈上台阶，在门外一把给卷了上去。

王芮之见是他，笑着说："吓我一跳，回来啦。"

老太太穿着件香云纱的旗袍，特讲究，而梁承身上的衣服半湿半干，有一股隔夜雨水的气味。

这样的姥姥就应该搭配乔苑林那样的外孙，他与对方住在同一幢楼里，却是不同世界的人。老天把一切都安排好了，各有各的路数。

梁承不明白琢磨这些干什么，许是吃烧卖吃撑了。

他绕开王芮之进了屋，在地板上踩下一串黑脚印，说："我等会儿擦干净。"

"没事，你别管了。"王芮之跟在后面，"今天不用给苑林做早饭，闲着也是闲着，我把店里打扫一下。"

梁承换上拖鞋，钩着球鞋的鞋带拎起来，准备先在盆里泡上。他打了个哈欠，说："吊扇和灯管太高，我擦吧。"

王芮之道："成，那麻烦你了。"

梁承抬脚上楼，一步一步迈得稍沉，四五级阶梯后，王芮之在原地叫了他一声。他停下回头，问："什么事？"

王芮之笑容和蔼，双手有些不自在地握在身前，说："小梁，一直也没问过你，你是做什么工作的？"

梁承倒是一派从容，反问道："租房子需要交代？"

王芮之笑道："我就随口问问，没别的意思。你每天外出时间不固定，年纪又不大，我有点好奇。"

梁承转身上楼，扔下一句："打零工的。"

老太太没获取多少关键信息，租房子时她问过一嘴，梁承就是这个答案。至于具体的工作，身为房东管太宽不合适。

梁承上了二楼，房间闷热，他打开关了一夜的窗户通风。

叠好的衣服放在床头，他盯了几秒，拿出手机点开乔苑林昨晚发给他的图片。图上是顶层那件T恤的大特写，平整美观，而下面几件横看成岭侧成峰，被巧妙地避开了。

还是个小骗子。

他收好衣服去收拾书桌,昨天走得急,那一沓资料来不及收进矮柜,此刻整整齐齐摆在中央,页脚压着一只水杯。

梁承挨着桌沿站立片刻,想要洗澡睡觉了。

今天各科周考。乔苑林蹭办公楼的电梯上来,再从空中廊桥去教学楼,半路碰见周晴。

周晴刚从段思存的办公室出来,抱着两大袋卷子,一袋是考试卷,另一袋是评过分数的巩固卷。

乔苑林的左肩挂着书包,伸出右手拿走一袋,说:"我帮你拿。"

周晴愣了一下,笑得很甜:"谢谢班长。"

乔苑林问:"你好像很意外?"

周晴解释道:"因为你第一次帮我干活儿……"

乔苑林回想了一下,貌似还真是。他拎不动水,跑不了步,也只能靠帮人抱抱作业彰显男子气概,没想到帮得不够均匀。

"跟你没关系。"他说,"我不喜欢生物。"

周晴道:"以你的成绩,想补肯定能补上。"

乔苑林笑笑,他不想。

周晴鼓起勇气道:"我可以帮你。"

乔苑林完全没那个需求,但不好拂女孩的面子,转移话题道:"欸?这是什么卷子?"

周晴回答:"周考卷。"

"第一节课才考,不怕漏题吗?"

"段老师说早课一打铃就考,省略课间,第一节课剩半小时讲巩固卷的错题。"

德心中学的老师从未拖过堂、占过课,乔苑林忍不住吐槽:"我觉得段教授身在德心,心在七中。"

周晴问:"为什么?"

乔苑林说:"他把公立重点的恶习全带来了。"

话音刚落，背后有人咳嗽了一声，能听出是段思存。

乔苑林呆滞了一瞬，没有回头，装作什么也没说、什么也没听见，腰杆笔直、落落大方地走了。

早课连着第一节生物课进行考试，段思存坐在台上监考。

考完余下三十分钟讲错题，乔苑林展开巩固卷，他不关心分数，目光逛街似的在卷面上乱晃悠。

段思存在讲台上说："时间有限，先把错误率最高的几道题讲一下，现在看第九道选择题。"

乔苑林不信梁承选了"C"，错了没得分。

这时，段思存说："正确答案是 B。"

乔苑林倏地抬起头，在一众对着卷子的脑袋里格外明显。段思存越过镜框边缘看向他，问："有问题吗？"

乔苑林摇摇头，捏紧笔杆改掉了答案。

所有人都憋坏了，一下课就冲向卫生间排队。乔苑林在位子上默默发呆，没呆出个结果，揣上手机去了办公室。

他和段思存前后脚，敲门的时候对方刚坐在椅子上。

段思存打趣道："我没找你算账，你倒主动来找我了。进来吧。"

乔苑林关上门，走到办公桌旁站好。他瞧着挺乖，结果开场白都没有，直接从兜里掏出了手机。

段思存确实没在公立重点见过这般场景，说："你真当我不会没收？"

"啊，不是。"乔苑林解释，"我有事请教。"

他打开相册翻到昨晚拍的图片，放大第一张，说："段老师，你能帮我看一下吗？"

段思存盯着图片阅读上面的内容，读到一半便停下来，问："这些资料你从哪儿得到的？"

"有什么问题吗？"乔苑林说，"是关于哪方面的？"

段思存继续看，一张一张地看完，说："这是英国一所名校的专业课程，癌症学那一部分。"

乔苑林惊讶得以为听错了,问道:"那……一般什么水平能看懂这个?"

段思存说:"一般人肯定看不懂。"

拍摄距离很近,空白处的注释没有拍到,但画线部分能看出有人读过,段思存问:"你自己看的?"

乔苑林诚实地摇摇头。

段思存说:"你现在的水平当然看不懂,肯学就不错了。你从哪儿找的,这种资料我要找同行朋友拐几个弯才能拿到。"

乔苑林更为惊讶,只好编了个理由:"是我爸给我的。"

"你爸从事这方面的工作?"

"他是医生。"乔苑林直觉再聊下去要露馅儿,便给人添堵地说,"段老师,你如果有病就说一声,我可以帮你拿专家号。"

段思存把手机还给他,问:"你还有别的事吗?"

乔苑林说:"没了。"

段思存道:"出去。"

从办公室离开,乔苑林走到空中廊桥停下,倚住栏杆想让风吹一吹心头飘荡的疑虑。

他冒出许多个问题——梁承真的辍学了?为什么会有那些资料,并且能看懂?平时行踪不定又是在做什么?

乔苑林脑补得东一榔头西一棒子,蓦然发觉自己忽略了一点——梁承的家人。

这个年纪除非是孤儿,否则极少离开家庭,难道梁承也是离家出走?

乔苑林捋了一下头发,林成碧教过他,依靠足够的线索去获得真相,主观臆断是没有用的。

他得找一找线索。

放学后,乔苑林和小组成员去咖啡馆做团队作业。

他这种时候最像个班长,调配分工,主动承担难点和收尾,并请大家吃了顿晚饭。到家已经十一点多,他轻轻上楼,对面房门紧闭,不知道梁承在不在里面。

周六休息，乔苑林睡到快八点，张开眼翻身一趴开始听第一节网课。

手臂支在床上，网课结束又酸又麻，他哆哆嗦嗦地换好衣服，出门一拐见梁承拎着浇水壶走出浴室。

两个人面无表情地对视几秒，谁也没打招呼。

浴室里的脏衣篮空了，乔苑林洗漱后去阳台，他的校服和梁承淋湿的那一身挂在一起，是早晨刚晾上的。

梁承少见地穿着一件浅色T恤，牛仔裤也洗得发白，站在花花草草之间的画面格外清新。

乔苑林闻闻一盆矢车菊，问："这些花都是你种的吗？"

梁承"嗯"了一声。

继而一段沉默，乔苑林负手靠着墙，轻声说："那道题真的选B。"

梁承道："哦。"

乔苑林问："你会做？"

水壶空了，梁承放下擦擦手，回答："蒙的。"

乔苑林将手臂改抱在胸前，他肤色很白，两只肘尖却明显发红。梁承以为他在哪儿蹭脏了，目露嫌弃之色。

乔苑林说："你什么表情？我是因为杵在床上学习，磨红了。"

梁承轻嗤。乔苑林有点不好意思，用手掌捂住手肘，说："笑什么，我又没桌子。"

那双休日的作业写完，岂不是要磨破了皮？梁承浇完花回房间，走到门口停下，叫道："哎。"

乔苑林道："我不叫'哎'。"

"那算了。"梁承说，"还想问问'哎'要不要用桌子。"

乔苑林怔了一下，立刻拎上书包过去，耽误一秒钟都怕梁承反悔。

桌面上干干净净，那份资料已经收起来了。

乔苑林坐下来，打开书包拿数学卷子，捏住又松开，换成一般放在最后才写的生物。

梁承坐在床上玩手机，十分钟过去，房内一点写字的声音都没有，他便抬了一下眼。

乔苑林凝望着一道大题，不知道在思考还是走神。

梁承在空中打了个响指。

乔苑林扭头问："什么事？"

梁承说："你这个效率，桌子是不是要用一天？"

乔苑林支吾道："我读题……比较仔细。"

用软件逐字翻译成中文也该读完了，梁承说："不会就跳过。"

"嗯。"乔苑林道，"我就是一步步跳到这儿的。"

梁承开始后悔请来这尊佛。

乔苑林别开脸，指腹来回碾着卷翘起一块的页脚，说："我最烦癌症学这部分了，题都很难做。"

梁承望向卷子，说："你写的是生态学。"

乔苑林道："啊，我看错了。"

梁承放下手机，双手向后撑在床上，嘲弄地说："小朋友，你们学校的课程等级分初级和高级，后者包含前者的内容。但无论你念的哪一个，生物都没有癌症学这部分。"

乔苑林正中下怀，问："你怎么知道？"

梁承回答："我在德心当过保安。"

乔苑林感觉一拳打在了棉花上，而且是黑心棉。他有点泄气，翻卷子时碰到鼠标，电脑显示器一下子亮了。

他震惊于这玩意儿还没报废，问："能用？"

梁承道："凑合。"

"我能试试吗？"

本来就是对方的东西，梁承说："随便。"

乔苑林打开浏览器，对照卷子上的题目搜索相关资料，一页页往后翻，装模作样地折腾了一会儿。

他说："查不到啊，你过来。"

梁承问:"你查什么?"

乔苑林说:"就那些论文啊,资料啊。"

桌面投下一片影子,梁承到他背后,俯下来,一只手环过他握住鼠标,然后拉下了历史浏览记录。

施普林格、爱斯维尔……乔苑林掠过一串网址,头向后仰至极限,以死亡角度直直地看着梁承。

梁承垂眸和他对视,说:"从坐这儿就试探我,你想知道什么?"

乔苑林问:"你到底什么来头?"

梁承回答:"从城西来的。"

乔苑林皱起眉:"你这人嘴里有没有一句实话啊?"

后脑一暖,梁承的手掌摸上他的头发,可落下来的声音却是冷的:"没有,所以少打听。"

乔苑林一动不动,感觉被这只手恐吓了。

结果梁承松开他,说:"用完关机。"

梁承拿上车钥匙走了,门"嘭"地关上,仿佛一声不耐烦的警告。乔苑林贴着椅背,听脚步声在楼中消失。

他将电脑页面关闭,要关机时,右下角的图标闪了闪。

原来挂着QQ忘了退出,乔苑林移动鼠标,速度太快卡住了,恢复后一个对话框抖动着弹了出来。

他不想看也晚了。

对方的网名像个中年非主流,叫"玉宇琼台",备注名是"应哥"。

一共发来两条消息——

二十八号上午岭海码头仓库。

带上家伙。

04

关了机,乔苑林对着黑掉的屏幕发呆。

平海市主要是平原，南城连着一个有山的小岛，叫岭海岛。市区到海岛大约三小时车程，坐轮渡会快一些。

岛上的码头原来是货船集结点，近两年要搞旅游开发，码头冷清下来，岛上一大半变成了建筑工地。

那些仓库拆得七七八八，剩下的部分也废弃了。总之，一般没人会约在那个地方，并且带着家伙。

乔苑林兀自思忖了一会儿，倾身撑住桌面，双手抱住后脑勺抓了满掌发丝。家伙，是他想的那样吗？

他甚至脑补出梁承拿着家伙的样子，就……还挺和谐的。

使用书桌的时间有限，乔苑林压下所有不解，埋头学习。其间梁承一直没回来过，也不知道去了哪里。

天黑前写完了作业，乔苑林拿着法语书下楼。

王芮之每个双休日参加老年模特队，提前关了门，将清汤面和榨菜炒肉端上桌，道："吃饭的时候别看书，对脑子不好。"

乔苑林说："不是对胃不好吗？"

"你既然知道，还看？"

王芮之多拿了一只碗，摆在旁边。

乔苑林挑出一根讨厌的海带丝，啪叽甩进了碗里。

王芮之说："这不是给你放垃圾用的。"

"那干吗用——"乔苑林还没说完，门锁响了。

梁承回来了，背对着餐厅换拖鞋、放头盔。乔苑林看不见梁承的表情，只看见对方把他的帆布鞋收进了柜子。

王芮之喊道："小梁，没吃饭吧？过来一起吃碗面。"

梁承说："不用了。"

乔苑林埋头在碗里自动隐形，等梁承利落地上了楼，他才抬起来，往嘴里夹了一根面条。

王芮之觉得不对劲，问："这是怎么了？"

乔苑林说："不饿呗。"

王芮之说:"你俩又闹矛盾了?"

"谁跟他闹矛盾?"乔苑林心虚地哼了哼,"那这碗我放垃圾桶了啊。"

王芮之无语,乔苑林本着尊敬老人的原则,把这一页掀过去,说:"姥姥,我明天回趟家。"

王芮之问道:"你爸叫你回去?"

乔苑林说:"什么呀,他早把我忘了。"

"那你还回来吗?"

"嗯,我回家练练琴。月底的服务活动要去幼儿园,我好久没弹得练一下。"

王芮之说:"月底几号?"

"二十八号。"

乔苑林说完想起那两条 QQ 消息,当时他只顾着乱猜,没发觉和 CAS 活动是同一天。

二楼格外安静,梁承半躺在床上看书,大敞着门。

没多久,乔苑林趿着拖鞋由远及近,最终停在了门口。他敲了敲门框,进屋收拾自己的书包和作业。

梁承的目光没离开过书,似乎进来的只是一团虚无的空气。

乔苑林明白,他上午的试探越了界,这位租客不爽了,于是出门文了个身,在脑门上明明白白地刻着:我们不熟。

虽然他不在乎,但他还没弄清楚一切疑问。

乔苑林试图缓和关系,便根据实际情况酝酿出一个比较自然的开头,说:"我零食就剩一包了,能下单吗?"

梁承回道:"没空。"

乔苑林又问:"明天上午要出门,能送我一趟吗?"

梁承答案依旧:"没空。"

乔苑林没话讲了,他的自尊心也不容许他被拒绝两次后还一往无前。

沉默的间隙,梁承的肚子叫了一声。

乔苑林心想:原来没吃饭啊,给你汤面不吃,这么"跩"有本事就不要饿。

他抱起书包离开,走到床尾,忽然想起在便利店吃泡面的那个深夜。

梁承终于移开视线,看乔苑林侧影单薄,弯着红红的手肘掏出最后一包零食,扔果皮似的扔在了床上。

是一包黑巧威化饼,乔苑林说:"就当书桌使用费。"

他头也不回地走出房间,潇洒地带上门,表情立刻垮成惋惜状。那是他留到最后的最爱,便宜姓梁的了。

周日天气升温,街上几乎一水的轻薄夏装。

乔苑林终于换上了短袖T恤,干净的白色,背后一双肩胛微微凸起,风一吹,好像一只能乘风而去的蝴蝶风筝。

他当然不会乘风,走到巷口就已经嫌累,招手叫了一辆出租车。

离市中心不远的博御园,号称百分之八十住户是高知的高档小区。剩下百分之二十是高知的子女,除了上市重点学校就是上顶级私立学校,倒个垃圾都能遇上一场学历PK。

在乔苑林的印象中,乔文渊从没在家里完整地待过一天,就算周末休息,也是在小区的健身房锻炼一上午。

电梯停在十二层,他祈祷着家里没人,在门外输入了密码。

可惜事与愿违,客厅里电视开着,乔文渊正在跑步机上一边看新闻一边跑步,听见门开按下了暂停键。

乔苑林杵在玄关,说:"是我。"

乔文渊揩了把汗,这两天健身房维护器械,他就在家跑跑,坚持锻炼所以精瘦的身材丝毫没有走样。

走下跑步机,乔文渊在沙发上坐下来。乔苑林一路也渴了,过去倒了杯水喝。

父子俩七八天没见面了,乔文渊等呼吸平复,问:"SAT成绩出来没有?"

乔苑林的门牙不小心磕上杯沿,很痛,他放下杯子抿了抿嘴唇,回答:"一五五零。"

满分一千六,乔文渊说:"发挥得不错。"

乔苑林冷着眉眼:"你们那天不是办离婚吗？我很振奋。"

乔文渊道:"不管你高不高兴,我跟你妈已经分开了,这是必须接受的事实。"

乔苑林绷紧了面孔,他没发表过一句意见,没表示过一声反对,还要怎么接受?

乔文渊说:"我知道你心里不高兴,所以你躲到姥姥那儿,我也不催你回来。只要——"

"只要别影响学习。"

"你明白就行。"

乔苑林实在不想聆听教诲,起身回房间。

乔文渊问:"周考的卷子没带回来?"

"没有。"乔苑林回答,"我来练琴的,练完就走。"

乔文渊想起什么,说:"你们新换的班主任挺有名。"

乔苑林给忘了,现在乔文渊是他唯一的监护人,代替林成碧进入家委会,自然对一切动态了如指掌。

回家不到十分钟,他的心情跌到了马里亚纳海沟。

他的房间整理过,乔苑林洗洗手练琴。说来变态,他学琴的时候还没学会用筷子,和姚拂一起上课,此后每年家庭聚会都被迫表演四手联弹。

不一会儿,乔文渊进来放下一张卡和一袋药,说:"卡上有一万块钱,给你姥姥。我跟你妈离婚了,钱要分清楚。药是半个月的量,免得吃完断了顿。"

乔苑林说:"知道了。"

家里人丁骤减,保姆换成了小时工,乔文渊道:"冰箱有煮好的饭,你中午饿了就热一下吃。"

乔苑林问:"你不吃?"

"下午有个病人,我得回医院。"

乔苑林手腕一塌,十指叩在琴键上敲出沉重的声响。

乔文渊皱眉,叮嘱道:"在外面别惹事,放学了早点回家,长林街那片好多租房子的外来户,什么人都有。"

乔苑林动动眉心:"能有什么人?"

"不三不四的坏人。"乔文渊说,"前两天医院拉来几个小流氓,年纪轻轻不念书,晚上在外面瞎混,抽烟酗酒闹事,打架打得浑身是血。"

乔苑林问:"拿什么打的?"

乔文渊答:"棍子、水果刀,警察给押来的,在医院走廊收缴了一堆家伙什儿,俗称犯罪工具。"

"那……"乔苑林说,"那些人什么样?"

"能什么样?都是一副不好惹的茬儿。"

午后骄阳似火,朝阳的房间热得厉害,梁承坐在桌前看资料,额角的汗滴落在桌面上砸开一朵水花。

无论多晒多热,他从不拉窗帘挡阳光。

读完最后一页,梁承的衣服汗湿了,他想冲个澡,去阳台上收干净的衣服替换。

一低头,视野正对整条巷子,梁承不经意地一瞥,见一抹白色正龟速穿过葱郁的绿影。

乔苑林练完琴回来,中途去了趟超市补充物资,现在左手拎着一大袋零食,右手举着甜筒,一路躲在树影之下。

走到旗袍店门前,头顶没了遮挡,甜筒也吃完了。乔苑林幽怨地抬首望天,猛地睁圆了眼睛。

梁承站在阳台上,不知是不是错觉,乔苑林望见他的神情有些复杂,甚至有一点……惊恐?

凝视片刻,乔苑林眼眶发痒,连续眨了几下。

梁承扫过架上的一排花盆,有选择性地薅了一朵抛下去。花朵飞舞飘落,乔苑林伸出手精准地接住了。

纯白色的小花,香香的,他仰着头:"什么意思?"

梁承在楼上说:"送你。"

乔苑林问:"这什么花?"

梁承回答:"白狗花。"

乔苑林怒道:"你有种给老子跳下来!"

梁承佯装没听见,收了两件衣服回浴室冲澡。

乔苑林耳边响起乔文渊说的话,那些"坏人"形象顿时有了脸。他奋力推开店门,动静大得把王芮之吓了一跳。

乔苑林控诉:"老太太,你把房子租给什么人了啊?"

王芮之瞧见那一大袋,说:"你少吃点零食。"

乔苑林问:"他干吗的,你问清楚了吗?"

"不清楚。"王芮之说,"我就知道小梁爱干净,不乱搞我的房子,帮我开门关门,打扫卫生,而且长得还帅。"

乔苑林急道:"可他——"

王芮之打岔说:"哎呀,我忘了告诉你。二楼的热水器有毛病,洗三十分钟水就不热了,你们分配好时间。"

乔苑林一向畏寒,闻言立刻上楼。

走着走着有点疑惑,这一周都是他先洗澡,每次差不多三十分钟,难道梁承一直冲的冷水?

这不可能吧。

浴室关着门,乔苑林敲了敲:"你要洗澡吗?"

"进来吧。"

乔苑林拧开门,梁承背对他站在淋浴间外面,双手交叉掀起上衣,后背暴露出一道道交错的伤疤。

衣服脱下来,他转过身:"有事?"

乔苑林把要说的话全忘了,紧攥着门把手,问:"你背上怎么弄的?"

仿佛不曾痛过,梁承轻巧地说:"肯定不是小狗抓的。"

05

梁承不喜欢吹头发,冲完澡顶着条湿毛巾打开了门。

乔苑林堵在门口，身板笔直，眼光也直勾勾的。两个人对峙半晌，梁承觉得这小屁孩儿还挺倔。

"你……"乔苑林先开口，"背上的疤到底怎么弄的？"

梁承说："跟你有关系？"

乔苑林道："你是家里的租客，我得确认你这人……"

梁承问："我什么？"

乔苑林莫名有点怵，小声说："你没犯过事吧？"

梁承停下擦头发的动作，捏着毛巾猛地拽下肩头一甩，水雾轻扬，他反问道："犯哪种事？"

乔苑林说："打架斗殴。"

梁承道："你的逻辑好像不太严谨。"

打架斗殴受了伤，可以导致留疤。但伤疤的形成原因多种多样，不足以逆推出一个人曾经打架斗殴。

乔苑林不想打嘴炮，回到初始的问题："所以你究竟怎么弄的？"

梁承瞧出来了，乔苑林有当记者的潜质。走廊不算宽，他迈近一步，轻轻叹息，惹得乔苑林专注地等待他的答案。

他黯然地说："那我告诉你吧。"

乔苑林点点头，不知怎的，从梁承的神情里读出一丝伤怀。

然后梁承告诉他："我曾经被坏蛋欺负过。"

乔苑林略懵地道："啊？"

"我本来不想说的。"梁承煞有介事地道，"几年前我跟你这么大，但比你娇气多了，在街上遇见流氓，被抢了钱，还被打伤了。"

乔苑林捏紧拳头："老子信你的邪。"

梁承说："没骗你，你别看我一米八多，其实我特别菜。"

乔苑林脸色铁青，小宇宙都燃烧起来了，十分想给这个"菜"一拳。

梁承糊弄了人，转身回房，走出三四步便听见追上来的动静。手臂被触碰，明明是他冲了冷水澡，对方的指尖却格外冷。

他反手掐住乔苑林的手腕一扭，连另一只手也擒住。少年人的骨骼不够结实，乔苑林痛得眼前一花。

视野清晰后，乔苑林发现自己被梁承摁在了墙上。

眼花的那一下原来是毛巾闪过，乔苑林后脑垫着毛巾，没磕到头，双手被压在自己和梁承的胸膛之间。

他挣了挣，说："你给我松开。"

梁承道："偷袭就要做好挨打的准备。"

乔苑林从没跟人红过脸，更别提动手，可少年人的字典里没有投降，他昂着脖子："那你打。"

梁承说："打疼了可别哭。"

"我哭你个头。"乔苑林又挣了挣，"你这叫菜吗？"

梁承没有打他，松了手，抽下毛巾，哂道："只能说明你更菜。"

最终乔苑林一无所获，只手腕上留下一圈淡红色的痕迹。那朵小白花掉在地上，花瓣被踩得脏了、蔫了。

他弯腰捡起来，拿手机上网查了一下，那花居然真的叫白狗花。

周一早晨，梁承天不亮就走了。

乔苑林被引擎声吵醒，没了睡意，取消闹钟时不小心将日历点开，目光凝在二十八号上停留了片刻。

到校不算晚，他拿着一杯酸奶晃进校门，遇见了姚拂。

"早啊弟弟。"姚拂说，"换了段教授就是不一样，你都不迟到了。"

乔苑林吸溜一口酸奶，面无表情，眼神呆滞，说："还行吧。"

姚拂帮他抻了抻领带，问："大清早就有气无力的，没睡好啊，还是有心事？"

乔苑林道："都有。"

"怎么了？"姚拂说，"那房客又欺负你了？"

乔苑林的脑海中浮现出梁承桀骜的脸，继而乔文渊的唠叨一条条飞过，画面和弹幕的匹配度高达百分之九十。

他说："拂姐，我请教你一个问题。"

姚拂道："说来听听。"

"一个男的，来路不明，行迹神秘，平时早出晚归，偶尔夜不归宿，身上旧疤累累，嘴里全无实话，还跟人约在破仓库接头。"

乔苑林一口气说完，问："你觉得他会是什么人？"

姚拂说："帅吗？"

虽然不明白有什么关系，但客观是一个记者的基本素养，乔苑林回答："挺帅的。"

姚拂猜道："是卧底警察吧？"

乔苑林烦死了："能不能少看点小说？"

姚拂换了个更绝的："那就是黑道大哥。"

乔苑林说："大姐，他才二十岁。"

姚拂补充道："之子。"

聊到教学楼，乔苑林差点把酸奶捏爆。

也许是心里有所惦记，这一周过得异常缓慢。旗袍店二楼总是静悄悄的，梁承和乔苑林各自进出，愣是没说过一句话。

有三五次在走廊上照面，二人的视线相接一瞬便擦肩而过。

二十八号越来越近，乔苑林的好奇心不消反增，前一晚梁承十点多就关门睡了，他却辗转失眠了半夜。

大清早，后巷的吵架声唤醒大半居民。

梁承爬起来，穿了件黑色的T恤衫和工装裤。走到浴室外，他在关着的门板上敲了两下。

乔苑林在里面说："有人。"

起得够早的，梁承如此想着挪开一步，倚着门框等。大约过去十五分钟，水声断断续续听不见了。

他又敲了敲门。

乔苑林说："我还没好。"

梁承冲门缝问："你是不是尿床了，偷偷洗床单呢？"

乔苑林骂道:"放屁。"

门突然打开,乔苑林脸色难看,还有一点难以启齿,说:"你去楼下用我姥姥的洗手间吧。"

梁承直白道:"你把马桶堵了?"

乔苑林急忙说:"我就尿尿而已,那破玩意儿就搞我。"

老房子爱出这些毛病,梁承没多问,直接推开他进去看。马桶溢满了水,储水箱却压力不足空着,一只接过水的塑料盆放在地上。

这场景尴尬得要死,乔苑林脸皮发热,说:"我去巷口电线杆上找个通下水道的吧。"

梁承问:"你扫我二维码的时候没加一个?"

"我以为用不着。"乔苑林求道,"你先出去吧,行不行?"

墙角有皮搋子,梁承说:"没用那个试试?"

乔苑林摇头:"我觉得好脏啊。"

"马桶堵着不脏?"梁承走过去抓起皮搋子,要做什么显而易见。

乔苑林难堪又惊讶地杵在原地,他想说不用,可梁承已经利落地动了手,一阵水涡倾泻,马桶弄好了。

"谢谢啊。"他说。

梁承到水池前,往左边挪了挪,说:"过来洗手。"

乔苑林听话地走到一旁,挤了一大摊洗手液。两个人并排,他看梁承洗了五遍,于是也跟着洗了五遍。

冲掉泡沫,梁承说:"把脸也洗洗。"

乔苑林抬头照镜子,方才难堪的红晕仍挂在脸上,他马上扑了几把冷水。

梁承哼笑,仿佛在说"不就堵个厕所吗"。

乔苑林谈条件道:"这事不许再提,我可以给你封口费。"

梁承想起那包黑巧威化饼,说:"跟书桌使用费一样?"

"你想得美。"乔苑林拿下毛巾,"我今天不用桌子,要去全托制幼儿园做社会服务。"

梁承以为听错,心想真是艺高人胆大,自己都没照顾明白,就敢去服务小孩儿了。

擦干水迹,乔苑林把毛巾扔架子上,和旁边的"豆腐块"形成鲜明对比。他又拿下来,嘟囔道:"你怎么折的啊?"

梁承伸手,向他摊开手掌。

乔苑林递过去,目光流连于对方修长的十指。他觉得这是个好机会,说:"你等会儿要出门吗?"

梁承说:"少打听。"

乔苑林明知故问:"我都告诉你我去幼儿园了,你去哪儿我不能知道吗?"

"能。但我不会封口,会灭口。"梁承把叠好的毛巾还给他,转身走了。

乔苑林慢一拍,拐上走廊时目睹梁承出门,对方肩上挂着一只大容量的背包。

那里面不会装着家伙吧?

梁承人高腿长,几步就不见了。乔苑林凝神听了一会儿,摩托车没响,他到阳台望见梁承走出了晚屏巷子。

周末都起得晚,吴记早餐没什么人,梁承过马路买了两个海蛎饼。刚付完钱,一辆脏兮兮的金杯面包驶来,急促地响了响喇叭。

梁承拉开副驾驶的门,坐进去。

驾驶位上的男人二十五六岁,戴着一副大墨镜,估计很久没睡觉,半趴在方向盘上打了个哈欠。

梁承举着海蛎饼,问:"应哥,吃吗?"

"应哥"大名应小琼,挥挥手说:"大清早的,油不油啊?"

"还成。"梁承咬了一口,"我看别人吃得挺香的。"

应小琼往没几个人的摊子上扫了一眼:"有吗?谁?"

梁承没说是谁,回头看空荡的车厢,说:"就咱们俩去?"

"嗯。"应小琼回答,"老四在岛上盯着呢,咱们三个人办。人头越少,分到的钱越多,对不对?"

梁承点点头,说:"家伙带了。"

应小琼道:"走之前我再问你一次,这事有危险,想好了?"

梁承回答:"想好了,走吧。"

应小琼发动车子上路,掉头的时候朝巷子里望了一下,关心道:"你就住里边那幢楼,怎么样啊?"

"还行,主要是便宜。"

"租金越便宜,房东越事儿多。"

梁承品了一下,认为非常有道理。

应小琼讲话很粗鲁,说:"有些房东,管东管西的,租他个房子跟老子嫁给他了似的。"

梁承低笑,手机在裤兜里振动,掏出来打开微信,是乔苑林应景地发来一条文章链接。

他点开,标题意味深长——

《年轻人,你的每一步选择都至关重要!你承担不起犯错的代价》。

他敷衍地读了两行,回复:什么意思?

乔苑林:好文共赏。

梁承:我欣赏水平低下,下次别分享了。

乔苑林:文章主旨——别做让你自己后悔的事。

按下发送,乔苑林纠结到了极点。他不确定这样做对不对,可如果无动于衷,万一出了事情他一定会后悔的。

两分钟后,手机振动了一下。

梁承回复:管这么宽,你想娶我啊?

CHAPTER
03

第三章

岭 海

梁承坐在后面,盯着乔苑林的后脑勺。
他怀疑馋猫成精了,
疾恶如仇的时候都不忘吃口零食。

01

三小时车程，说长不长，说短不短，足够梁承在副驾座上眯个回笼觉。

岛上的设施和民宿正在建设中，几乎没有游客，汽车拐上环岛公路，能欣赏到一览无余的沙滩。

梁承睡眠极轻，车速稍慢便醒了，沙哑地问："到了？"

距离仓库区还有两公里，应小琼说："快了，前面是东码头。"

码头上有往来行经的小型渔船，管理松懈，梁承记了一下位置排布，说："柳毅找的哪条船？"

应小琼回忆了一下，没想起来："老四跟我说过，我忘了。"

梁承道："应哥，你行不行？"

"我日理万机哪能记住那么多事。"应小琼的手指敲着方向盘，"管他呢，今天逮住他哪条船也不用坐了。"

仓库区不是按顺序拆的，像雨打芭蕉，东一点西一点，点点愁人。

抵达最外环，梁承瞭望一整片乱七八糟的废墟迷宫，明白了姓柳的为什么藏在这儿。

面包车钻入仓库之间的小路，绕了几分钟，为免打草惊蛇，应小琼提前熄了火，说："就是后面那间492。"

梁承问："他们几个人？"

应小琼回答："三个，猪柳、柳刚，还有一个他们找的渔民。"

柳毅将近二百斤，浑名猪柳，柳刚是他的亲兄弟。梁承之前一夜未归就是在盯他们，市区人多不好动手，所以等到今天。

他说："柳刚挺壮的。"

"嗯，个头也大。"应小琼道，"渔民应该不用担心，拿钱办事不会帮他们拼命。就弄他们哥俩。"

梁承说:"行,等会儿当心点。"

应小琼摘掉墨镜,妥当地别在衬衫领口,一双上扬的桃花眼里兴致盎然。他吹了声口哨,说:"那,走着?"

梁承长腿一跨下了车,右肩挂着背包,几步之后水泥路面上留下一点残痕,黑色的,湿乎乎有些黏。

他才发现异常,狐疑地蹭了蹭鞋底,想弯腰看看。

应小琼说:"对了,把手机关了。"

梁承作罢,一边走一边掏出手机。关机前他点开微信,乔苑林一直没再回复他,估计是恼了。

这个时间,小屁孩儿正在幼儿园服务小屁孩儿吧。

然而他不知道的是,半小时前,一艘双层轮船驶入轮渡码头。

因为游客稀少,从市区到岛上的船只缩减成一天两班。船上乘客寥寥,停泊后,乔苑林第一个下了船。

他脸小,棒球帽一压就遮住三分之二。他肩上斜挎着一只帆布胸包,林成碧单位发的,上面绣着"新闻编辑部"的字样。

走出轮渡中心,乔苑林在小广场上茫然四顾。他小时候来过一次,只记得爆炒扇贝特别好吃,别的已经记忆模糊。

他打开手机地图,搜索到距离仓库有两公里远,走路过来是万万不可能的,打出租车更是可遇不可求。

乔苑林正想办法,手机响,来电显示"田小宇"。

他一阵心虚,接通道:"喂,田宇?"

"苑神,你怎么还不到?"田宇在里面问。

乔苑林说:"抱歉啊,我去不了幼儿园。"

"为什么?"

"有点急事。"

田宇难以置信:"什么急事偏赶在今天啊?"

乔苑林自己都不清楚,回答:"我以后再跟你解释吧。"

"你真不来?"田宇连环追问,"服务时长你不要了?学分你不要了?

一屋嗷嗷待哺的弟弟妹妹,你扔给我一个人吗?"

乔苑林举着手机往外走,说:"我下一次再补吧。"

田宇道:"你对我好无情!"

乔苑林也觉得自己渣男了点,可他生平没哄过人,只会谈条件,说:"是我对不起你,这学期的活动日记我都包了,怎么样?"

"真的?"

"骗你是狗。"

乔苑林想起梁承在背后骂他是小狗,说:"改一个吧,是猫。"

田宇说:"你净挑可爱的。"

乔苑林无所谓地说:"那您给我挑一个。"

"鸭。"

"你这涉嫌诽谤侮辱了吧?"

挂了线,乔苑林望见不远处崭新的遮阳棚,棚内有单车、电动车和观光车,按小时租借。

他过去租了一辆电动车,对着导航前往仓库。

路途中是人脑最活跃的时刻,想法千奇百怪、漫无边际,乔苑林却想象不出梁承在干什么。

他潜意识里不愿往坏的地方想,或者说,他无法把梁承想象为一个坏人。

没多久,乔苑林顺利骑到了仓库区外围。

为保险起见,他进入小路前打开一瓶口香糖,每隔十米丢了一颗。万一遭遇不测,被发现的概率会大一些。

绕了一刻钟,连个喘气的活物都没碰见,他怀疑接头地点是不是换了,一拐弯,他忽然看见了停在路边的面包车。

乔苑林确认四周无人,骑过去拍下了车牌号。

如果梁承是坐这辆车来的,必定会从其中一个车门下来。他绕到侧面查看,果然在副驾门外的地面上发现黑色污迹。

昨夜失眠,他在家门口的垫子上挤了一瓶鞋油,鞋底踩过就会沾上。

也许他当时就决定跟来了,其中原因有好奇、有冲动,今早拐弯抹角地探口风和发微信，大概还有一点担心。

乔苑林沿着梁承的脚印寻找，到后面一间仓库外，印迹消失了。他狐疑地靠近大门，听见里面有混乱的人声。

莫非就是这里？

仓库内部一分为二，声音是从里间传来的。乔苑林拐到侧面，沿着墙根儿走到窗外，里面的声音陡然变大。

玻璃窗是破的，他贴着窗户边缘望进去，霎时呆住。

仓库里大得空旷，四处堆着废弃的板材和木箱，里面一共六个男人在厮打混战。

梁承最高，也最年轻，极为显眼，他抓着一个健壮的男人的衣领，抬肘狠狠挥上了对方的下巴。

男人惨叫着向后踉跄，梁承趁势将对方掀倒在地，跨坐上身，用膝头压住对方的胸口，连喂了几拳。

呆滞过后，乔苑林的心沉到了谷底，他不愿想象的事情在真实发生着，甚至更过火。

另一边老四被柳毅撂倒，大骂："不给钱你们哥俩谁也别想走！"

柳毅啐了口血唾沫，拖着庞大的身躯朝梁承去了。而柳刚挣扎起身，扯住梁承一滚调转了位置。

乔苑林眼皮一抖，注意到一抹瘦削的身影。

应小琼打趴了渔民，冲到柳毅面前挡着路，骨感的脚腕带着千钧之势，把二百斤肥肉一脚踹翻了。

"我今天就逮了你做炸猪柳！"

局面混乱不堪，渔民跌在地上，突然喊道："有刀！要出人命了！"

梁承和柳刚滚在地上，不知道谁拿出了一柄水果刀，四手相叠紧攥着刀柄，刀尖方向变幻，稍有不慎后果可想而知。

乔苑林的心脏一下子提到了喉咙口。

他没空弄清楚来龙去脉和谁善谁恶，只知道不能让悲剧发生。

乔苑林强迫自己稳住心神，离开仓库走远一些，掏出手机迅速拨打了

110。

很快接通，他说："我要报案。"

接警人员询问基本信息，乔苑林的声音微微颤抖："在岭海岛 492 号旧仓库，有六个人斗殴，有水果刀……可能会出人命的。"

"咣当"一声，刀刃落地的清脆声响。

乔苑林仓皇回头，盯着窗子咽了咽口水。

有人受伤吗？会不会是梁承？

他返回窗外，仓库里，水果刀被甩飞在地，梁承缓缓爬起来，柳刚抱着小腿蜷缩在地上。

貌似没有酿成命案，乔苑林松口气，祈祷警察快一点赶到。

场面归于平静，乔苑林也一同镇定下来，开始猜测这帮人在干什么，梁承又充当着怎样的角色。

他看了看没有监控，从包里拿出一柄防抖云台，把手机固定上去打开了录像模式。

首先拍摄一幅全景画面，再放大镜头，逐一给每位当事人特写，最后定格拍一下地上的犯罪工具。

梁承踩住柳刚的脚踝，来回蹭干净鞋底的脏污，问："能起来吗？"

柳刚挣扎了一下。

梁承说："能的话给你踩折。"

柳刚暂时选择了躺平。

扬起的灰尘渐渐落地，应小琼累了，在一只木箱上坐下，跷起二郎腿拍了拍裤脚的褶皱。

他道："给他俩绑上。"

背包里有两条腰带，梁承扔给老四，自己在一旁微弓着脊背没动手。

柳毅粗喘着问："你们想怎么样？"

"拿钱。"梁承回答，"你现在身价千万，特招人喜欢。"

柳毅气得高声大骂。老四朝他饱满的屁股上来了一脚，说："别这个那个的，再说，让你们兄弟抱一块拍照。"

应小琼忍着恶心说:"你真有创意。"

乔苑林目睹着这一切,举着云台的手心满是汗水,内心汇聚了紧张、恐惧与厌恶。

这些人在绑架吗?为了勒索一笔钱?

梁承是孤儿?平时就这样混?

不知不觉仓库里陷入短暂的安静,只剩几道疲惫的呼吸声。

这时,一阵欢快的提示铃声在窗外响起,抓住了所有人的注意力——

"汤姆老师的线上数学课要开始啦!"

"汤姆老师的线上数学课要开始啦!"

"汤姆老师的线上数学课要开始啦!"

02

铃音整整循环了三遍。

仓库里的众人皆是一愣。梁承觉得耳熟,反应也快,精准地锁定了声音源头,说:"第二扇窗户。"

乔苑林差点就地去世,他居然百密一疏忘了关网课提醒。此时一手握着云台,一手在屏幕上乱戳,结果急中生乱地打开了手电筒。

要完。

大势已去,走为上策。

说时迟那时快,一道黑影跃过残破的窗户,垂直落地。乔苑林被逮个正着,手电筒还给对方打了一束光。

老四将他上下打量一番,朝里面喊:"怪不得上网课,这藏着个中学生!"

乔苑林审时度势,决定套个近乎,道:"哥,我跷课来玩的。"

老四问:"好玩吗?"

乔苑林一脸乖顺:"不知道,我什么都没看见。"

老四长相普通,皮肤黝黑,笑起来露出一排大白牙,说:"来都来了,那进去看看吧。"

乔苑林急道:"不用了吧……"

老四不再废话,一把薅住他胸前的包,拽着往前走,比拽一只带轮儿的行李箱还简单。

绕到大门进入仓库,到了里间,老四将他狠狠一推。

乔苑林向前趔趄了一步,站稳后低着头,帽檐遮脸只露出尖尖的下巴。视野有限,他无法判断梁承在什么位置。

也不知道梁承会是什么反应。

实际上,梁承距离乔苑林不过一米远,一眼就认出他了。一瞬间的错愕后,他便明白乔苑林为什么会出现在岛上。

老四说:"应哥,这中学生在外面鬼鬼祟祟的。"

应小琼像古装剧里的皇帝选秀女,冲乔苑林说:"别害羞,抬起头看看。"

躲是躲不过了,倒不如有骨气些,乔苑林凛然地抬起头。

他同时看清了应小琼——这位起着非主流网名的应哥,长了一张比老四好看八百倍的脸。

仗着这张脸,应小琼穿了一件万紫千红、俗气至极、堪称挑战审美极限的花衬衣。可他穿着却更显肤白貌美,格外明艳。

应小琼也很满意"秀女"的姿色,将乔苑林从头看到了脚,再看向柳毅时嫌恶地"啧啧"道:"死肥猪,这是你儿子?"

柳毅否认:"不是。"

应小琼说:"谅你也生不出这种颜值的儿子,除非被绿。"

柳毅:"……"

应小琼的目光返回乔苑林身上,问:"同学,你哪位?"

乔苑林已经偷瞄了梁承好几眼,他不敢贸然回答,又斟酌着望了过去。而梁承好整以暇地抱着手肘,全无反应。

应小琼问:"认识?"

梁承干脆地说:"不认识。"

乔苑林愣了一下,早晨还帮他通马桶,这叫不认识?

也好,他也不愿意跟犯罪分子认识。

应小琼看见乔苑林胸包上的刺绣，念道："新闻编辑部。你是记者？"

乔苑林含混地"嗯"了一声。

应小琼问："哪个电视台啊？"

乔苑林道："就，平海市电视台。"

"牛啊，大单位。"应小琼大笑，"撑死了十六岁吧，当记者？"

乔苑林补充道："之子。"

应小琼踢翻脚边一只木箱，挂着笑说："今天让你见识见识栀子花开。"

乔苑林道："啊？"

"这么俊这么嫩的小脸，我可舍不得动手。"应小琼道，"梁承，先砸烂他的手机！"

貌似不想动弹，梁承迟钝几秒才朝乔苑林走过去，近至身前，他伸手将乔苑林的帽檐弹高了一寸。

乔苑林满是防备，紧紧护着手机和云台。

梁承说："给我。"

乔苑林小声道："做梦。"

梁承捉住了他，手指骨节分明，像一把铁锁扣在他的小臂上，他越挣，被钳制得越紧，两个人挨得越近。

等近在咫尺，梁承的低音落下来："跟踪我？"

乔苑林反驳："我们又不认识，为什么要跟踪你？"

梁承说："在鞋底抹黑泥，你不嫌脏吗？"

乔苑林继续嘴硬道："你在说什么，我听不懂。"

梁承问他："怕不怕被杀人灭口？"

乔苑林瞳孔闪烁，回击的话悉数卡在了喉间，默了数秒，他英勇就义般说："你来啊，有种像打他们那样打我。"

应小琼不耐烦地道："梁承，直接撂了！"

乔苑林拼命挣扎起来，估计警方快到了，同时大声呼救。状似扭打了好一会儿，他自己把自己搞得气喘吁吁。

老四喊："梁承，你行不行？"

梁承说:"有点撂不动。"

柳刚闻言,躺在地上迷惑地蠕动了两下。

两人抢夺中,云台一角猛地撞上乔苑林的胸膛,戳得皮肉生疼,他捂住心口,面露痛苦,"啊……"

梁承一巴掌呼了过去。

乔苑林吓得紧闭双眼,放弃了抵抗。

片刻后,那只手掌落在他的头顶,不轻不重地将帽檐压了下去。他怔怔地睁开眼,听见梁承说:"我跟他认识。"

认识的界限很广,应小琼问:"什么关系?"

梁承回答:"小房东。"

"哦。"应小琼不疑有他,看向乔苑林,"那你是来找梁承的?"

事已至此,乔苑林点头承认。

应小琼神情玩味:"追这么远,他欠你房租啊?"

乔苑林犹豫着答案,正不知所措的时候,一队人马拥进仓库大门,步伐快速整齐,是警察到了。

来的是岭海派出所的民警,一共八个人。前面七个身穿深蓝色制服,末尾站着一个穿便装的男人,十分打眼。

警察将场面控制住,为首的王警官说:"我们接到报案,怀疑这里有人从事违法活动。"

应小琼不慌不忙地站起身,歪过头,向警队后面瞧,说:"既有民警,还有刑警,够给我们面子的嘛。"

王警官有些意外,回头看末尾的男人,叫了声:"程队?"

穿便装的男人叫程怀明,身材高大,相貌端正,他插着裤兜徐徐走来,皮靴踩在水泥地上发出一串闷响。

应小琼笑意盈盈,说:"程队,什么时候调到岭海了?"

程怀明道:"来办点事,没想到有意外收获。"

"这么巧。"应小琼说,"好久没见,我还挺想你的。"

程怀明笑了笑:"我是兵,你是匪,见面准没好事。"

应小琼举起双手，做出投降的姿势："谁说我是匪？在你的呵护和调教下，我早就改邪归正做良好市民了。"

程怀明："是吗？"

"是啊。"应小琼问，"今天忙吗？晚上请你吃大排档啊。"

程怀明说："我看你很忙。有群众报案，现在警方怀疑你们涉嫌聚众斗殴，扰乱社会治安。"

应小琼道："荒郊野外哪有人报案，你是不是专门盯着我呢？"

警方一来，乔苑林松了一口气，内心将古今中外的神仙感谢了一遍，瞧见地上的兄弟俩有点……奇怪？

柳毅和柳刚原本脸朝上被绑着，不知什么时候翻了个面，鸵鸟般趴在地上。

乔苑林顾不得思考，当务之急是和犯罪分子划清界限，否则被当成同伙就完了。

趁着安静，他举起手，说："警官，是我报的案。"

程怀明还未反应，应小琼道："哦，他报的不算。"

乔苑林道："凭什么？！"

应小琼对程怀明说："他是我手下的朋友，小哥俩闹别扭呢。"

乔苑林惊呆，这是混社会的还是写小说的，怎么这么能编？

不待乔苑林发作，肩头一沉，梁承已经搂住了他。

程怀明自始至终盯着梁承看。

梁承毫不心虚和忸怩，正大光明地回视。

程怀明说："全部带回所里。"

仓库外阳光亮得刺眼，一地破碎的砖瓦坚硬滚烫。

除了报案人，犯事的一众十分淡定。

乔苑林一路委屈得要死，他活了十六年，竟然混上坐警车了。

今天的事学校会不会知道，家长会不会知道？他被联手污蔑，警察不会真相信他跟犯罪团伙有关系吧？

他突然很想田宇，如果时光倒流，他一定选择去幼儿园陪小朋友们弹琴。

乔苑林的思路越来越远，梁承坐在他对面，上半身隐没在灿烂的阳光里，睫毛被映照成浅色，低垂着假寐。

派出所位于岭海岛的中心位置，到达后所有人分开做笔录。

乔苑林是报案人，与其他人性质不同，年纪又小，警官先安抚了他的情绪。

笔录过程很顺利，乔苑林如实叙述了目睹的全部经过，并上交了拍摄的视频，其间强调了八百遍梁承只是他家的租客。

做完笔录，警官说："小同学，以后做事情要考虑自身安全。"

乔苑林答应道："我记住了，谢谢。"

警官道："也谢谢你的配合，你可以回家了。"

乔苑林问："那些人会怎么处理？"

警官回答："情节不一样，结果也不一样。"

乔苑林便挑了个重点："那个叫梁承的，属于情节严重的吗？"

警官说："这我们不能透露。"

乔苑林收起好奇心，背上包离开，走出一段又停下，对人家强调第八百零一遍："我跟那个梁承一点关系都没有，就是随口问问。"

他被领下楼，经过一间办公室外，听见了程怀明和另一个人交谈的声音。

说什么这样办不合规矩，接着程怀明表示会全权负责。

乔苑林听不懂，只想快点离开，向警官道别后走出了派出所办公楼的大门。

门前是一方小院，院子中央有棵百年古树，梁承正在树下和一只退休的老警犬玩。

乔苑林以为自己眼花，难以置信地看着这一幕。

梁承站起身，悠闲得好像是来喝了杯茶，说："出来了，一起回吧。"

03

乔苑林愣在台阶上，问："你可以走了？"

梁承说:"可以。"

犯事的同伙没放,疑似被绑架的两位大叔也没放,乔苑林回头瞅瞅派出所的办公楼,再瞅瞅树下的梁承,怀疑这个浑蛋是畏罪潜逃。

他不太想和梁承一起走,先不论别的,梁承打人的暴力画面历历在目,他觉得不太安全。

梁承看透乔苑林的想法,便不勉强,他挠挠老警犬的下巴,道别后独自离开了派出所的小院。

乔苑林纵有万般疑虑和不服,也只能离开了。

午后的路上人烟稀少,许久没一辆出租车经过。

梁承的脚步比平时拖沓,饶是乔苑林的龟速都能追上,他保持一米远,在背后踩梁承的影子。

踩着踩着,他发现每隔几步就有一滴红色斑点掉在路面上。

乔苑林的目光掠过梁承的长腿,游移至腰,见梁承的黑色T恤贴在肋下,布料泛着不正常的光泽。

难道……他伸出手,没轻没重地摸了上去。

"嘶……"梁承咬紧牙关吸了口气,微弓着后背回过头来。

乔苑林的手指染上殷红色的鲜血,滑腻濡湿,他意外地道:"你受伤了?"

梁承说:"划了一下。"

乔苑林立刻想到那柄水果刀。怪不得,梁承第一个发现他,却没跳窗抓他,绑人时也立着没动。

刀伤可大可小,乔苑林做不到视而不见,问:"你……能撑住吧?"

梁承语态轻巧地说:"没事。"

乔苑林说:"可你一直在流血。"

"本来快止住了。"梁承感受分明,"你又把我摸血崩了。"

乔苑林急忙把手攥起来,说:"我哪知道你受伤,我就是好奇。"

梁承血色稀薄的脸上没有表情,直起身,准备继续走路,说:"你如果不好奇也不会出现在岛上。"

乔苑林道:"那你能坚持回去吗?"

梁承说:"死不了,就当两清了。"

乔苑林认为一码归一码,受伤要是能抵消犯的错误,那法律算什么?他冷冷地道:"账不能这样算,怎么两清?你清的是聚众斗殴还是绑架恐吓?"

梁承说:"想多了,我说的是你。"

乔苑林一下子怒了,这人还有脸主动提——一会儿说不认识他,一会儿又哥们似的搂他。他用力压了压棒球帽,恼恨地警告梁承:"你少胡说八道。"

梁承道:"你先问的。"

乔苑林宁愿吃一个哑巴亏,说:"解释权归我,懂吗?"

梁承松开牙关笑了,腹肌一收一缩牵动到伤口,疼得他步子一晃。

乔苑林下意识地走上来扶住他,恨恨地说:"你这个漏网之鱼是谁的关系户,我看最该把你关进去。"

想了想还是气不过,对恶势力仁慈就是对真善美的残忍,他松开手,抛下梁承自生自灭。

乔苑林大步走了,和梁承渐渐拉开距离。

他边走边想,自己带的凶器划自己一刀,大概就叫自食其果。但流血到现在,看来凝血功能不太好,或者伤口很深。

他抬手擦汗,闻到指尖残留的血腥味。摸那一下真的很重吗?万一梁承伤势恶化,他用不用负责任?

怎么背后听不见一点脚步声,他疼得走不了路?

乔苑林胡思乱想地停下来,回过头。

梁承在七八米外,苍白的脸上冒出阵阵冷汗,沿着鬓角向下流。

路旁的灰墙上长着一大丛紫藤萝,乔苑林结束天人交战,走到墙角,顺垂的花枝在头顶洒下一片半圆形的紫色花伞。

他叫道:"哎。"

梁承说:"我不叫'哎'。"

"那叫你什么?"乔苑林语气骄矜,"行,尊称你一声金牌打手。"

梁承再笑真的会失血过多,问:"干什么?"

乔苑林说:"你过来,挡住我。"

梁承心想真是个麻烦精，乱扔零食、毛巾不会叠、球鞋没一日摆整齐，在家里乱造还不够，现在还要在街边撒尿。

看在人有三急的分上，梁承走过去挡住乔苑林，他个子太高，一簇紫藤萝坠在了肩头。

乔苑林怕吹海风，来的时候加了件牛仔外套。他解开扣子脱下，接着掀起了T恤的衣摆。

露出的一截小腹白得反光，皮肤薄得透着纤细的静脉血管，他将T恤也脱下，上半身完全裸了。

梁承来不及多想，迈近一步把乔苑林堵个严实，别开脸冲着路边。

可余光躲不掉，他说："脱衣服能预警一下吗？"

乔苑林道："所以让你挡着我啊。"

挡着才奇怪，梁承说："路过的人以为我在欺负你。"

"你本来也不是好人。"乔苑林把带着余温的T恤塞给他，"包扎住你的伤口，有多远闪多远。"

梁承勾着一角布料转回头。

淡紫色花瓣吹落在乔苑林凹陷的锁骨上，他抬手拂去，空落落地穿上外套，眉目一垂开始毫无征兆地神游。

梁承攥着衣服，问："我不是好人，还给我？"

"因为……"乔苑林咕哝一半回神，"跟你说不着。"

梁承撩开上衣，肋下的伤口有半掌多长。他用乔苑林的衣服按住，在腰间绑紧，白色T恤很快被染红了。

家里有各种手术的影像资料，乔苑林从小见惯了鲜血淋漓的画面，但第一次看真实的。

他好奇梁承什么感觉，一抬头，梁承正低眸盯着他，含义不明却久久不移开，直到在腰间打完一个结。

乔苑林后仰靠住墙角，有些紧张地问："你看什么看。"

这反应太明显，梁承问："怕我？"

乔苑林道："后面就是派出所，谁会怕你。"

梁承没说什么，退开到街边去，终于有一辆出租车出现了，他招招手，坐进了前面的副驾座。

乔苑林松了口气，一路上没再吭声。

搭乘到轮渡中心，进入码头，本地市民刷一卡通过海，外地旅客要去窗口或自助机买票。

乔苑林默认租房子的都是外地人，没想到梁承掏出市民一卡通，刷完过了闸机。

回程依旧乘客稀少，船舱空着大片，乔苑林和梁承挨着栏杆坐前后位置，伸手便能触摸到海风。

海面起伏，白鸥成群，乔苑林趴在栏杆上发呆。

梁承摸出手机，开机，微信有一条未读，是王芮之一小时前发来的语音。

他点开听——"小梁，我今天去模特队，煮了排骨丝瓜汤温在蒸锅里，你回来热一下和苑林一起吃。他除了叫外卖什么也不会弄，你帮帮忙，排骨你多吃，他有两块就能啃到半夜。"

乔苑林听见了，涌起一股无名的情绪，像吞了一团丝瓜瓤。

他第一次叫对方的名字，平静又温和。

"梁承。"

"嗯。"

"你到底是什么人？"

"你觉得呢。"

乔苑林轻腔说话，风一吹就散了："我不知道，也管不着。"

梁承低头打字，回复王芮之"知道了"，同时说："那何必跟踪我。"

乔苑林回答："我不在乎你辍学或肆业，你打打杀杀有任何后果都跟我没关系。可你这样的人，不适合租我姥姥的房子。"

梁承回复完，将聊天界面退出了。

乔苑林说："假如你的姥姥六十多岁，和一个危险的人住在一起，你会放心吗？"

梁承回答："我没姥姥。"

乔苑林问道:"那你爸妈呢?"

梁承缄口不言,神情随屏幕一并暗淡。

乔苑林想起梁承在仓库里说的,没妈。他再问不出别的了,扭回去坐正,也不再寻求这个问题的答案。

两个人陷入僵局。

在海上漂浮了一刻,船员抱着食品箱推销岭海特产。风味小鱼干,味道鲜美,纯天然零添加,可零食可佐餐。

乔苑林被吸引,有点饿了。

船员见机说:"来岭海一趟不买点好吃的?"

乔苑林觉得此话有理,好不容易来一趟不能光受罪吧。今天这么倒霉,再不自我慰劳一下没法活了。

他说:"来一包尝尝。"

船员问:"要哪种口味?"

乔苑林说:"海货一定要鲜,当然是原味。"

买到手撕开包装,他捏了条小鱼干吃起来,评价道:"挺香的,可是鱼骨不够酥。"

梁承坐在后面,盯着乔苑林的后脑勺。他怀疑馋猫成精了,疾恶如仇的时候都不忘吃口零食。

轮船驶回平海市区,再乘车到晚屏巷子已近黄昏。

乔苑林异常疲倦,回家便上床睡着了。

梁承把伤口处理了一下,泡上脏衣服,也倒在床上睡了过去。一觉睡到了天黑,翻身时被伤口疼醒了。

手机响,王芮之发来语音:"小梁,你回家了吗?"

梁承回复:回了。

王芮之:"苑林回来了吗,我给他打电话没人接。"

梁承没听见有人出门。他揣起手机到走廊上,敲了敲乔苑林的房门。

没人应,他又敲了几下,里面毫无动静。

梁承打开门，打开灯。房内乍一看没人，仔细一瞧床上，乔苑林保持个人特色躺得一马平川。

梁承回复王芮之：他在睡觉。

按下发送，梁承走到床头。这间卧室没装空调，关着窗户，人蒙在被子下面睡觉被闷死的可能性略大。

即使闷不死，缺氧也可能导致智障。

如同第一个夜晚，梁承探手压下乔苑林的被子。

露出的脸颊很红，原本毛茸茸的头发沾了汗水有些打绺。梁承审视几秒，手掌放上乔苑林的额头。

什么世道，自己挨了一刀都没怎样，这棵小病秧子受点惊吓、吹吹海风就发烧了。

梁承没告诉王芮之，拧了一条湿毛巾给乔苑林擦脸。冷水一刺激，乔苑林醒了，看清是他，条件反射地缩了缩脖子。

看来真的怕他。

乔苑林哑着嗓子说："你干什么？"

梁承问："怎么，吓得犯心脏病了？"

乔苑林迷迷糊糊地说："啊……你怎么知道我有心脏病？"

04

乔苑林说完就清醒了。

梁承的反应很平淡，把毛巾晾在他脑门上，道："你姥姥说的。"

乔苑林怨老太太多嘴，也怨自己刚才不小心。他不喜欢别人知道这件事，怕被人用特殊的眼光看待。

所幸梁承全无探究的兴趣，直接跳过了这个话题，说："你发烧了。"

乔苑林蠕动了一下，怪不得他浑身乏力。

梁承跟上次听见"手肘在床上磨红"的表情一样，内心轻嗤，干了点什么大事，能把自己折腾生病。

乔苑林虽然身体素质偏弱，但内里藏着一头犟驴，他拿下头上的毛巾，逞能地说："我挺爽快的，不用你多管闲事。"

梁承走人："那你慢慢爽快。"

"你去哪儿？"乔苑林有些急，"今天刚进过派出所，再出去干坏事你就完蛋了。"

梁承肉眼不可察地一叹，服气道："我下楼喝排骨丝瓜汤。"

乔苑林顿时感到饥肠辘辘，却又没力气跋山涉水地下一趟楼，说："我姥姥不是给你发语音了吗，你能不能给我端一碗？"

梁承故意道："那算不算多管闲事？"

乔苑林语塞几秒，说："忽然不想喝了，把门关上。"

梁承照做，离开后房内只剩闷热的空气。

乔苑林硬挺了一会儿，窝在被子里翻了个身。他烧得实在难受，摸出手机打给了乔文渊。

因为日常服药，所以乔苑林生任何病都有乔文渊亲自把关，给他把药搭配、定量，避免药物冲突。

可惜他拨打的用户正忙，无人接听。

乔苑林习惯了，掐断电话，昏沉地对着床头发呆，直到闻见排骨的香味。

梁承去而复返，用托盘端着一饭一汤，还有一杯喝药的白水。

走到床边，他问："能坐起来吗？"

乔苑林识时务地没再顶嘴，支起身体靠住床头，然后不动声色地将被子拽了拽，露出床边一块位置。

梁承坐下，把托盘搁在腿上，从兜里拿出一支体温计，说："先夹表。"

乔苑林望着排骨，说："现在都用电子的。"

"现在还流行上网课。"梁承道，"汤姆老师的课能补吗？"

乔苑林不想重温丢人的画面，老实地夹上体温计。

梁承拿起筷子，将排骨上的肉一丝一丝剔下来，免得对方真啃到半夜。

金色的灯光下，乔苑林很恍惚，眼前这个"细致贤惠"的梁承和白天那一个判若两人。

五分钟过去，体温计显示三十八度二。

乔苑林口干舌燥，吃下几勺便没了胃口，声音也沉了："我饱了，想睡觉。"

梁承抽走托盘，说："家里有药吗？"

"在抽屉里。"乔苑林拿手机，想给乔文渊再打一次。

梁承拉开床头柜抽屉，里面满满当当全是药盒，只中间有一个银灰色的丝绒盒子，他的手指不小心蹭了一下。

乔苑林敏感地说："不许动那个。"

梁承问："平时吃什么药？"

乔苑林打开备忘录，里面记录着药品名称、剂量和注意事项。梁承看了一眼，又问："嗓子疼不疼？"

"有点，你想干吗？"

手机响，是乔文渊打了回来。乔苑林接通，目光仍关注着梁承。

梁承兀自从抽屉里拿药，一共四种，有药片有胶囊，倒在手心里。

乔苑林看着递来面前的一把药，耳边是乔文渊开的药方，一模一样，分毫不差。

挂了线，梁承说："喝了。"

乔苑林问："你怎么知道是这些？"

梁承回答："蒙的。"

又是这句，乔苑林已经无力追问。他连手都抬不动了，脑袋一栽，直接把脸埋进了梁承的掌心。

又烫又痒，梁承忍着没掐一掐这张脸。

乔苑林用嘴把药衔了，喝下去，顺着床头滑回被窝。他探出一根手指钩住梁承的衣摆，撩了一下。

梁承拂开他："有劲儿了？"

乔苑林说："你的伤没事吧？"

梁承掀起上衣，一大块纱布贴在肋下，洇着点血。

乔苑林思忖，要多添一条疤了，那些旧疤也是这么来的吗？

当夜，两间卧室的门没关。

梁承在枕上一侧身就能望见对屋的床,他听见乔苑林咳嗽两次,起夜一次,天将明时说了一句不清不楚的梦话。

第二天乔苑林烧退了,但没下床,躺到周一还请了一天病假。

工作日的早晨忙忙碌碌,巷子里响着此起彼伏的车铃声,乔苑林也躺腻了,九点多下了楼,见旗袍店大门紧闭。

王芮之在热牛奶,说:"宝儿,怎么下来啦,还难不难受?"

"好多了。"乔苑林问,"姥,怎么不开门啊?"

王芮之道:"今天不营业了,怕打扰你休息。"

乔苑林蜷起一条腿坐在椅子上,下巴抵着膝盖,说:"没那么金贵。"

王芮之自责道:"我外孙最金贵了。那天我真不应该去模特队,让你生病都没人管,这两天我好好照顾你。"

乔苑林立刻说:"姥姥,牛奶别热煳了,但要起奶皮。"

王芮之关火,把牛奶和鸡蛋菜饼端出来。菜饼切成了好入口的小块,乔苑林想起那晚剔成丝的排骨肉。

他说:"也不是没人管。"

王芮之笑道:"多亏了小梁。"

乔苑林起床后没看见梁承,对屋门也关着,问:"他人呢?"

王芮之说:"一早就走了。"

乔苑林把碗中的牛奶搅出一圈涟漪,忍不住猜梁承去干什么,却猜不出好事,烦道:"带着伤还乱跑。"

王芮之没听清,问道:"什么伤?"

乔苑林犹豫了一下,说:"没什么,我还想来块菜饼。"

王芮之给他拿来,道:"能不能让你爸跟学校说说,以后别参加服务活动了?这不是折腾人嘛。"

"唔。"乔苑林模糊地应了一句。

他不敢告诉王芮之二十八号发生的事情,担心老太太会后怕。他也有点开不了口,去表明梁承是一个怎样的人。

桌上放着便携药盒，王芮之说："小梁吩咐减量，我也不懂，他出门前给你装好了。"

乔苑林拿起来握在手里，回过头，掠过帘子和旗袍店，再透过玻璃门，企图望向小楼外的巷子。

他想知道梁承去哪儿了。

公交车在吉祥路驶入终点站，乘客渐渐走光，梁承从最后一排起身下了车。

这条路在晚上是市区最热闹的一条夜市，白天则冷冷清清，旁边是吉祥公园，临湖的一面有家远近闻名的大排档。

梁承横穿公园溜达过去，经营一夜的大排档刚收摊，服务员都下班了，大片空闲的桌椅只一桌有人。

"应哥。"

应小琼吹着湖畔清风，在凶残地扒柚子，道："坐那儿，吃一块。"

梁承在桌对面坐下，说："我嫌酸。"

应小琼道："毛病，进了趟局子得去去晦气，你以为让你补充维生素？"

梁承说："我看电视剧里都是用柚子叶。"

应小琼冷艳一哼道："这不早晨收摊嘛，环卫大妈把叶子给我扫走了，只能吃吃瓤。"

梁承失笑，拿一瓣闻一闻就搁下了。

应小琼尝了尝，酸得骂爹："卖水果的骗我保甜，等会儿去扇他。"

梁承道："别又进趟派出所。"

"那我请他们吃柚子。"应小琼说，"对了，你那天自己回来的？"

"跟乔……"梁承想起对方不知道乔苑林的名字，"跟那小孩儿一起。"

应小琼笑开了，脚尖钩着人字拖抖了抖，说："怎么今天就你自己过来，那小孩不跟着？"

梁承说："别逗了。"

应小琼没完地道："追那么远，没准儿真黏上你了呢。"

梁承想了想，说："他应该是全世界最讨厌我的。"

公园里走过来一人，夹着包，皮肤黝黑，穿一身棕色棋盘格的衣服，像一桶移动的黄豆酱。

梁承瞧见，忍不住眯起了眼睛。

应小琼大惊道："老四，你有病啊！"

老四走近了，在桌边转圈展示了一下，风情地说："怎么样？这可是路易威登！"

梁承问："你发财了？"

老四说："我刷信用卡，反正今天就分钱了。"

应小琼道："你磨磨蹭蹭来这么晚，就是为了打扮成这个样？"

梁承瞄了一下应小琼的姹紫嫣红大裤衩，心想五十步笑百步，转念一想，他在乔苑林眼里不会和这两个人一个类型吧？

那是挺晦气的，他拿起柚子又闻了一下。

三个人围桌而坐，应小琼看看时间，说："按合同，尾款还有十分钟到账。"

老四兴奋地揽住梁承，靠近闻见一股药味。他经验丰富，问："你有外伤？伤哪儿了？"

梁承懒得说，扯别的道："柳毅和柳刚怎么样了？"

"关着呢呗。"应小琼回答，"后边就是警方的事了，咱不操心。"

老四对梁承说："那天差点让你那小兄弟坏了事，警察要是来早点，计划就泡汤了。"

老四又说："虽然长得怪好看，但也太不省心了，你得管教管教。"

梁承没了耐心："那小孩儿跟我不是一路人，别扯他。"

五分钟过去了，应小琼收到短信提醒，尾款到账。

前后一共三十万块钱，三人平分，应小琼先打给老四十万块。老四已经订好机票，钱一到手就去旅游。

等老四离开，应小琼摆弄着手机，说："我拿五万，给你打十五。"

梁承拒绝："我一分不多要。"

应小琼说："别跟我犟。"

"那你打吧。"梁承道,"以后就拆伙。"

应小琼笑嘻嘻的,说:"拆伙是迟早的事,梁承,你跟我们才不是一路人。"

气氛沉寂了须臾,梁承不肯松口。应小琼的笑容有些无奈,最终按规矩打了十万块钱给他。

梁承说:"谢谢应哥关照。"

他稍稍下滑靠住椅背,颓废地眯起眼睛望向一池碧湖,神色比荡过的风波更冷。

应小琼问:"怎么了,拿钱还不高兴?"

梁承回答道:"那天做笔录,程怀明知道我的住址了。"

"瞒不住警察的。"应小琼说,"要搬吗?"

梁承不置可否,目光随着湖面上的一艘小船飘动。手机在兜里响,他掏出打开了微信。

乔苑林发来两百块钱红包。

梁承没点,回:不接单。

乔苑林:是护理费,我不欠你情。

梁承回复:你的T恤洗不干净了。

乔苑林:不会吧?

梁承:这下清了。

乔苑林:我衣服八百多买的,那你得贴我六百。

梁承:别敲金牌打手的竹杠。

发完消息,梁承慢了好几拍,说:"搬家容易,再过几天吧。"

应小琼问:"有事?"

梁承按灭手机屏幕,他也不知道,大概要把病号治好吧。

05

天色深黑,梁承回到晚屏巷子。

二楼阳台亮着一片灯光,他走过去,没看见人,但敏锐地察觉到一双眼睛在暗中监视。

梁承转身抬头——正前方的天台上,乔苑林塞着耳机,一脸冷酷地睥睨着他。

相视片刻,梁承捏住灯绳一拉一拽,将吊灯熄灭又捻亮。灯光晃得乔苑林眨巴两下眼睛,有了神采。

他扒住胸前的栏杆,问:"你刚回来吗?"

梁承反问:"你站上去干什么?"

乔苑林回答:"赏月。"

头顶星空灿烂,月亮高悬,不过梁承一向欣赏不来这种浪漫的景致,更想回屋睡觉。

乔苑林叫住他,像个高高在上的法官,审道:"你今天去哪儿了?"

梁承是桀骜不驯的被告,说:"去见同伙,分赃。"

乔苑林料到没好事,他抿起嘴唇,自认为唇珠藏起来会显得凶一点。梁承却没瞅他,也没离开,拎起了水壶开始浇那些花花草草。

阳台上总共十几盆花,梁承一一浇完,然后有选择性地培土,再仔细检查每一盆的枝叶驱虫。

半小时后,乔苑林忍不住道:"你弄好了没有?"

梁承剪下一片泛黄的叶子,问:"怎么?"

乔苑林说:"你快点,弄完走人。"

梁承擦擦手,反身倚靠住花架:"我在下面又不妨碍你赏月。"

乔苑林别开视线:"我不赏了,要打个电话,闲人请回避。"

梁承瞧出一点心虚,笑问:"打给你女朋友?"

乔苑林又瞪过去:"你少管。"

梁承说:"你整天对我打探、跟踪、查岗,我不能问问?"

乔苑林说不过他,看看时间不早了,索性坦白道:"那我不瞒你,我打电话就是要说你的事情。"

他要打给他妈妈,也就是王芮之的女儿,林成碧。

乔苑林思来想去一整天,海岛上发生的事情已超出正常范畴,不能不了了之。他不敢告诉老太太，不如先知会家长一声。

林成碧工作忙，他特意等到晚上，刚爬上天台梁承就回来了。

此刻说出口，乔苑林却迟迟没有行动。他喝了药，退了烧，可以再给这位业余的"梁医生"一次机会。

他静等着，然而梁承自顾自地摆弄起一棵兰花。

"喂，"乔苑林说，"如果你能合理解释在岛上的行为……"

梁承打断他："不能。"

乔苑林愣了几秒："我妈很难对付的，而且很听我的话。"

梁承说："那我要听听你怎么形容我。"

乔苑林道："就实话实说呗，修辞都不给你用。"

"那你打吧。"梁承说，"除非你不敢当着我的面打。"

乔苑林的少年心性一下子顶上来，干坏事的又不是他，为什么不敢？

他拨通了林成碧的号码，响了五六声，林成碧的声音钻入耳蜗："喂，苑林？"

这是父母离婚后乔苑林第一次联系林成碧，他怔忡片刻，仿佛好久好久没听到对方说话了，一些情绪弥漫上来。

林成碧又叫了一遍："苑林？"

乔苑林赶忙回应："妈。"

林成碧问："怎么了，打给我有事情？"

乔苑林"嗯"一声："妈，你下班了没有？"

"还没。"林成碧嗓音微哑，语速稍快，"还在台里，要开个会，你没有急事的话改天再说，写完功课早点睡觉。"

乔苑林说："我有事。"

他并不想挂断，或许梁承的事只是借口，他就是为了满足打给林成碧的私心。

"什么事？"林成碧问。

乔苑林说："我来姥姥家住了。"

"哦——"林成碧说到一半，"小陈，资料发一下，然后去剪辑室把张工叫回来，马上开会。"

乔苑林屏息等候。过了一会儿，林成碧想起他这茬，说："苑林，你刚才说什么？"

乔苑林重复道："我在姥姥家。"

林成碧道："姥姥家离学校和补习班都远，她又事事惯着你，你这样不行，明天就回家去。"

"我不回。"

"乔苑林，你总任性给谁看？"

"你们都离婚了，没人看。"

林成碧说："我就知道你根本没事，就是怨我们离婚想撒气。我这边忙，你抓紧时间撒完去睡觉。"

乔苑林攥了攥手机，喉咙堵着一句辩解"我不是"，心里藏着一句"我有点想你了"，最终通通咽回了肚子里。

他说："你忙吧，不聊了。"

林成碧又叮嘱一遍："明天就回家。"

耳机中已是挂断后的忙音，乔苑林不甚意外，但他每一次都会失落。

为了保全一点面子，他背过身去。

梁承终于明白，乔苑林让他回避的是此情此景，是躲在天台偷偷想家却没人在意的难堪。

他仰视着，冷冷的月光披落在乔苑林的肩头，晕成一片银白。他捻熄吊灯，阳台陷入了漆黑。

乔苑林自在一些，表情垮垮的，说："我没告诉我妈。"

梁承没吭声。

乔苑林又道："是今天太晚了，我下一次再说。"

梁承说："随便你。"

乔苑林站到双脚酸麻才爬下天台，他郁闷得睡不着，写 CAS 的活动日志写到了半夜。

第二天他不出意外地晚起了半个钟,到校时大门已经关了。

仗着小病初愈,他认为迟到一些不要紧,不慌不忙地从书包里掏出领带,然后发现活动日志忘了装。

乔苑林设想了一下,他放鸽子在先,如果承诺的活动日志也出问题,田宇大概会跟他恩断义绝。

可是路这么远,让老太太跑一趟不现实,他摸出手机,登录微信又退出,反复几次,最后觍着脸戳开了梁承的头像。

乔苑林:你在家吗?

未免误会,他补充道:不是查岗,有事。

超人:在。

乔苑林:接单吗?

超人:上学还下单?

乔苑林:给我送一趟作业,急用。

乔苑林:六百块就一笔勾销。

乔苑林:你趁机加价也行,开个数。

超人:十五分钟。

乔苑林一瞬间安心,街边车辆川流不息,人群熙攘,他回复:没那么急,半小时以内就行。

梁承进入对面卧室,作业落在枕边,他顺手把乱成一团的被子抻平了。

受伤这些天没碰过摩托车,梁承开足马力,一路绿灯飞驰到最后一个路口,遥遥望见了校门外的影子。

一场高烧让乔苑林又换上了春季校服,白衬衫,袖口挽在手臂上,领带半松不紧地系着。少年身形瘦瘦高高,舒展而干净。

梁承驶近,刹停摆尾,一条腿支在乔苑林的面前。他掀开头盔的防风镜片,把活动日志拿出来,说:"是不是这个?"

乔苑林接住:"是,谢谢。"

梁承眼尾轻扬,不屑地笑了,日志题目是《关于幼儿园服务活动的记录》,他说:"二十八号你好像在跟踪我。"

乔苑林懂了他的意思,说:"谁允许你看了?"

梁承道:"不看怎么知道拿哪个?"

乔苑林将作业装好,说:"那我再写一份海岛仓库大战的记录,今晚塞你门缝里。"

梁承说:"先上你的学吧。"

乔苑林感受到一丝梁承对他弄虚作假的鄙夷,按住车把,解释道:"我帮同学写的,就这一次。"

梁承发动引擎,扣下防风镜片准备离开。

这时,有人在校门内叫道:"乔苑林?"

乔苑林回头,见是段思存。

梁承隔着暗色镜片看了一眼,握紧车把,骑着摩托车呼啸而去。

乔苑林走进校门,说:"段老师,我病刚好,迟到算情有可原吧?"

段思存望着消失在马路上的车和人,回过神来:"下不为例,刚才骑摩托的人是找你的?"

乔苑林答:"哦,是我……一个哥们儿。"

段思存点点头,说:"上下学不要坐摩托车,注意安全。"

十字路口,梁承在线内等红灯。他掏出手机,打开浏览器进入德心中学的官网,在"师资"一栏输入一个名字。

页面跳转,出现段思存的教师主页。

梁承凝视着屏幕,等信号灯一变就加速驶远了。

乔苑林休息一天欠下七八套卷子,补得昏天黑地,好不容易熬到了晚修,段思存让他放学别走,还要补一节实验课时。

他计划好了,老师和助教都下班了,摸一会儿鱼就偷偷回家。不料他上坟般移动到实验楼,段思存居然先一步坐在了实验室的讲台上。

几分钟后,一拨毕业班的学生拥进来,段思存是加班指导他们的学期论文。

乔苑林在角落忙自己的,冷不防一阵欢呼打破了认真的学术气氛,他抬起头,原来是段思存表扬了某一组的实验设计。

他想,至于吗?不过段教授表面亲和,实际严苛,就任这些日子从没称赞过谁。

被表扬的一组学生有点飘,问:"段老师,您觉得我们水平怎么样?"

段思存说:"你们都很优秀,也好学。"

学生又问:"那我们和七中的学生比,谁更强?"

乔苑林默默看好戏,虽然七中是他的梦中情校,但人都有好胜心,他和那些同学一样不希望被比下去。

段思存笑道:"七中和德心是公立和私立的两所标杆,性质有区别,水平无高低。"

学生们说:"太官方了吧,您就说两边的学生谁更强。"

段思存道:"都很强,也都有不那么强的。"

学生不套出答案不罢休,将范围缩小道:"那您最厉害、最得意的学生是哪个学校的?"

另一人插嘴:"段老师更久以前是大学教授,那肯定是大学里的学生。"

段思存摇了摇头,镜片后的目光迟滞、晦暗,像飘远了。

他没有打太极和编造一个大家想听的答案,说:"是我在七中的学生。"

大家发出失望的嗟声,乔苑林也觉扫兴,低头继续录入实验数据。

有人不死心,说:"段老师,那个学生是七中的年级第一吗?"

段思存道:"当年是。"

"当年?"

段思存回忆着:"他是前几届的,是我教过最优秀的学生。理想坚定,天分极佳,前途不可限量。"

"那他已经毕业了?"

"高考怎么样,考进哪所大学了?"

"读什么专业?"

面对大家的七嘴八舌,段思存敷衍地笑了笑。

乔苑林肚子饿了,补完一节实验举手道:"段老师,我完事了,能走了吗?"

段思存说:"可以,报告明天交给我。"

乔苑林收拾书包,纠结要不要在路上吃顿饭再回家,离开实验室,里面的说话声渐渐听不到了。

那群学生不依不饶:"段老师,您还没回答呢。"

段思存的脑海莫名地浮现出摩托车上的身影,他沉下面孔:"我不记得了,赶紧干活儿吧。"

CHAPTER
04

第四章

冰 释 前 嫌

梁承诧异地一顿，目睹乔苑林离他越来越近，那张脸通红、殷切，冒着鲜活的热气，忽然咧开嘴，笑出了一种苦尽甘来的灿烂。

01

岭海岛发生的事情成为乔苑林心上的一道坎，他跨不过去，有几次想要告诉王芮之，话到嘴边又艰难地咽了个干净。

他和梁承交流甚少，在家里低头不见抬头见，也只是侧目一眼地擦身而过。他看梁承是个违法乱纪的社会青年，梁承看他是个学习态度有问题的高中生。

他悄悄关注着梁承的举动，如果有情况，他会第一时间报警。他就不信了，偌大的平海市难道每个派出所都会包庇罪犯？

有一天，一辆面包车突然停在巷口，他吓了一跳，以为来了一伙人寻仇，幸好虚惊一场，是街坊找的搬家公司。

乔苑林每天上学就够累了，还要提心吊胆，把他的冷白皮熬得微微蜡黄。

幸好这些天梁承没怎么出门，大部分时间待在房间里，偶尔去附近的小吃店解决一下午饭。

周六一大早，乔苑林去了补习班。今天是每月一次的数理能力提升考试，新来的七中理竞班学霸也将首次参加，所有人都提着一口气。

酸爽地考了一上午，乔苑林考完打开手机，有三通姚拂的未接来电。

他赶回晚屏巷子，姚拂百无聊赖地站在巷口的电线杆下，短裙飘扬，脚边放着两个购物袋。

乔苑林的姑姑给他买了些营养品和衣服，让姚拂送来。他接过，指着旗袍店说："就那幢楼，你怎么不去家里等？"

姚拂说："我妈说你住这儿，我们送东西，好像你姥姥照顾得不好似的，所以我没去。"

大中午的，乔苑林豪爽道："那我请你撮一顿，走着。"

隔壁街有十几家小餐馆，虽不高级，但经营多年有口皆碑。乔苑林带姚拂挑了家生意最好的老胡川菜，正好店里刚空出一桌。

位子临窗，乔苑林脱下罩在短袖外面的衬衫，扔给姚拂，说："坐下盖着腿。"

点完菜闲着无聊，乔苑林回忆卷子上的一道题目，写餐巾纸上又计算一遍。应该没错，不知道那位七中学霸有没有做出来。

拐来拐去，他想起段思存口中最优秀的学生，那天应该多听一会儿再走。

姚拂问："哎，想什么呢？"

乔苑林回神，言简意赅地道："七中。"

"还惦记呀。"姚拂说，"你是不是特别遗憾？"

乔苑林说："我考上了，都怪乔文渊不让我去。"

姚拂安慰他："其实你即使去了七中，也已经——"

乔苑林神色失望，姚拂便没有继续说下去，聊了一会儿别的，菜上齐了，姐弟二人专心吃饭。

一大盆麻辣鲜香的水煮鱼，乔苑林夹了一片，心想出国留学有什么好，哪能吃到这样正宗的滋味。

没多久辣得冒汗，他吸着气问姚拂要不要喝酸梅汤。姚拂没听到，注意力被窗外吸引。

乔苑林问："姐，你看什么呢？"

姚拂说："帅哥。"

乔苑林臭屁道："帅哥就坐在你对面。"

姚拂还在看："真的挺帅。"

乔苑林不服气地回过头，透过玻璃窗看见那位十分熟悉的帅哥，惊讶道："梁承？"

店外的人行道上绿荫斑驳，摆着七八张桌子，梁承坐得不远不近，侧对店门方向，要了一碗豌杂面和一瓶可乐。

姚拂问："你们认识？"

乔苑林回答："他就是我姥姥家的房客。"

姚拂乐道："真的假的，这么巧啊？"

乔苑林转回头去接着吃，这条街离晚屏巷子很近，遇见并不算很巧。但打招呼就不必了，梁承应该不太想跟他共进午餐。

玻璃反射着阳光，从外面看不清店内，梁承一向也不关心其他的人或事，只低头吃自己的。

姚拂时不时望一下，忽然道："那个男的是谁？"

乔苑林再一次回头，一个五十多岁的中年男人从街边走到梁承的对面，衣着朴素，面色沧桑，拎着一个超大号水杯。

男人坐下没有点餐，像是专门来找梁承的。

乔苑林的第一想法是：又来个同伙？

姚拂猜道："是不是帅哥的爸爸呀？"

乔苑林不知道，感觉对方的年纪大了点。

桌上，梁承抬眼，在对面男人的脸上一瞥，低下头继续吃面。

他狼吞虎咽起来，齿冠相磨，咀嚼时太阳穴微微鼓动，一口一口像要把瓷碗也嚼碎了吞食入腹。

对面的男人静静地看着他，无形中有一股长辈架子，却不严厉，反倒是有些无可奈何。

半晌，男人说："最近惹事了？"

梁承压低了眉骨，掩住一半神色，道："那我应该在拘留所里。"

男人环顾街道旁边的居民楼，问："你现在住哪儿？"

梁承回答："既然都找来了，难道你儿子没告诉你？"

"怀明只说你住在这一片。"

男人是那位刑警队长程怀明的父亲，叫程立业。他把喝空的水杯放在桌上，杯沿磨损明显。

梁承斜眸，道："这么多年也不换个新的。"

程立业说："用惯了。"

"在附近蹲我几天了？"梁承又道，"天热，一杯水能顶挺长时间吧。"

程立业没有否认说："我不是要干涉你的生活，就是想来看看，你现在过得怎么样。"

梁承的脸上掠过一丝不耐烦，语气却很冷静："我跟你有什么关系，过成什么样轮得着你来操心？"

程立业叹了口气。

"梁承，我不跟你废话了。"他说，"岭海那天的事我听怀明说了，你以后不要再跟着应小琼那帮人混。"

梁承"啪"地放下筷子，抽出一张纸巾擦擦嘴，汤底的热气未消，他盯着氤氲下的油红混浊。

程立业道："有的钱运气好赚到了，不能保证下一次还有好运气。万一出事，你后悔都没机会。"

梁承问："说完了？"

"你才二十岁，日子还长。"程立业说，"好好想清楚，有任何需要都可以来找我。"

梁承听到笑话一般，眉头轻展笑了起来，说："最需要你的时候你干了什么？"

程立业哽住，除了烟雾半个字也说不出来了。他拿起梁承没喝完的可乐灌进喉咙里，气体翻涌顶得他涨红了脸。

椅子腿在路面划出尖锐的一声，梁承站起身，经过程立业身旁时俯视着对方起伏的胸口，低声说："我知道日子还长，该怎么过我心里有数。"

程立业道："你妈一直在找你。"

"她不是我妈了。"梁承顿了两秒，"你可以告诉她我在这儿，大不了我今晚就搬。"

梁承说完就走了，程立业沮丧地伏在桌上。

玻璃窗内，乔苑林悚然转回身，他听不到对话，仅目睹梁承前所未有的冷漠状态，不安感比躲在仓库外的时候有过之而无不及。

吃完饭从餐馆出来，姚拂打车回家。乔苑林在人行道上目送出租车驶远，视线稍错，落在梁承坐过的桌子上。

一堆烧黑的烟蒂，程立业搞得周身烟雾缭绕，一边咳嗽一边起身走了。

乔苑林思索了几秒钟，抬腿跟上去，一老一少相隔五六米远，程立业双手背在身后，略微驼背，完全一副中老年人散步的姿态。

走到路口，程立业拐弯了。

乔苑林慢慢地停下，好奇和冲动之后，他觉得这种行为只是徒劳。对方是谁、要去哪儿，都不是几步路能弄清楚的。

他想回家了，突然，有人从后拍他的肩。

乔苑林转身吓了一跳，这老头什么时候到他背后去的？！

程立业和蔼地笑着，说："这位同学，跟着我挺长一段路了，你有事吗？"

乔苑林滚动喉结，把慌张随唾液一并咽下去，从裤兜里掏出结账时找的零钱。他镇定地说："大爷，你掉了十块钱。"

程立业说："我还有两年才退休，不至于当你大爷吧？"

"那，叔叔？"乔苑林改口问，"这十块钱是你掉的吗？"

程立业道："不是我的。"

乔苑林逼真地疑惑了一下，说："那我弄错了，抱歉啊。"

他攥着纸币冲程立业笑了笑，在露馅儿之前赶紧走人，刚掉头迈出一步，程立业就叫住他。

他问："还有事吗，叔？"

"你找不到失主的话可以交给我。"程立业一半玩笑一半正经地说，"那首著名儿歌听过吧，我在马路边捡到一分钱，把他交到警察叔叔手里边。"

乔苑林心里咯噔一下："你是……警察？！"

走回旗袍店，乔苑林心中聚着一团火，怦怦地往胸膛上撞，见到梁承恐怕会控制不住喷发出来。

他往二楼看了一眼，绕过小楼决定再溜达一圈。

今天那对夫妻没有争吵，后巷静悄悄的，乔苑林晃到巷口，一抬头，梁承和小乐在巷子腰里的墙根底下。

小乐先看见他，喊道："小乔哥哥！"

梁承随之望过来，远远地，眉目依稀残存着半小时前的低温。

乔苑林莫名哑火了，硬着头皮走了过去。

02

砖红的墙壁上写着几行加减算式,梁承捏着一截粉笔,写下五加十,小乐说等于十五,又写十三减六,小乐说等于八,梁承踹了他一脚。

小乐弹到乔苑林背后:"错了吗?"

"等于七。"乔苑林说,"你们在考算术?"

小乐沮丧地道:"太难了,不会。"

这年头的小学生都不是吃素的,博御园楼下跑的小豆丁随便逮一个,恨不得会解一元一次方程,乔苑林问:"你读一年级了吗?"

小乐点点头,表情却很纠结,从他身后挪到梁承旁边,贴住他的大腿默不作声。

乔苑林怕伤害到小朋友的脆弱心灵,从书包里摸出一袋芝士饼干,说:"小乐,吃这个吧。"

墙上红白斑驳,下场雨就能冲刷干净,梁承将粉笔掷入垃圾桶,捻掉指尖的粉灰。

小乐问:"梁承哥,不考了吗?"

梁承没理他,直接朝外走。

乔苑林捏了一下小乐失望的脸,说:"回家吃吧,下次有不会的题我可以教你。"

"那小乔哥哥你会踹我吗?"小乐悄声问,"梁承哥好像不高兴,踹得我屁股疼,他怎么了?"

乔苑林也不知道,梁承已经走出后巷,他跟小乐说完再见也离开了。阳光正毒,热气从天空接连不断地压下来,他甩甩头发,额角渗出一小滴汗水。

那位警察大叔是梁承的什么人?来找梁承又所为何事?是否和海岛发生的事情有关?

乔苑林毫无头绪地思考着,愈发烦闷,那滴汗水逐渐凝结成豆大的一颗,滑落至眼尾,他一受刺激猛地合上了眼睛。

乔苑林抬手擦拭,很用力,眼球在汗水和压迫下反而加深了痛楚,就像他越找线索却越迷茫。

他放下手,忽然想放弃了。

见过程立业之后,梁承肉眼可见地处于低气压状态。他闷在房间里闭门不出,没有吃晚饭,没有洗澡,晚上门缝黑漆漆的,屋内也没有开灯。

乔苑林在走廊来来回回,扫地、擦装饰画、拍蚊子,做了一堆平时根本不会做的事,但始终没下定决心敲一敲门。

第二天,乔苑林早早起床,浴室里毛巾和牙刷纹丝不动,说明梁承一整夜没出来过。他回屋写作业,时间过得异常缓慢。

黄昏时分,浓密的云层聚拢下压,劈了两道轻雷。

乔苑林终于寻到机会,敲门说:"雷阵雨,收衣服!"

雨水很快哗哗地落下,梁承咔嗒拧开门锁,身上是昨天的衣服,眼下泛青,薄唇有几条干燥的纹路。

他无视乔苑林的存在,去阳台收下衣服进浴室洗澡。这场雷阵雨仅持续了几分钟,一停,天际就透出浓郁的紫红色。

乔苑林立在走廊中间,梁承洗完过来,他拦着路,"我有话跟你说。"

梁承理都没理,直接绕过他。他后退挡住门口,说:"自闭二十多个小时了,还要进屋闷着吗?"

梁承道:"好狗不挡路。"

乔苑林正要发飙,楼梯传来王芮之的喊声,叫他们下楼帮忙搬点东西。两个人先后下楼,脸色一个赛一个的难看。

店里地板上放着几箱布,王芮之说:"我这老胳膊老腿的,你们帮我搬一下,放小仓库里。"

这对乔苑林来说算是"重活"了,但梁承二话不说就搬起一箱,他不甘落于人后,咬牙也搬起一箱。

王芮之问:"行不行啊?"

"行。"乔苑林细长的手臂绷出骨骼的形状,"老太太,你在布里面藏砖头了?"

王芮之笑道:"你少夸张,快点搬,我给你们煮牛奶汤圆吃。"

小仓库在一楼最里面,长方形,三面竖着高及天花板的实木柜,层层存放着布料和做好的旗袍,中间留着一条狭窄的过道。

他们各自搬了两趟,梁承放好箱子,一转身乔苑林慢腾腾地进来,又堵住了门。

小仓库没窗子,只有一屋暗灯,梁承高挺的眉骨下形成一片阴影,幽灵似的。乔苑林腾出手,却没闪开,说:"我知道好狗不挡路,可我是人,想挡就挡了。"

梁承问:"你还想干什么?"

乔苑林不死心地说:"我们开诚布公地谈一谈吧。"

"你是不是搞错了?"梁承道,"我是租客,你是房东,我交了钱住房子,没有和你熟到值得开诚布公的地步。"

"你非要这样吗?"乔苑林从不认为他们是朋友,可梁承如此不配合,他忍不住生气。

梁承逼近他,说:"滚开。"

乔苑林心里生起一股火,堵着门口一动不动,他不信,在家里梁承还敢动手不成?谁料梁承耐心告罄,抬手捏住他的肩膀,一把将他推到了一边。

他趔趄地扶住柜子,站稳后梁承已经大步走了出去。

这些日子的全部疑问、猜忌和不满终于爆发,乔苑林憋不住了,也不想拖了,既然谈不拢就不再白费工夫。

梁承的身份关他什么事?梁承在做什么、是好是坏又跟他有什么关系?

梁承说得对,他只是房东,出租房子图的是安稳赚钱,不合适就不租,有隐患就不租,何必非要弄个一清二楚?到底有什么好优柔寡断的?

乔苑林怒气冲冲地追出去,冲厨房喊:"姥姥,别煮了!"

王芮之吓了一跳:"出什么事啦?"

乔苑林说:"房间太小,我住不惯。"

王芮之道:"可是小梁租着大卧室……"

"如果他搬走呢?"乔苑林踩上楼梯,"反正这件事你别管了!"

梁承前脚踏进房间，乔苑林后脚跟进来，"嘭"地踹上了门，仿佛要来一场决斗的架势。

梁承抱起手肘，反身靠坐在桌沿上，然后捻亮了床头的台灯。

昏黄的屋子里，乔苑林停在屋中央，说："既然我是房东，你是租客，那我行使房东的权利没问题吧？"

梁承说："你要怎么样？"

乔苑林道："收回房子，这间卧室不租了。"

似乎料到了，梁承说："跟我签合同的是你姥姥。"

"如果我告诉老太太你的所作所为，你是什么人，你觉得她还会愿意租给你？"

梁承平静地说："看来你挺了解我是什么人。"

乔苑林把憋了很久的话说出来："你二十岁，平时不念书不上班，打零工生活，这是你自己说的。可除了偶尔跑腿以外，没人知道你还做些什么。"

"你的确没有向房东交代的义务，也拒绝沟通，那我只能根据自己的亲眼所见去判断。"他走近一步，"你跟来路不明的人混在一起，那个应小琼，他认识刑警队长，他有前科对不对？"

梁承下巴微抬，说："你比学生物的时候聪明多了。"

"所以我猜对了？"乔苑林继续道，"你跟那些有前科的人称兄道弟，打架斗殴，甚至绑了人讹钱，闹到要进派出所。

"你以为我不厌其烦地问你是什么人，是看你长得帅？是因为普通人根本就不会干这些事！

"在轮渡上我就说过，你不适合租我姥姥的房子，可你受伤了，我才没有让你离开。

"现在你伤好了吧，又添了一道疤，那些旧疤是不是说明你也前科累累？"

乔苑林一口气说完，很累，很渴，声调陡地变轻："你搬出去吧，找别的地方住，或者回家。"

梁承全程没有表情变化，此刻眉心稍动，说："回家？"

"你是本地人，家应该就在平海。"乔苑林说，"家人、亲戚，总有一两个吧。"

梁承道："一个也没有。"

乔苑林顿了顿，道："我不知道为什么没有，又是什么导致了你现在的生活。我深感不幸，但做不到共同承担。"

梁承重复道："承担？"

"可能用'牵连'更准确一点。"乔苑林说，"你以为在外面打打杀杀，有人哪天报复你找上门，跟你住在一个屋檐下的老太太能平安无事吗？"

该讲的话都讲了，天彻底黑下来，乔苑林走到台灯晕开的光圈里，离梁承很近。

林成碧教过他，做事要有一套流程。计划，要搜集关于梁承的线索，行动，试探和跟踪，检查，确定最终结果。

现在是最后一步，处理。

乔苑林转脸望着墙上的影子，一高一低，轮廓晕成柔和的毛边，他放低声调："谢谢你帮我跑腿，生病时照顾我，还有送我上学……房租和押金会全部退给你，你搬走吧。"

梁承放下手臂，问："我要是不愿意呢？"

"那我只能……"乔苑林突然卡住。

梁承笑了一声，道："只能给你妈打电话？小朋友，你的大招就是叫家长？"

这一笑，一声不屑的"小朋友"，把乔苑林的最后一点犹豫粉碎，他刻薄地回击道："至少我有家长可以联系。"

"真让人羡慕。"梁承眼中有嘲弄之色，"联系到连重点都没机会说出口，被挂了电话只能在天台上哭鼻子。"

乔苑林被戳到了痛处："你才哭！"

他冲上前，双手揪住梁承胸前的衣领，说："我给你留面子了，不然上一次是在川菜馆，下一次等警察找上门看你还'跩'个头！"

梁承攥住他的手腕，表情冷下来："又跟踪我？"

乔苑林吃痛挣扎，却扯着梁承的衣领死死不放，扭打中书桌被撞得来回晃动，放在桌角的半杯水掉下去，嘭，摔成了一地碎片。

在四溅的水花里，梁承将乔苑林绊倒，丢在床上，俯身压过去，一只手掐住了乔苑林的脖子。

平整的床单漫上褶皱，乔苑林一拳砸在梁承的嘴角，他睁大眼睛，张着嘴，拼命掰扯，指甲在梁承的小臂上留下一道道抓痕。

"唔……唔！"

梁承注视着乔苑林痛苦的面孔。

掌下的脖颈纤细、柔软，颈动脉贴合掌心纵向的生命线，咚，咚，一下一下饱含求生欲望地跳动着。

救，救救我……

梁承深黑的瞳仁一闪，恍惚间听到未出声的呼救。

他松开了手。

乔苑林摊在床上，大口大口地喘着气，然后打个滚爬到床头，惊魂未定地蜷缩成一团。

蓦地，梁承沉声说："我明天就搬。"

03

梁承前所未有的疲倦，捻熄台灯，和衣躺下沉沉地睡着了。

半夜又下了场雨，乌云像一大团丝缕交错的龙须糖，黏在天空，风吹不散，因此早晨比平时天亮得晚一些。

梁承省略浇花这一步，洗漱完，将毛巾牙刷直接扔了，床单枕套这些也卷起来塞进了垃圾桶。

他收拾了衣服和书刊，只消十分钟，一个大背包就能装下。其实他做着随时随地离开一个地方的准备。

不过，偶尔也会产生一点对安稳的留恋。

梁承用钥匙打开书桌抽屉，拿出几张证件，装进背包里面的夹层。他关门下楼，对面房间紧闭着。

玄关处，王芮之握着一个不薄的信封，等梁承下来便递上去。

信封里是这两个月的租金和押金,梁承抽出押金,将余下的钱放在了鞋柜上。

王芮之说:"小梁,你拿上吧。说好租给你半年,现在等于我违约了,你又经常帮忙,这两个月租金都退给你。"

梁承兀自换鞋,说:"用不着。"

王芮之道:"突然让你搬走于情于理都不合适,找新住处需要时间,你拿上这钱,住酒店花。"

梁承从挂钩上摘下头盔,问:"还有事吗?"

王芮之明白了劝说无用,梁承根本不是一个"听话"的人,而且都让人搬走了,多说只会显得虚伪。

她道:"小梁,你有什么打算?"

梁承敷衍地说:"回家。"

王芮之希望是真的,说:"到家了报个平安。"

门前的垫子被乔苑林抹过鞋油就扔掉了,地面不太平坦,每逢雨后会积聚一片浅小的水洼。

梁承走后,王芮之静立在门口。老伴去世,孩子也不常来,她嫌家里冷清所以出租一间卧室,房租很便宜,图的是有个上楼下楼的声响。

两个月前,她要卖掉一台旧缝纫机。收废品的是一对夫妇,妻子在外面跟她谈价,丈夫去仓库里搬机器。

梁承骑着摩托车冲进巷子,停在一旁看热闹,等价格谈好,他冷不丁地说:"我多出二十,卖给我吧。"

王芮之说:"小伙子别捣乱,你要缝纫机干什么?"

"我会修,修好转手能赚个差价。"梁承看着收废品的男人,"再说多得一块真丝布,不亏。"

男人的表情很不自然,梁承目光向下,说:"不用干活的人才穿真丝,大哥,你这样的,那双糙手一碰就勾丝了。"

男人的衣摆下方垂着一截极细的丝线,外套里面藏着一块从仓库顺手牵羊的布料。王芮之把那对夫妇轰走,感谢道:"小伙子,多亏了你帮忙。"

梁承说:"我不是来帮忙的。"

王芮之问:"那你是?"

梁承欣赏面前的小楼,掏出在巷口电线杆上撕下的租房信息,说:"哪一间向阳,我租。"

明亮的光线从窗户照进卧室,乔苑林靠着床头发呆。他早就醒了,听梁承往返于走廊两头,门锁转动,脚步声消失在楼梯拐角。

几分钟后,楼外引擎嗡鸣,梁承骑摩托车离开了晚屏巷子。

乔苑林并不开心,心中大石落地却没有预料中的轻松感,反而闷闷的。

他拉开床头柜的抽屉,从一堆药品中拿出那个银灰色盒子,指腹搓捻薄薄的丝绒,双手握着又发了一会儿呆。

他这样做对吗?

乔苑林打开盒子问里面的东西,但得不到答案。

浴室和房间收拾得一干二净,梁承的东西要么丢掉,要么带走,没落下一丝一毫。乔苑林查看一圈,不禁怀疑有没有人租住过,一切会不会是他的幻觉?

他走上阳台眺望巷口,梁承已经走了,连一点影子都寻不见了。

晾衣竿上挂着他给梁承包扎伤口的T恤,挂了好些日子,梁承用水泡过,反复搓洗过,重新漂白过,可依然留下了痕迹。

乔苑林想:果真不一般,唯一留下的痕迹竟是一片血污。

他又迟到了,整整错过第一节课。

中午,乔苑林没去食堂,扯出几页德心中学专用稿纸,留在教室里写检查。

姚拂拎着一份盒饭进来,说:"你怎么回事,不饿吗?"

乔苑林今天确实没胃口,说:"不想吃了,你吃吧。"

姚拂大呼反常,问:"你是不是身体不舒服?"

"没有。"乔苑林说,"我也不是全天候吃嘛嘛香。"

姚拂表面大大咧咧的,但心思很细腻,她察觉道:"弟,你有心事啊。"

乔苑林停住笔头,后知后觉地写了一行病句,说:"没什么,梁承今天早上搬走了。"

姚拂道："这么快？"

"嗯。"乔苑林说，"我逼他搬的。"

姚拂惋惜了五分钟，说："唉，虽然帅哥走了，但你可以住大房间了，应该高兴啊。"

乔苑林点点头，可他高兴不起来。

"算了，别琢磨了。"姚拂笑道，"看学校内网公告没，下周国际（1）（2）班去外地参加国粹文化节，为期五天。"

德心中学国际班的学生没有寒暑假可言，正规假期排满各种培训、高校交流和知识讲座，所以每学期一次的校外实践活动堪比团体旅游，弥足珍贵。

乔苑林作为班长有一堆琐事要操心，以往他嫌烦，这一次却巴不得忙碌一些，可以忘记别的烦恼。

说来，人真够倒霉，总有烦不完的事情。又幸好生活有强大的自愈力，总能恢复风平浪静。

一周过去，休息日生意火爆，吉祥公园旁边的大排档下午提前出摊。白色桌椅摆了一大片，在太阳下明晃晃的。

应小琼握着把弯钩砍刀，手起刀落，砍了个新鲜的大椰子。

每逢营业前他必须喝点东西，大排档不比西餐厅轻声细语，迎客、喊单、骂耍酒疯的，全靠一把嗓子。

他刚插上吸管，梁承骑着摩托车飞驰而来，冲上便道，以一厘米之差没把他撞飞。

应小琼大骂："我以为仇家来了！"

梁承热得够呛，抢过椰子吸了一口，便抱着坐下来，说："椰子我喝了，车归你。"

应小琼道："老子开金杯的，看得上你这破摩托？"

梁承没想到开金杯也能炫耀，有点担心平海市的经济发展了。他陷在椅子中散了散热气，说："那你帮我卖了吧。"

"哪个意思？"应小琼在一旁坐下来，"这车你不要了？"

梁承说:"嗯,我要走了。"

应小琼瞪着他:"这几天你一直住酒店里,我觉得不是长久之计,还想给你找个新住处呢,结果你要走?"

梁承咬着吸管,说:"废话,程立业都盯上我了。"

应小琼道:"要是程怀明来盯就好了,哥用美男计帮你迷惑他。"

梁承笑了:"上回在仓库你抛了多少个媚眼儿,他有反应吗?根本不吃你那套。"

"他越刚直不阿,我越想恶心他。"应小琼一呸,"不说条子了。你真要走啊,你走哪儿去?"

梁承潇洒地说:"随便。"

他随便买了一张车票,对于没有家的人而言,全国那么大,幅员辽阔,去哪里都没有区别。

厨子开始炒招牌海鲜的底料了,香气与烟火融为一体,飘得到处都是,梁承只觉口干,加速喝完椰子汁,把车钥匙放在桌子上。

应小琼装起来,说:"二手摩托谁买啊,先搁着吧。"

"按废品处理也行。"梁承没有一丁点舍不得,像扔毛巾牙刷和床单枕套时一样。

应小琼问:"准备什么时候走?"

梁承回答:"周一的车票。"

"那不就是明天?"应小琼脸色难看,"合着你做好一切决定就是来通知我一声,你拿不拿我当大哥?"

梁承笑着默认,他不喜欢拖泥带水,不喜欢郑重告别,不喜欢土得冒泡地聚餐喝醉大喊一声"别忘了兄弟"。

梁承对接下来的生活亦无憧憬,只求别再遇见一个麻烦的房东。

他自然想到了乔苑林,那小屁孩儿现在住大房间,没人添堵,应该挺快乐的。

顾客越来越多,梁承跟已经旅游归来的老四打了声招呼,沿着路边的梧桐树荫,边走边想需要收拾的行李。

书、充电器、袜子、常备药……

乔苑林列了一张清单，在书桌上。

他每天在这间卧室里学习，但拖着没搬进来，一望向床边，总是想起梁承坐在床边玩手机，靠着床头看书以及掐他的脖子。

当时他真的害怕，此刻回忆还有点皮肉发紧。

乔苑林试图想点好的，比如梁承第一次帮他跑腿，买了一份虾仁烩饭加豆奶。可惜他一口没吃就给了小乐。

他打开微信，滑了滑聊天列表，梁承的超人头像换成了一盆仙人球。

看来这幢房子里梁承喜欢的，也就窗台上的仙人球了。

乔苑林出门透透气，经过巷口的电线杆，发现一张新店开张的宣传广告覆盖住了超人的二维码。

挺好，这世界上哪有什么超人。

乔苑林招手叫了辆出租车，坐进去，说："小玉大排档。"

路上很堵，半小时只走了二分之一路程，他至今想不通一件事，请教司机："师傅，晚上不堵的时候，外卖二十分钟能到吗？"

司机说："不可能，撑死跑个单程。"

可是梁承二十分钟就到了，乔苑林依旧想不通。

一小时后，乔苑林在吉祥路口下车，整条夜市灯火绚烂，小玉大排档的招牌在公园湖边亮得眼瞎。

他没找位子，走到竖在路边半人高的点餐板前，从今日特价看起——余光瞥见一道鲜艳的身影。

乔苑林抬起头，愣住了。

应小琼穿着去海岛那天的花衬衫，摇着一把大折扇，看见他也微微惊讶，随后笑道："熟人啊，就你自己？你们新闻编辑部的同事没一起过来？"

乔苑林戒备地问："你怎么在这儿？"

应小琼说："我是经理啊，天天都在。"

"经理？"乔苑林震惊道，"那天……你不是混黑社会的吗？"

应小琼乐开了花："我有病还是你有病？我家生意火成这样，去混黑社会？"

乔苑林有些蒙，甚至结巴起来："那、那你们绑架、勒索是、是什么情况？"

应小琼将扇子"唰啦"一合，指着月亮，仿佛夜空挂着块明镜高悬的匾额，说："你这小孩儿诽谤谁呢，我告诉你，我们那天用官方的话讲，叫见义勇为！"

04

应小琼揽着乔苑林寻了一张空桌，坐下来。他抖着腿，见乔苑林呆呆的，于是加大幅度抖得整个人都哆嗦起来。

乔苑林蹙眉问："你真是经理？"

"怎么，你真以为我是社会大哥？"应小琼说，"这家大排档是我姐开的，我当经理，家族企业懂吗？"

乔苑林仍有怀疑地问："那你的手下呢？那个跳窗抓我的打手。"

应小琼想了想道："打手？你说老四？"

防雨棚里是热火朝天的后厨，应小琼扬手放在嘴角，冲里面喊了一嗓子，很快，老四穿过人群出现了。

与先前的凶恶形象截然不同，老四此时裹着长围裙，戴着橡胶手套，手握一柄大纱网，完全是一位辛勤的劳动人民。

他嚷道："正忙着给十九号桌捞螃蟹呢，喊我干什么？"

乔苑林呆若木鸡，他以为的打手居然是服务员？！

"瞧见没？"应小琼口若悬河，"老四是行家，负责海鲜的进货和挑选。他爸是卖水产的，他爷爷是渔船船长，他祖上曾经是加勒比海盗。"

乔苑林："……"

应小琼问："这下信了吗？"

乔苑林要搞清楚最关键的，问："岭海岛的事究竟什么情况，你说的见义勇为是什么意思？"

应小琼说："白打听啊，先消费。"

乔苑林差点忘记是来吃饭的，说："一份虾仁烩饭，加一盒豆奶。"

应小琼迟疑了一下，梁承点过的单屈指可数，他都有印象，"有一回梁承在这儿，走之前打包了虾仁烩饭和豆奶，难道是给你捎的？"

乔苑林终于明白了梁承二十分钟送到的原因,他急切道:"我点好了,能说了吗?"

事情过去了半个月,风波已平,应小琼说:"告诉你也成——

"我们在岛上抓的是一对亲兄弟,柳毅和柳刚。那哥俩在平海市骗了上千万,二十八号要从岭海跑路。"

乔苑林吃惊道:"他们是骗子?"

回忆事发当天,柳毅和柳刚面对警察的反应的确耐人寻味,乔苑林当时觉得奇怪,却没有仔细思考。

他问:"骗那么多钱,是非法集资吗?"

应小琼笑道:"你还懂非法集资?"

然而比非法集资更缺德的是,柳毅早年经营小生意,开网吧、日租旅馆,近两年摇身一变装文化人,办了一家补习机构。柳刚是司机,在教育局给领导开车。

现在竞争激烈,家长都希望孩子念一所好学校,如果分数不够,愿意掏高额的择校费换取一个入学名额。

但政策很严,基本上有钱也办不到,而且拿最难进的七中来说,只要分数不够一切都免谈。

柳毅便利用家长这一需求,谎称教育局有人脉,能拿到有限的入学名额,与柳刚合伙诈骗择校费。小升初的价格几万至十几万不等,初中升高中的价格高达四十万。

应小琼瞄了眼乔苑林身上的名牌,怕这位小少爷不识人间疾苦,说:"别觉得少,普通家庭半辈子的积蓄就没了。"

不料,乔苑林考虑了更严重的层面,说:"这不光是钱的事,那些家长轻信他,以为交钱就能搞定,到时候别的学校错过报名,孩子就没学可上了。"

应小琼道:"这样的不在少数。"

乔苑林问:"报警了吗?"

"当然。"应小琼回答,"不过涉案的受害人太多,从发觉受骗到互相建立联系,再到联合报警立案,柳毅和柳刚早躲得没影了。"

乔苑林说:"既然报了警,那你们是怎么参与进去的?"

应小琼说:"你还小,不懂被人骗几万、几十万的感受,更不懂孩子没书念的愤怒,这些家长会用尽一切办法找到骗子。"

乔苑林说:"所以……"

"所以他们找到了我。"应小琼一拍胸口,"每人出一点钱,委托本人有偿捕捉柳毅和柳刚。"

问题绕回了原点,乔苑林疑惑道:"你只是大排档的经理,为什么会委托给你啊?"

应小琼回答:"本人主业餐饮,副业要债。只要钱到位,平海地面上的神仙妖精我都能给你揪出来。"

乔苑林处在久久的冲击之中。

应小琼搭着他的椅背,小声说:"先报警,再发民间通缉令,这叫警民合作。那天你不报警,我们把柳毅和柳刚带回市区,也要送到公安局的。"

乔苑林低喃:"因为你们……"

"嗯,确实像聚众斗殴,暴力了点。就当为受骗的人们出气吧,况且柳刚都掏水果刀了,难不成跟他嗨啊?"

乔苑林仿佛误入了一片陌生的地界,这里的人,发生的事,在浓郁的烟火里有着强烈的江湖气。

他不禁慌神,水果刀不是梁承的,二十八号的事并非绑架勒索,他认为的真相和事实大相径庭。

可是天色已晚,晚了太多。

乔苑林的大脑、头颅一瞬间锈掉了,又僵又硬,眼眶跟着一并干涩。他茫然地张着眼睛,眺向湖水和白玉栏杆,彩色串灯和扎啤桶,一张张油光醉红的脸。

倏地,他看见了停在一角的摩托车。

乔苑林像被烫了一下,压在膝盖的手掌握成拳头,关节发白,他见到应小琼便冒出的问题从牙缝往外挤,抿着唇也忍不住了。

"梁承……是不是在这里?"

应小琼回答道:"他不在,车也不要了。"

乔苑林朝人群中四处张望,越找不到越不相信:"你们是朋友,你们在这儿,那他一定也在。"

应小琼嘀咕道:"谁家大排档请高才生,暴殄天物嘛。"

乔苑林没听清楚,他焦躁地扫过每一个人,可每一个人都不是梁承,他自我安慰往好处想,说:"梁承回家了吧。"

应小琼却道:"他哪有家。"

乔苑林被这句话抽打在脸上,火辣辣的,他问:"能告诉我他去哪里了吗?"

"行。"应小琼说,"回头微信帮你问问。"

乔苑林听得出对方在揶揄他,但只能受着。他误会在先,咄咄逼人在先,此刻的马后炮除了减轻自己的惭愧以外,毫无用处。

他离开大排档,打包的虾仁烩饭和豆奶一热一冷,如他慌张错乱的神经。

出租车将夜市抛远,滑入商业街,繁华没完没了地接踵而至,乔苑林怔了半路,枕着窗的脸上空有一片流光溢彩。

手机时不时地响,明天春游出发,同学们在群里聊得火热。

乔苑林将群消息设置为"免打扰",世界清静了。他盯着列表中的仙人球头像,伸手,犹豫,真怕有刺会扎一下似的。

过了两条街那么久,他点开梁承的头像,输入文字时心虚到快要不会汉语拼音。

乔苑林:你搬到哪儿了?

按下发送,这句话前面有一个红色图标。软件系统提示,对方拒收了他的消息。

梁承已经删掉他了。

乔苑林无措地望向窗外,熟悉的街道,老胡川菜一闪而过,出租车拐到长林街,便利店,吴记早餐,所经之处都残存着一点回忆。

他下了车,径直走到电线杆下,将盖住超人二维码的广告一把撕掉。

暗处有一星橘红的火光,猝然熄灭。黑影贴着墙边从巷口拐到街上,呼出最后一口烟,同时回头瞧了一下乔苑林扫码的背影。

梁承在酒店房间里看书,手机振动,来电显示一个陌生的本地号码。

他接通:"喂?"

"梁承。"是程立业。

梁承合上书,猜得很准:"又去蹲我了?"

程立业走在街头:"没蹲着,撤了。"

梁承说:"不用白费工夫了。"

程立业静默须臾,道:"你小子一点都不拖泥带水,这么快就跑了。"

梁承面色沉郁,说:"我没有罪,也没必要跑。"

"我不是那个意思。"程立业出于用词习惯,向他解释,"我是说,你搬走了?"

梁承知道程立业的原则,不会利用职权随意调查他的信息,他回答:"是,所以别再去找我。"

程立业感到交织的疲惫与无奈,在风声中妥协道:"梁承,我没告诉你妈,一个字都没说,她更不会主动来找我。我保证,保证不再打扰你,你安顿下来行不行?"

梁承捻着打卷的书脚,用力捻平,却回弹卷得越严重。一页纸能倔强成这样,何况是一个人。

他不说话,程立业叫了几声:"梁承……梁承,你搬到哪儿了?你还在平海吗?"

痛惋的语气扎在耳朵上,梁承出自本能把手机移开,挂断,他不想再接任何电话,索性关了机。

第二天早晨,一辆破金杯停在酒店门前,梁承办理退房出来,车窗降下,应小琼朝他挥了挥手。

后车厢内还有两个人,一个是老四,另一个是风情万种、整条街都有名的美人,应小玉。

汽车向火车站方向开去,梁承说:"玉姐,你也来了。"

应小玉道:"小琼说你要走了,一起送送你。以后有什么打算?"

梁承回答:"没想过。"

"你是个有主意的人。"应小玉说,"你跟我们这些人不一样,会有大好前途的。"

梁承轻扯嘴角,在当下的境遇里,他没设想过所谓的前途和未来,免得白日梦一醒只剩下空虚。

应小玉拿出一封红包,叮嘱道:"多了你不要,就两百块,火车上买盒饭和零食,把我当姐就老实收下。"

梁承接过:"谢谢玉姐。"

老四说:"到了新地方常联系,下次旅游我去找你玩。"

"好。"梁承说,"但你别穿得像一桶黄豆酱。"

老四突然解开腰带,很是感性地说:"你倒提醒了我,昨晚才说要走,没空给你买一份礼物。这条皮带哥送你了,路易威登的!"

梁承说:"你自己留着用吧。"

应小琼一直专心开车,到了火车站,他瞅准时机超过一辆大巴,抢占了临时泊车区仅剩的一处位置。

大巴急刹车,司机愤怒地按了按喇叭,未果,只得重新找车位。

车上的学生集体朝前栽,乔苑林的头撞在前面的椅背上,醒了。他昨晚握着手机熬到三点半,现在困得想改签一张卧铺。

临时泊车不能久停,应小琼没熄火,回头看着梁承。

梁承抓着背包,简短地告别:"应哥,保重。"

"照顾好自己。"应小琼说,"到了来个电话。"

梁承拉开车门,应小琼叫住他,问:"差点忘了,你那个长得特好看的小房东叫什么?"

梁承愣了一下,说:"乔苑林。"

"挺巧的,小乔同学昨天去大排档吃饭,岛上的事我告诉他了。"

梁承看了一眼手表,无所谓了,他要走了。

下了车,梁承走向检票大厅,手机还关着,他掏出来打开,随后微信迫不及待地响了一声。

是十小时前的消息——

"吃嘛嘛香"申请添加您为好友。

验证理由拐弯抹角到山路十八弯的地步，写着：那道答案是 B 的选择题，你能给我讲讲吗？

05

梁承大概猜到乔苑林的意图，但事已至此，联系的意义不大，而且他不想再和麻烦精产生什么瓜葛。

他点击"忽略"，汇入排队检票的人群。

平海市天高海阔，风物宜人，一年四季都有不少旅客来玩，火车站里面人来人往，大屏幕上变换着通达全国的车次信息。

梁承要乘坐的那一列是候车状态，在六号候车厅，二十一号进站口。

坐手扶梯上升到一半时，他回头透过玻璃幕墙望向车站外，在心里对这座城市说了声"再见"。

金杯车开走了，大巴车徘徊半天终于停在了门口，学生们陆续下车。

两个国际班的学生不足六十人，乔苑林用一包牛肉干让田宇帮他拉行李箱，自己只背着一书包零食。

他无精打采地跟在队伍末尾，检完票，将棒球帽的帽檐扭到脑后，抬头看大屏幕上的车次，念道："五号候车厅……"

田宇在一旁道："二十一号进站口。"

乔苑林怀疑同桌的近视又加深了，说："串行了，是二十号。"

"哦。"田宇捏着车票，"你几号座位，靠窗吗？"

乔苑林说："靠。"

段思存从他身边经过，投来锐利的一眼，然后意有所指地说："出门在外，大家代表了德心中学的形象，别让我听见不文明的词语。"

乔苑林决定离段教授远点。

一群青少年浩浩荡荡地前往二楼候车，五号和六号候车厅其实是一间大厅分成两半，中央隔着一排零售店。

乔苑林抱着书包找了个座位，拿出手机，除了设置的法语广播、背单词、在线刷题的固定提醒，没有其余消息。

他戳开微信，发送出的好友申请石沉大海，没有回应就是梁承的回应。

他后悔写那句蹩脚的验证理由，梁承看到肯定翻白眼，以为他闲得没事。

乔苑林摘下棒球帽，盖在脸上，突然想起上一次戴这顶帽子是去岭海岛，梁承碰在了上面。

他的内疚减轻一些，不怪他误会，正经人谁随便碰别人啊？

正想着，旁边坐下一人。乔苑林从自己的世界抽离出来，把帽子戴好，说："段老师。"

其实这种活动有艺术老师陪同，班主任不必随行，段思存任职不久，为了和学生亲近一点主动要求来的。

他说："一个人噘着嘴坐在这儿，怎么兴致不高？"

乔苑林连忙抿起唇珠，说："没，可能是昨天我睡太晚了。"

"注意休息。"段思存道，"你爸爸昨天给我打电话了。"

乔苑林挺直后背，像进入警惕状态的动物："是不是问我周考成绩？我最近住在姥姥家，没跟他报告。"

"你误会了。"段思存说，"你爸爸说你身体不太好，这周外出，拜托我多照顾你一些。"

乔苑林放松下来，说："我能照顾好自己。"

段思存见惯了各式亲子问题，安静了几分钟，他问："想聊聊吗？你是不是和你爸爸有矛盾？"

乔苑林支吾："是……有点。"

"并且和你的生物成绩有关？"段思存笑道，"为了气你爸，故意的？"

乔苑林担心有诈，也不爱和老师聊天，想找个理由闪远一些，搔搔下巴说："老师，我想去洗手间。"

段思存却不容他糊弄地道："憋着。"

乔苑林"尿遁"失败，蹬腿踹了一脚空气。他不理段思存了，低头摆弄手腕上的蓝宝石表盘，心想候车时间怎么这么长。

段思存瞧着他的散漫样子，说："你不愿意聊就算了，虽然我带了些公立学校的恶习，但不至于逼学生谈隐私。"

乔苑林抬起头，解释道："您还记仇啊，我那次吐槽是开玩笑的。其实我想读的就是公立，可我爸让我读德心，闹矛盾也是因为他让我将来按他的计划走。"

段思存并不关心乔文渊的教育大计，起码在当下如此，他问："那你是怎么想的，对未来有什么计划？"

乔苑林不由得正色，他没想到第一个听他谈这件事的人不是父母，而是认识不久的老师。他回答："我以后想学新闻，做新闻记者。"

段思存说："许多人的目标会随年龄变化，你确定了？"

"嗯。"乔苑林不知道乔文渊透露了多少，微微含糊道，"我身体不好，说不定哪天就挂了，有生之年想做自己喜欢的事。"

段思存按着他的肩道："别胡说，小小年纪路还长。"

乔苑林摇摇头："我十三岁那年出过一次意外，差点就……唉，我一个病秧子，我爸还想让我治病救人，这不扯淡吗？"

"你爸希望你当……医生？"段思存说。

乔苑林有一大筐抱怨等着，却忍住了，他见段思存说到"医生"时神情忽暗，和上一次在实验室里一样。

"段老师，怎么了？"

"没什么，我想起有个学生，他的理想就是做医生。"

乔苑林凭直觉问："是您提过的那个最优秀的学生？"

段思存默认道："都是过去的事了。"

可乔苑林很好奇，说："您讲讲呗，让您看重的七中学霸都是怎么努力的？"

段思存暗下去的目光变得柔和，轻声道："他有天分，对医学也感兴趣，因为他妈妈是医生，所以耳濡目染学了很多，课余时间还自修大学课程。我当时坚信，他将来一定会成为一名优秀的医生。"

"好牛啊。"乔苑林问,"那他高中毕业念了医学院?"

段思存推了一下眼镜,目光躲闪到一边,自说自话地转移话题:"他不是纸上谈兵,是切实救过人的。"

乔苑林只好顺着对方的话:"真的吗?"

"嗯。"段思存说,"记得是三年前,他曾经救过一个小男孩。"

乔苑林明显一怔:"怎么救的?"

段思存回忆道:"那个孩子应该是心脏不好,在上学途中发病,倒在街边,那么多人来来往往,只有他冲过去了。"

乔苑林问:"然后呢?"

段思存继续道:"他给那个孩子做了心肺复苏,又打了120,等急救车赶到,他拎上书包直接走掉了。"

乔苑林有些呆滞:"段老师,你没有骗人?"

"骗你图什么?"段思存说,"那天他迟到很久,我问过原因才一直记着。"

乔苑林僵坐着没有动弹,连续眨了几下眼睛,醒着的,段思存的话在耳际翻覆萦绕——

七中学生,三年前,心脏复苏。

他磕磕巴巴,一张口便控制不住情绪道:"宁缘街……是不是在宁缘街?!"

周围的同学纷纷看过来,段思存惊讶于他的反应,顿了一拍道:"没错,你怎么知道?"

乔苑林猛地起身,问:"他是谁?"

段思存愣着问:"难道……"

乔苑林急得要揪对方的领子了,大声问:"他是谁?那个学生是谁?他叫什么名字?"

段思存轻靠着椅背,他很久没提过那个名字了。握紧冰凉的金属扶手,他低声回答:"他姓梁,叫梁承。"

大厅内响起广播,提醒乘客开始检票。

梁承把最后一章读完,合上书,进站口已经排起长长的队伍,他走到末尾,随便选了份歌单戴上耳机。

队伍逐渐缩短,他正要进站时,一个头发银白的老太太扛着大包小包从洗手间方向跑来,生怕误了火车。

梁承错开身体让对方先过,老太太在自助闸机前举着车票,不知道怎么弄,他指向插票口,说:"这儿。"

闸机打开,老太太感谢道:"谢谢你啊,小伙子。"

这一点小插曲耽误片刻,梁承和其余乘客拉开一段距离,所幸始发站上车时间充足,他不慌不忙地走向月台。

五号候车厅,乔苑林伫立在原地,回不过神。

三年前救他的人是梁承。

会做心肺复苏,给他配的药分毫不差,听他说有心脏病却毫不惊讶的梁承。

被他误会又赶走的梁承!

乔苑林浑身的血液汩汩地冲向大脑,整个人蒙了,傻了,他该怎么办,该去哪里把梁承找回来?

他去大排档,去求应小琼,天天去,就蹲在摩托车旁边等?

同学都在排队了,田宇来叫他:"进站了,走吧。"

乔苑林被田宇拽着一条胳膊,周围同学欢声笑语,他失魂落魄地混在里面,被踩了一脚都没有察觉。

检完票,学生们拥向宽阔的月台,有拍照的,有闲聊的,老师心累地放弃维持秩序。

经停的列车还没进站,两个月台之间隔着一道空空的铁轨,乔苑林张着目光涣散的眼睛,看着远处的人群。

两个男人因为插队在争辩,情侣牵着手,小孩哭闹,大声讲电话的中年人,扛着包的老太太。

他好像全部看在眼里,又仿佛谁也没有看到。

陡地,一只背影闯入满眼纷杂中,高冷而挺拔,置身事外地站在人群边缘。

乔苑林一点点凝神,眼中迸着光,冲到几乎越过安全线的位置。

"梁承。"他先低叫了一声,接着大喊道,"——梁承!"

所有人看过来,段思存尤其吃了一惊,就连对面月台上的人也纷纷回头,唯独梁承没有任何反应。

乔苑林不相信会认错,放开嗓子道:"——梁承!"

梁承动了一下,朝前走,耳机里响着一首暴躁的硬摇滚。

乔苑林立刻慌了,竭力大喊:"梁承,你别走!"

"梁承!不要走!"

"你留下来吧!梁承!"

乔苑林喊得嗓子哑了,梁承始终没有听见,他等不及了,拨开四周层层的人群往回冲,书包带子挤掉一边,一晃一晃地砸在后背上。

姚拂喊他,田宇也喊他,同学们都惊呆了。

段思存急道:"乔苑林!"

"嘭"的一下,乔苑林干脆把书包扔了,头也不回地决定道:"我不去了!我不去参加文化节了!"

他上下电梯,绕了一大圈到另一边月台,边跑边喊梁承的名字。

一时间所有长眼睛的生物全被乔苑林吸引了目光,齐刷刷地看过去。

梁承走到列车门前,递上车票,乘务员却惊讶地望着远处。他终于觉得不对劲,也转过了头。

十几米外,乔苑林满头大汗,心急如焚,每跑一步都害怕心脏病发,却又不敢停,以一种战战兢兢的滑稽姿势"狂奔"而来。

梁承诧异地一顿,目睹乔苑林离他越来越近,那张脸通红、殷切,冒着鲜活的热气,忽然咧开嘴,笑出了一种苦尽甘来的灿烂。

他怎么在这儿——

梁承还没问出口,乔苑林直接扑来抱住了他。

没二两肌肉的手臂箍着他的肩膀,凌乱的气息呼在颈侧,棒球帽掀飞了,头发贴着他的脸颊蹭掉一只耳机。

这下梁承听得见了。

乔苑林说:"我终于找到你了。"

CHAPTER
05

第五章

予 你 欢 喜

"你救过我,我报答你有错吗?"
"我不用你报答。"梁承每个字咬得很重,
"我也不想欠你的情。"
"什么情?"乔苑林问,"友情?"

01

全体师生望着乔苑林的壮举，直到列车进站，穿入两个月台之间。

梁承被抱得太紧，找不到缝隙把乔苑林推开，只好抬手捏住乔苑林的后脖子，从身上剥下去。

乔苑林抓着他，慌张地说："你别走。"

梁承没理乔苑林，将车票递给车厢门口检查的列车员，同时抽走了胳膊。也就一秒钟，乔苑林再次贴过来捉住了他。

"你别上车。"乔苑林恳求道，"留下来吧，别走。"

梁承简直匪夷所思，这家伙出现在火车站姑且用"巧合"解释，但这么拼命地挽留他，是哪根筋搭错了？

这时，乔苑林说："我错了。"

梁承："……"

乔苑林又道："我知道错了，你原谅我吧，留下来，再给我一次机会。"

列车员看着他们，眼神有些微妙，建议道："需要时间考虑的话，可以先改签。"

"不用。"梁承想都没想，"松开。"

乔苑林耷拉着头，蔫巴地说："你知道我有心脏病，不能剧烈运动，刚才跑过来……好难受啊。"

他逼真地哼哧了一声，像呼吸不畅，列车员担心工作范围中发生意外，对梁承说："这位乘客，还是先带你的朋友休息一下吧。"

一分钟后，梁承眼睁睁地看着火车从面前开走，手中的车票作废。

他拂开乔苑林，说："你确实有病。"

乔苑林攒了一肚子话，不知从何说起，只好点了点头。

梁承无语地扭开脸，另一边火车上，窗内挤满了人头，满车厢的学生都扒住玻璃围观他们。

他忽然看见了段思存。

相视少顷，梁承大步离开了月台。

乔苑林立即跟上，他怕梁承还是要走，又怕说多了把梁承惹毛，嘴巴张张合合纠结了一路。

走出火车站，乔苑林松了一口气。

梁承无视排队等活儿的出租车，随便上了一辆双层大巴。

炎炎夏日，露天的二层人很少，梁承择了一个靠边的座位。

乔苑林坐在旁边，椅子晒得滚烫，他悬空后背，呼吸在炽烈的阳光下有些吃力。他偷瞄梁承一下，觉得内疚，再瞄一下，又有点高兴。

梁承觑着车外，仿如一尊冷热不侵的雕像。当汽车发动机都遮不住乔苑林变重、变缓的喘气声，他把背包塞了过去。

乔苑林立刻抓住，殷勤地道："我帮你抱着。"

梁承说："里面有水。"

乔苑林拿出一瓶矿泉水，喝下几口感觉好多了。他没说"谢谢"，而是说了句"对不起"。

梁承没理他。

他认真地重复了一遍："之前的事，对不起。"

梁承不想听第三遍，说："你要死要活地不让我走，就是为了道歉？"

"不全是。"乔苑林回答，"岭海的事情应哥都告诉我了，我这些天很后悔。你当初为什么不解释？"

梁承说："你是我什么人，我要跟你解释？"

乔苑林道："可是你告诉我的话，我就不会误会，也不会赶你走了。"

早晚要离开，主动或被动的区别不大，梁承说："无所谓，没有人会在一个地方租住一辈子。"

乔苑林噎了一会儿，抹掉涔涔汗水，忽然问："那你后悔救过我吗？"

梁承终于有所反应，一直对着车外的视线转过来，对他侧目。

乔苑林说："我已经知道了,三年前救我的人是你。"

梁承又把视线移开,承认道:"你长高了一大截。"

乔苑林急切地问:"你认出我了?"

乔苑林搬来的第一晚,梁承在床头压下被角,借着台灯的光,分辨出那张脸似曾相识,等乔苑林一蹙眉,三年前稚气又痛苦的孩子倏地涌现在脑海。

再见的第一面,他就认出来了。

乔苑林极受刺激,"你早就认出来了,那为什么不告诉我?"

因为梁承从施救到离开,再到如今的三年时间里,从不指望得到感谢,他反问:"重要吗?"

"重要!我一直希望找到你。"乔苑林说,"我只模糊记得你穿着七中的校服,出院后,我去了七中无数次。你们十点半下晚修,校门口有一座刻着校训的石碑,门卫室的大爷姓赵,每周六都考试,结束后男生会打篮球到黄昏。"

梁承以为忘记了那段遥不可及的日子,但此刻历历在目。

乔苑林细数完,沮丧地说:"可我就是找不到你,你当时去哪儿了?"

梁承没有回答这个问题,说:"你现在找到了。"

"嗯。"乔苑林道,"所以我要你留下来。"

梁承问:"你想怎么样?"

乔苑林用力按住他的手背,架势像要义结金兰,然后情深义重地说:"我要好好报答你,恩人。"

他们回到了晚屏巷子。

乔苑林挟持着梁承的背包,大巴换出租,一下车在巷口累得扶住了电线杆。

梁承单手插着裤兜,另一只手握着喝光的矿泉水瓶,路上乔苑林捂着包不肯撒,喘得费劲,他时不时给乔苑林灌两口下去。

把矿泉水瓶丢进垃圾桶,他问:"包能给我了吗?"

"到家再说。"乔苑林把背包往肩上提了提,"我帮你背着,你也省劲儿啊。"

梁承抬眸看所谓的"家",那幢小楼依然灰扑扑的,只有牌子鲜艳些,二楼卧室的窗子正对着他。

旗袍店在营业中,乔苑林推开门,大声说:"姥姥,你看谁回来了?"

王芮之在给模特换一件新旗袍,摘下老花镜,惊讶地说:"小梁?!"

乔苑林道:"姥姥,梁承搬回来住。"

"好,好。"王芮之不明所以,先一口答应,"怎么回事呀,你今天不是去外地吗?"

乔苑林说:"计划有变,我等下再跟您解释。"

王芮之放下模特,高兴道:"行,回来就好,你们先去换鞋。"

梁承和乔苑林吵架的那一天,牛奶汤圆谁也没吃,王芮之决定再煮一次。

乔苑林迫不及待地钻进厨房,告诉王芮之曾经救他的人就是梁承,讲到火车站的经过,把老太太唬得一惊一乍。

梁承立在玄关,两副钥匙挂在墙上,扣圈上分别多了一条平安结,用旗袍盘扣的细绳编织而成。

这是乔苑林上周的艺术课作业,他的钥匙绑着一条浅黄色的,据说寓意出行平安,又编了一条浅蓝色的给梁承用过的另一副。

厨房里飘出香气,乔苑林说:"姥姥,多放牛奶少兑水。"

王芮之道:"还用你教?"

"有核桃吗?"乔苑林问,"撒点核桃仁,补脑子。"

王芮之说:"麻烦,别补了,我怕把你聪明坏了。"

梁承静静地听着,一路上,他能轻而易举地夺下背包,甩开乔苑林走人,但兜转一遭还是回到这里。

不单因为程立业的保证,他不得不承认,这里有他许久没尝过的"家"的滋味。

牛奶汤圆香滑软糯,梁承先吃完,上楼放行李,卧室里的床和衣柜都空空的,只有书桌上堆满了课本。

桌下多了一个垃圾篓,扔着零食袋,他走到窗前,仙人球的花盆上贴着一张表格，记录浇水的日期。

乔苑林敲门进来，收拾桌上的物品。刚把凌乱的试卷折好，梁承就说："不用收了。"

"我可以在这屋写作业？"

"嗯。"

乔苑林很开心，说："旧电脑太卡了，你以后用我的笔记本吧。"

梁承问："怎么没换房间？"

乔苑林说不清，走过去，临窗的光线把他的睫毛映照成浅棕色。他开玩笑地说："你在床上掐我脖子，我怕做噩梦。"

"真没准儿。"梁承也玩笑地问，"掐脖子难受，还是跑步难受？"

乔苑林比较了一下，说："那还是跑步，我真的是第一次跑，怕你走了，结果差点把我自己送走。"

梁承绷着的嘴角往上扬。看他笑了，乔苑林从兜里掏出一个东西，是藏在抽屉里不许人碰的丝绒盒子。

他举到梁承面前，打开，里面放着一粒洁白的纽扣。

梁承不知道，他在一遍又一遍地按着乔苑林的心脏时，乔苑林也在紧紧地抓着他，就像抓一棵救命稻草。

这枚纽扣是从他的校服衬衫上拽下来的，乔苑林攥在手里，直到醒来，然后珍藏了三年。

乔苑林脱下衣服给他包扎伤口，被问到"我是坏人还给我"，出神不答的时候，在想的也是他。

梁承一贯的沉着有些松动，"要还给我吗？"

乔苑林说："我本来打算物归原主，但你说，人不会在一个地方租住一辈子，所以我想留作纪念，行吗？"

梁承合上盖子，回答道："随你。"

乔苑林舔了舔干燥的嘴唇，睫毛像翅膀一样扑扇了两下，说："谢谢，梁承哥。"

"叫我什么？"

"你大我四岁，尊称你一声哥是应该的……之前的误会怪我太莽撞，你踏踏实实地住，我一定会对你好的。"

梁承失笑："你的态度会不会转变太狠了？"

"我这叫知错就改。"乔苑林说，"你救我的命，我还必须知恩图报。"

在窗口暴晒了十分钟，梁承后背淌汗，想冲个澡，他忽然记起一件事，说："现在就报一下。"

乔苑林很意外的样子，"哦"了一声，靠近他张开手，作势要搂他。

梁承身前也满是汗了，他微僵地道："报恩的报。"

乔苑林马上退开，尴尬地呵呵假笑："你说，你说。"

梁承说："热水器修一下。"

乔苑林连忙答应，准备去电线杆上看看有没有维修电话。

这段日子他何时洗澡都是热水，也曾疑问过，现在终于能肯定，他问："你为什么一直给我留热水？"

梁承漫不经心地道："你姥姥说你怕冷。"

"又是我姥姥说的？"乔苑林嘟囔着走了。

梁承望向楼下，乔苑林果真朝巷口走去，走到电线杆那里绕了一圈，不知找没找到修热水器的业务。

手机振动，他掏出来打开微信。

乔苑林再次发来好友申请，验证理由直白了许多——哥，你先加我，我就给你换个新的。

02

梁承这次点了"同意"。

他没有备份聊天记录的习惯，之前和乔苑林的对话全部清空了，页面空白，突然顶端显示"对方正在输入"。

乔苑林：还要手机号、QQ号、支付宝账号、微博名。

梁承：你查户口？

乔苑林：万一你又把我删了，我好找。

梁承只发了手机号过去，乔苑林已回到楼下，拨通号码，抬头仰望着他，喊道："哥，存我。"

存好，梁承比了个"OK"的手势。

乔苑林冲梁承笑，有点嘚瑟，大眼睛弯成月牙也有点好看。他的手机响起，是微信连续收到两条消息。

姚拂：弟，在哪儿？

姚拂：你书包我捡了。

乔苑林：我回家了，书包里全是零食，你吃了吧。

姚拂：你不参加活动了？要跟舅舅保密吗？

乔苑林：一级保密。

姚拂：你到底什么情况啊？

乔苑林估计语音通话都未必能说清，回复：要紧事，改天再跟你解释。

姚拂：你解释也没用了。

乔苑林略感疑惑，没多想，返回聊天列表点开同学群，免打扰状态下，一共积攒了八百多条消息。

满屏"你完了"，最新一条是田宇发的：我拿着他行李箱，他不敢把我怎样！

乔苑林有种不祥的预感，点开朋友圈，入眼一大片密密麻麻的点赞，可以评比人气之星的程度。

再细看内容，是田宇发了一张照片，拍的是车站月台上他牢牢抱着梁承那一幕。

乔苑林第一反应是田宇有没有屏蔽老师，接着才是生气，他把点赞的人记下，全部放进自己的复仇名单。

他放大那张照片，田宇虽然神经病，但拍照技术不错，将他和梁承拍得很清晰。

这是他和救命恩人的第一张合影，意义非凡。

乔苑林高举手机，可梁承已经不在窗口了，他讪讪地放下手，但依然很满足,把照片悄悄保存进相册。

因为没参加文化节,乔苑林平白获得一礼拜假期。

睡到自然醒,他去隔壁问早安,房间没人,他吓得立刻打给梁承,接通后听见公交车报站的声音。

梁承去大排档骑摩托车,拎着一袋油条一出现,熬完通宵的应小琼和老四以为产生了幻觉。

他打声招呼,说:"没走。"

应小琼没问原因,只是高兴,和老四迅速瓜分了油条,一边吃一边说:"老住酒店不行,我帮你找个房子。"

老四道:"要不先去我那儿?"

梁承说:"不用,我还住在晚屏巷子。"

应小琼不愧是老江湖,前后一联系,推理得八九不离十,问:"是不是小乔同学挽留你了?"

老四相当务实地说:"那你趁机压一压房租,省的钱请我吃饭。"

梁承糊弄过去,说:"车没卖吧,给我车钥匙。"

临走,应小琼透露,有个民营公司的老板委托他追一笔坏账,报酬一万八千。他嫌钱少,说:"我就不出马了,你干吗?"

这个价位的小活儿不用动手,堵住人就行,梁承说:"我接了。"

应小琼道:"那我把信息发给你,就这两天动手。"

梁承说:"别说得像违法犯罪。"

"哼,你装什么纯。"应小琼骂完改口,"这两天帮甲方做一下任务。"

梁承跨上摩托车,把浅蓝色的平安结绑到车钥匙上,发动引擎离开。

晚屏附近有一家大型超市,梁承要重新买一些日用品,停好摩托,一辆出租车在路边减速,乔苑林开门下来。

梁承没想到步行十五分钟的路程还要打车,忍不住想,乔苑林昨天跑完步能活下来也算是一个医学奇迹。

乔苑林喊了声"哥",热情地说:"我就猜你去骑摩托车了。"

梁承问:"你拎的什么东西?"

乔苑林拎着一个绛紫色团花锦缎购物袋,富贵逼人,是王芮之用废布料缝的。他往后藏了藏,说:"环保。"

两个人一起逛超市,梁承买东西很快,每一样考虑时间不超过三秒。乔苑林除了买给自己的零食,还要帮王芮之买菜。

回程,乔苑林在摩托车后座扶着梁承的腰,中间夹着购物袋,一大根芹菜晃来晃去;三番五次扫过梁承的颈侧。

"乔苑林。"梁承忽然道。

乔苑林倾身,下巴隐约抵住梁承的肩,说:"怎么了?"

梁承说:"芹菜再碰我一下,你就打车回去。"

乔苑林狠心把芹菜撅断,手有些湿,垂下没抓梁承的衣服。到巷口拐弯,他身子偏斜才下意识地伸出手扶住梁承。

摩托车在旗袍店门口熄火,后巷走出来三个人,年纪大的是居委会主任,另外两个很知性,有股教育工作者的气质。

"先前是个混世小魔王,谁家都烦,简直头疼死了,现在乖多了,你们放心吧……"

三个人聊着天走远,没多久,小乐飞奔出后巷,看见梁承和乔苑林,激动地跑到他们面前。

这状态不像父母吵架,乔苑林问:"出什么事了?"

小乐兴奋地道:"我明天要去上学了!"

梁承没有聊天的兴趣,拎起购物袋上台阶,进门时不咸不淡地丢下一句:"知道了。"

乔苑林一头雾水:"你平时不上学?"

"学校不让我上。"小乐回答,"今天老师和街道主任来我家,说我可以去学校了。"

乔苑林联想刚才经过的三个人,难以相信地说:"混世小魔王……不会是你吧?"

小乐忙说:"我现在听话了!"

乔苑林问:"……你经历过什么?"

小乐大名裘乐，受父母潜移默化的影响，从小满口脏话，叛逆好斗，搬到这里欺负遍了其他的小孩。这还不止，他在学校欺凌同学，谩骂老师，一年级读了不到半年便被学校勒令回家反省。

直至两三个月前，梁承搬过来住，某天出门，小乐骑在他的摩托车上面，欠揍地问他："这车是你的？"

梁承说："下来。"

小乐嬉皮笑脸地道："我还没骑够。"

梁承说："你喜欢，可以骑回家。"

小乐问："真的？"

梁承跨到小乐背后，点着火将马力轰到最大，引擎震天，他掉头疾速冲进了后巷，猛地一摆尾，碰撞的巨响淹没了小乐的尖叫声。

梁承把小乐家的院门撞了个四分五裂。

那一次之后，小乐不敢再擅自爬梁承的摩托车，但他怀恨在心，几天后拿着一把小刀偷偷去扎摩托车胎。

梁承在窗内欣赏了全过程，从侧门出去拐入后巷。小乐报复完溜回家，一进巷口，梁承倚着墙冲他吹了声口哨。

小乐想逃走。

梁承说："我要是你，就拼一下。"

小乐攥着拳冲向梁承，却被梁承一把抓住手腕，剧痛传来，他"哇"的一声哭出来。没来得及求饶，就被梁承一把拎起，走向旁边三个半人高的大垃圾桶。

掀开盖子，恶臭刺鼻，梁承把他狠狠地掼进了不可回收垃圾桶里。

小乐几乎晕在里面，惊吓后生了一场病，十天没出门，痊愈后整个人的戾气都消失了，再也没闹腾过。

有一夜父母加班，小乐饿着肚子蹲在巷口，遇见梁承回来。在他吓得发抖时，梁承分给他一半热腾腾的蛋堡。

讲完，小乐挥舞手中的零钱，说："小乔哥哥，我要去便利店买文具，你想吃雪糕吗？我请你。"

乔苑林不想小乐破费，便说下一次。他望着小乐奔跑出巷子，无法消化这个懂事的小孩儿曾经那么顽劣。

阳光燥热，乔苑林看了一眼停在旁边的摩托车，又看了一眼放在墙角的垃圾桶，觉得后脑勺有些发凉。

梁承将空调又调低一度，正对着吹。对面房间本来有一只窗机，旧到加不了氟，他搬来后帮忙拆除了。

门留着一道缝，他听见脚步声上来，比平时轻缓，过去拉开门，门外的乔苑林犯怵地一激灵。

梁承又把门关上了。

乔苑林在走廊上愣了半分钟，回自己屋，不消片刻闷出一身汗。他把刘海反复往后抓，蹭红了额头。

刚才的门缝，是留给他的？

他返回走廊，顶着一头穿堂风一吹能颤三颤的乱毛，敲开对面房门。梁承坐在书桌前，翻看着一套卷子，没有回头。

乔苑林轻咳一声，问："你刚才有事要说？"

梁承的语气和空调的冷气同温，说："你害怕就算了。"

"我……没有啊。"乔苑林走进去，冷气包裹上来，手臂竖起一层细小的汗毛。他停在梁承身后，双手扶住椅背的两角，看见梁承拿的是满分的数学卷。

他求证道："你真的把小乐扔垃圾桶了？"

梁承说："那件事我做错了。"

乔苑林没料到这个答案，不知该怎么往下接。

梁承又说："应该扔可回收垃圾桶里。"

"……"乔苑林语塞了好一会儿，"我之前惹毛你，你为什么没揍我？"

梁承回答道："你姥姥说你不禁揍。"

"我姥姥根本没说过那些话。"乔苑林这次没上当，壮起胆子覆上梁承的肩，轻轻按压，掌下的骨骼硬得硌手。

梁承不适地动了一下，把卷面捏出一道折痕。

乔苑林问:"我以后再惹你,你也不会揍我吧?"

梁承说:"没事干就出去。"

"为什么?你开门就是让我来吹空调。"乔苑林是猜的,见梁承没否认,心中一动又猜了一句——

"对你来说,我跟别人是不是不一样?"

03

梁承将数学卷子放回一摞试卷的顶端,从底部精准地抽出生物卷,卷面大片空白,分数不忍卒视,他说:"确实不一样,我十六岁的时候没见过这么烂的成绩。"

乔苑林的一点希冀光速破碎,不服道:"我只是偏科。"

梁承问:"偏科很光荣?"

乔苑林说:"我不是学不会,是故意不学。"

梁承又问:"不学很骄傲?"

一刹那,乔苑林恍然觉得面前坐着的是段思存,不得不说,七中出来的师生都很会扫人兴。

他移开手,说:"要是没什么事,我回屋了。"

"你不是要吹空调吗?"梁承站起来,把乔苑林按在椅子上,一抖试卷,"卷子不改等于废纸,帮你扔了?"

乔苑林问:"扔哪儿啊……"

梁承回答:"不可回收垃圾桶,这次应该不会错。"

乔苑林夺回卷子,在桌上铺平,随便拿起一支笔。梁承的手掌仍按在肩上,他歪过头用下巴蹭了蹭,说:"大哥,我改还不行吗?"

迫于梁承的淫威,乔苑林老实改了一下午卷子,心里烦,一只手在下面抠牛仔裤的破洞,改完把洞扩大了一倍。

他怕梁承继续拿生物折磨他,决定出门避风头。

第二天一早,乔苑林挎着绛紫团花购物包出门,小乐去上学,遇见他还以为现在不流行背书包了。

旗袍店里,收音机年头久远,唱到一半变成刺啦刺啦的声音。

这是乔苑林姥爷送给王芮之的生日礼物,她一直凑合着用,上一次故障送去修理,维修店的老板劝她换个新的。

梁承从二楼下来,见老太太守着收音机按来按去,电流声断断续续,没多久彻底不吱声。

王芮之不死心,说:"小梁,你帮我关下门,我去趟维修店。"

长林街上就有一家,把东西送去顶多二十分钟,梁承说:"不用关,我帮你看着。"

王芮之道:"那家店的老板上次说不好修,我不找他了,多跑几个地方问问,一时半刻恐怕回不来。"

梁承看了一下收音机的型号,说:"给我试试。"

王芮之问:"你会修?"

梁承回答:"我专门学过。"

"真的?"王芮之惊讶道,"年轻人很少学这个的。"

梁承没接腔,把收音机拿进屋里,王芮之去仓库抱了一只小箱子,上面是工具盒,下面尽是些有毛病的物件。

梁承有一年多没修过了,方法没忘,但手生,耗费一个多小时令收音机起死回生。

店内又响起邓丽君的甜嗓,王芮之欢喜得很,非要支付他一笔维修费。

梁承转移话题,问:"这些都是坏的?"

"是啊,有些还挺新的,我没舍得扔。"王芮之说,"你有兴趣就都给你。"

梁承没兴趣浪费时间修一堆破烂儿,但为了拒绝王芮之的维修费,便收下了,谎称修好拿去卖二手。

他端着箱子上了楼,放在椅边,开始看书。

乔苑林的电脑上贴着一张便签,写着密码、已付费可直接使用的软件、不要动的文件夹。梁承查了些资料,不小心关掉页面,只好拉下历史浏览记录。

有一条显示"平海市第七中学校内论坛——询问帖……"

后面的字看不到了,梁承点开记录,跳转到帖子首页,发帖时间是昨天乔苑林改完卷子的傍晚。

标题很夸张:走投无路,打听一下七中的学霸。

梁承握住了拳头,向下看正文,出现一张生物卷子的照片。

乔苑林把个人信息打了马赛克,写道:理竞班的学霸帮忙看看,凭良心说,你们真没见过这么烂的成绩吗?

有人说"没见过",乔苑林回复:别吹牛。

有人认出是德心中学的周考卷,乔苑林回复:我们周五考,不用周六去学校。

有人问年级排名,乔苑林回复:很稳定,常年第二。

有人笑他"万年老二",乔苑林回复:段思存是你吗?

梁承松开拳头,牙关也松开,逸出极其无语的一声笑,看完关机,屏幕变黑的一刻才想起资料忘了查。

他索性合上书,低头瞥见那一箱破烂儿。

有MP4、血糖仪,梁承翻了翻,发现一支八成新的录音笔,原是林成碧采访用的,一年前落在这儿,被茶水泡过一次。

梁承拿了把小号螺丝刀,把录音笔拆解开,从内置麦克到芯片一一检查。

一辆货车驶入巷口,梁承太专心没听见,他将全部零件重新安装,固定外壳,然后测试一下有没有修好。

录音全部清空了,梁承先按电源键,再按下"录音"。

楼梯上传来脚步声,风把门吹开,乔苑林兴高采烈地出现在门口,喊道:"梁承哥,我下课了!"

梁承按下"停止",头也没回地说:"帮我关上门。"

"你出来看!"乔苑林没邀到功是不会走的,"我买新热水器了!"

补习班附近有一家电器城,乔苑林说到做到,去买了一台新的,把奖学金花得一毛不剩。

安装师傅进浴室干活,梁承和乔苑林在走廊上立着,斜阳的橘彩洒进来,带着热气。乔苑林贴住墙壁降温,说:"一会儿你先洗。"

梁承看着他霞色的脸，忽然想吃一碗西瓜味的冰。

崭新的热水器装好，天黑了。淋浴间的架子上多了一套洗护用品，花香型，是乔苑林砸金蛋中的三等奖奖品。

梁承舒服地洗了个热水澡，湿着头发，去阳台上吹自然风。

天台落下一声口哨，吹得有点漏音，梁承回头看，乔苑林塞着耳机站在上面，嘴唇还微微嗫着。

梁承问：“又打电话？”

"已经打完了。"乔苑林说，"其实是段老师打给我。"

梁承似乎没兴趣知道，拿起水壶浇花。

乔苑林说："段老师向我问起你，问你现在做些什么，过得怎么样。"

"你告诉他了？"梁承问。

"没有。"乔苑林说，"你应该不想让他知道你帮人追债吧，至于过得怎么样，我也不好说。"

梁承意味不明地"嗯"了一声。

乔苑林说："段老师还问你的联系方式，他很想见你。"

梁承说："算了吧。"

"可段老师一直惦记着你。"乔苑林道，"他教过那么多学生，你是他心里最优秀的一个，也是他最看重的。"

梁承说："行了，别吹了。"

乔苑林还有许多不明白，梁承为什么没继续念书，做医生的妈妈在哪里，那名老警察是谁……他没有立场询问，也没有信心能问出答案。

月淡星疏，有一颗星星却出奇的亮，乔苑林说："哥，你上来。"

梁承道："恐高。"

"真的假的？那我下去。"

乔苑林抓着墙边的梯子往下爬，铁管松动了，一边摇晃一边咯吱作响，铁锈和墙灰一并簌簌飘落。

他凑到梁承身边，闻见薄荷香皂味，说："你没用新沐浴露啊。"

梁承挪开一步："我晕香。"

乔苑林习惯了这种糊弄，梁承生人勿近，那他可以另辟蹊径，说："你不喜欢被人了解，那你想不想了解我啊？"

梁承回答："不想。"

乔苑林问："你不好奇救的是什么人吗？"

梁承说："事儿多。"

乔苑林不太爽，但碍于恩情只能忍着。这时，梁承放在花架上的手机亮起屏幕，来电显示"应哥"。

梁承接通，简单说了两句，挂线后放下水壶。

短发吹得半干，他呼噜了一把就往外走，但迈出的步子还没踩实，乔苑林已经抓住了他。

去做什么并不难猜，只是乔苑林不确定今晚是盯梢还是逮人。他明知梁承会烦，仍忍不住说："别去，行不行？"

梁承脱开他的手，说："少管闲事。"

乔苑林道："你非得去追债吗？上一次受伤才过去多久，别干这种危险的活儿了。"

梁承说："你管得太宽了。"

"我知道，咱们没熟到那份上。"乔苑林顿了一下，"那我怎么做才能跟你更熟？"

梁承回答："够呛，差四岁有代沟了。"

走廊没开灯，梁承大步穿过一条窄长的黑暗，把乔苑林抛在亮光里。手臂内侧，沾着一点对方掌心留下的锈斑。

长林街上的店铺陆续打烊，晚屏巷中的家家户户也逐渐灭了灯火。

乔苑林赶在便利店关门前买了一只灯泡，大瓦数，回来换掉旧的。他用新沐浴露洗澡，真的很香，早知应该把梁承熏晕。

一过凌晨，老城区变得半死不活。

梁承绕过大半个平海，四肢吹得发麻，中途在加油站停留，他打开微信，除了委托人的转账没有其他消息。

目的地是一处公租房，一切还算顺利，没发生口角或肢体冲突，找到人就交了工。

应小琼叫他去大排档吃夜宵，他没胃口，凌晨三点一路飞驰，加满的油又耗尽了。

摩托车慢下来，在巷口彻底熄火，梁承把车停在墙边，钩着车钥匙和头盔缓缓地走回去。

几十米的昏暗走完，到小楼一侧，梁承不禁站住，小小的门庭里，一盏白炽灯亮得晃人眼睛。

灯下门前，乔苑林坐在小板凳上，疲倦，苍白，执着，膝头平摊着翻掉页的法语单词本。

乔苑林在寂静里等过医院加班的乔文渊，也等过电视台赶稿的林成碧，耐心锻炼得和黑夜一样长。

梁承看了他一会儿，走过去蹲下来，与他平视。

离近才看清，乔苑林的皮肤上叮了许多蚊子包，眼尾也有一颗，他痒，粗暴地抓了几下。

梁承制住他的手，没用力，说："你是不是有病？"

乔苑林翻过一页书，嘴硬道："我不是在等你，是为了准备法语考试。"

梁承说："哦。"

乔苑林蹙起眉头，不幽怨，流露出的是一份不被在意的窘涩。忽然，梁承伸出手，虚悬地罩住他的脸。

那只手掌很大，很冷，乔苑林放弃从指缝中窥视，眼皮一抖合住了。

他闷声道："你干什么？"

梁承第一次主动提三年前，说："记不记得那天我救你，先这样呼噜了你一把。"

乔苑林记得，他当时痛苦地眯着眼睛，有一个人跑过来，用一样温度的手掌盖住他的脸，然后他闭上眼睛什么都看不到了。

梁承遮着那目光，说："我不想让你看见我。"

乔苑林问："为什么？"

梁承放下手，指尖滑过乔苑林眼尾的蚊子包。他站起来，打了个哈欠，说："困了，上楼睡觉。"

乔苑林顷刻间心绪如麻，全堵在胸口，追喊道："梁承，你到底有多少秘密？！"

天快亮了，屋内是灰调的水墨色。

对面房门"嘭"地一关，可见主人带着不小的气性。梁承捏着衣领一顿，安静后换下衣服搭在椅背上。

桌面维持着昨天下午的状态，他拿起录音笔，借稀薄的光按下播放键，修好后存储的第一句录音跳进耳朵里——

"梁承哥，我下课了！"

梁承困乏的身体续上一点精神，从工具盒里拿了一把螺丝刀。

早霞朦胧，星星隐没，梁承走到阳台，将挂在墙面上的梯子拧紧了。

04

那一晚之后，乔苑林在学校把课约满，又在外面逗留一整天才回家。

他关心梁承，也明白无权让梁承接受他的关心，所以郁闷之外，只能独自缓一缓受伤的自尊。

梁承感觉得到乔苑林在躲他，有一次他去洗手间，对方趁他不在进卧室找书，他便装聋作哑地多等了几分钟。

周五晚上，乔苑林洗完澡趴在床上，今天是文化节的最后一天，举行庆祝派对，朋友圈被同学们刷屏了。

他点了一通赞，然后塞上耳机做一套听力综合。

空气潮闷，没响雷，起了阵风便飘飘洒洒地落下雨点。

梁承去阳台收衣服，他只有一两件，大多是乔苑林的，一并收下后返回卧室外，敲了敲门。

门缝透出一线灯光，他知道乔苑林没睡，又敲了两下，始终没动静，本着"事不过三"的原则，他把衣服拿回了自己房间。

平海的雨一向温和，且绵长，飘了一夜在清晨才停。卷子对折放在床头，乔苑林昨晚写完滚半圈躺平，握着笔就睡着了。

屋檐坠落的水滴砸在窗户上，很吵，他醒过来，伸手寻摸枕边的手机。

有一条未读，田宇发的：苑神，我们今天回平海。

乔苑林眯着眼睛打字，回复：回来有你好看。

田宇：别这样，我给你带礼物了，还有你的行李箱，你来我家吧？

乔苑林把"零钱"里仅剩的十五块钱发了个红包，说：发同城快递。

田宇：什么人才能治好你的懒癌？

乔苑林：杏林高手，医学奇才。

聊完没了困意，乔苑林打开浏览器搜了个"检查书模板"，收藏页面。他因私人关系缺席集体活动，需要上交一份检查书。

耳朵莫名胀痛，他抬手一摸，蓝牙耳机塞了一夜忘记摘下。

刚七点，乔苑林轻手轻脚地打开门，不料对面卧室的门没关，梁承不在。铺过的床上放着一摞叠好的衣服，貌似是他的。

乔苑林走过去，盯着衣服，是梁承帮他收下来叠得方方正正？故意敞着门，让他看到进来拿？

受挫的自尊心似乎愈合了。

他高兴地翻了翻，怎么夹着两条内裤？千鸟格的，谁看了都说像马赛克。

乔苑林尴尬地抓了一下耳朵，叫出声："啊！"

门口，梁承神不知鬼不觉地出现，面容淡定，颀长的身形斜倚着门框，说："瞎叫唤什么？"

这几天没说话、没照面，冷不丁对上，乔苑林有些不知所措，回答道："我，耳朵疼。"

梁承说："过来。"

乔苑林走过去，侧身给梁承检查。鬓边的碎发遮着耳郭，梁承拨开，冰凉的指尖不像夏天的温度。

天色比平时阴，梁承把乔苑林拉近一点，看清楚些，那只耳朵很薄，很红，毛细血管隐约可见，疼是因为有一点破皮。

乔苑林问："要擦药吗？"

"晾着就行。"梁承说，"怎么弄的？"

乔苑林回答："昨晚练听力，耳机戴一宿没摘，磨的吧。"

原来不是故意不开门，梁承把他推回原位，想说他娇气得像纸糊的，沉吟一瞬，只道："这两天别碰水。"

乔苑林把衣服抱走，洗漱后又端着书本过来。梁承在窗前给仙人球喷了点水，然后下楼搬了把椅子，坐在乔苑林旁边。

窗外鸟鸣不绝，衬得屋中格外安静。

梁承看一本厚重的专业书，笔记本被乔苑林的经济学课本压着，他抽出来，从共同使用的笔筒里拿了一支碳素笔。

笔尖戳在一行字的末尾，乔苑林低着头，余光从那本书的页眉蔓延到梁承写下的笔迹，以同桌的视角。

他产生一种奇妙的感觉，他和梁承念不同的学校、相差几届，但此刻在同一张桌上用功。

这样的场景，他无数次徘徊在七中门口寻觅梁承的时候，曾一遍遍幻想过。

乔苑林得意忘形，男高中生的幼稚冒出来，他用手肘撞了梁承一下。梁承却没看他，画掉写歪的字重新写了一遍。

"哥，"他问，"你以前有同桌吗？"

梁承说："没有。"

乔苑林道："那我是你第一个同桌？"

梁承的进度一直没停，敷衍地"嗯"了一声。

梁承终于停笔，说："不写作业就滚出去。"

手机响，救了乔苑林一命。

来电显示"爸"，乔苑林一下子老实了，悬空在耳边接通。

乔文渊说："是今天回来吧，下火车了吗？"

"啊？"乔苑林反应了两秒，"哦……是今天，还没，到了我就直接回姥姥家。"

乔文渊问:"活动怎么样?"

乔苑林说:"不错,挺有意思的。"

"能有什么意思,你们学校就是花里胡哨的活动太多,浪费时间。"在乔文渊眼里,这一周已经被浪费了,必须补回来。

乔文渊保持着大家长的高姿态:"奖学金花完没有,要不要零花钱?"

乔苑林真的没钱了,但他义无反顾地选择保护更昂贵的尊严,说:"用不着,挂了。"

明明有凉风吹进来,乔苑林的耳朵却变得更热,他刚才撒谎、妥协、逞强,当着梁承的面。

房中静得人难堪,连鸟也不叫了。

半晌,梁承盖上笔帽,十指交叉活动关节,随手拿起经济学课本,说:"德心中学还学经济?"

"选修的。"乔苑林不喜欢这一门,"我要选社会学,我爸让我选这个。他什么都管,我迟早要推翻他的专制统治。"

梁承觉得很有趣,人们总喜欢管别人的事,被人管又会烦。

乔苑林似乎猜到他的想法,机灵地扭转态度道:"虽然他这一点不太好……但他很能干,也很敬业。人是复杂的,对吧?"

梁承问:"那你复杂吗?"

"我肯定没有你复杂。"乔苑林不知哪来的胆子,说完用玩笑盖过去,"我也有点复杂,比如你不领我的情,我会失望,如果你帮我买一杯便利店新出的梅子苏打,我又会高兴。"

梁承合上书:"你还是失望着吧。"

周一去学校,国际班的学生还沉浸在自由快乐的氛围中,早课铃响过却无人理会,搞得段思存大发一顿脾气。

乔苑林没往枪口上撞,把检查书留到了中午,他想趁这个机会辞去班长一职。

午休人少,乔苑林去办公室找段思存。段思存的桌上放着食堂买的盒饭,没开盖子，乔苑林把检查书放在桌角。

段思存握着鼠标，说："你先回去吧。"

乔苑林还没说重点呢，不肯走："段老师，您还没吃饭？"

"嗯，电脑突然要升级。"

乔苑林说："您吃饭吧，我帮您弄，很快就好。"

段思存瞥他一眼，从位子上起身，端着盒饭坐到一旁的沙发上。

乔苑林坐到电脑前，熟练地升级校内系统。

乔苑林正犹豫该怎么开口，段思存却先出声了，说："懒得行李箱都要同学帮你拖，现在主动帮忙，你有事情要讲？"

乔苑林心想这也太目光如炬了。他点点头，道："我这次没参加文化节，写检查书的时候反省了很多。"

段思存道："光反省没有用。"

"所以我决定……"

"你决定不去的时候就要考虑到后果。"段思存胃口一般，吃得很慢，"虽说事出有因，但唯独你没参加，写检查书有什么意义？"

乔苑林只得把话憋回去，问："那我怎么办？"

段思存道："想办法把学分补上，不然影响成绩点。等会儿上校网，看看这学期还有什么活动。"

"哦。"乔苑林应下来。

系统完成升级，乔苑林打开内网试一下运行效果，自动登录了段思存的账号，页面和学生版的区别很大。

他好奇地向下浏览，教学培训、项目研发、课程资料……忽然，他看到一条招聘实验助教的信息。

德心中学除了基础的实验课，学生完成大作业、学期论文和毕业论文也需要大量实验，所以实验助教必不可少。

这个职务不是长期合同，每半年到一年招新一次，聘用的人员多为年轻的大学生。虽是短期工，但薪资不错，而且稳定，工作环境也很好。

乔苑林点进这条信息阅读详情，任课教师内推，然后统一考试择优聘用。

"推荐"的链接与其他链接颜色不同,说明点击过,乔苑林看向段思存,从椅子上站起来。

"段老师,"他直白地问,"实验助教招上了吗?"

段思存放下盒饭,拧开杯子喝了口水,说:"没有,这两天刚出的信息。"

乔苑林一只手压着桌沿儿,搞不清站在哪种立场,也不确定是否合理,反正一使劲就说了出来:"您可不可以推荐梁承?"

段思存陷在沙发一角,捂着水杯陷入沉默。

办公室里充斥着饭菜的香气和试卷的油墨味,令乔苑林感到憋闷,他屏息地望着段思存,有一点祈求地说:"推荐他,行吗?"

段思存不语良久,才道:"我有一个条件。"

乔苑林为难起来:"我知道您关心梁承,但是他的住址和近况太隐私了,我不能擅自告诉您。如果他当了助教,您亲自问他不是更好?"

段思存说:"不是这些。"

"那条件是什么?"乔苑林猜不到。

段思存把盒饭餐具收进垃圾袋,起身走到桌子一侧,将桌角的检查书拿起来,腾空在垃圾袋的上方。

乔苑林有点懵地问:"能明示吗?"

"学察部的部长快毕业了。"段思存说,"我希望你参选新一任,既能加学分,也能为班级争光。"

乔苑林傻了,他班长都不想干了,去竞选部长?

没等他答应,段思存手一松,检查书兼辞职信掉进了垃圾袋里。

05

旗袍店打烊,王芮之没整理操作台上的东西,立在门口望着巷子外面。

梁承下楼倒水,鼻梁上有一点眼镜架过的凹痕,他看书坐久了,需要活动一下筋骨,走过去说:"拉卷闸门吗?"

王芮之应道:"拉吧,哎,快十点了,苑林怎么还不回来?他今天不上补习班。"

按照出租车的速度早该到家了,梁承说:"打电话问问。"

"他下午发信息来着,说放学被老师留下,回来得晚。可这也太晚了,学校规定不让逗留太久。"

梁承当年读书时十点半下晚修,这两年野惯了,更没个准点,因此不觉得有什么。

王芮之仍不放心,怕乔苑林挨了训,心情不好摔一跤,万一闹起病就麻烦了,说:"我去巷口等他吧。"

梁承忽然想起那一晚乔苑林坐在门庭下喂蚊子,他捏了一下眉心,说:"我去吧。"

巷口黑漆漆的看不清什么,街上亮一些,零星几家店铺还没关门,闪烁的彩色招牌俗气但亲切。

一辆公交车减速靠停,乔苑林从后门下了车。

车站离巷口还有一段路,他走出了穿越撒哈拉的绝望,书包从左肩换到右肩,双肩处的衣服被汗水洇湿。

中途停下,他掏出手机翻到梁承的号码,拨了过去。

响了三声,梁承接通:"喂?"

乔苑林微怔,手机传出的声音和梁承真实的声音不太一样,带着一点电流,和夜风与蝉鸣混合在一起。

"哥,在家吗?"他说,"我快到家了,你先把空调打开。"

梁承说:"不在家。"

乔苑林大失所望,"这么晚了,你又去追债了?无语了我!怎么平海市这么多欠钱不还的啊?还有没有王法啊?"

梁承说:"我出门喝汽水。"

乔苑林奓起的毛一根根柔顺服帖,吵完的嗓子也有点干,他问:"你在哪,我也想喝。"

梁承回答:"扭头。"

乔苑林立刻扭头,旁边是一棵大树,树那边是街。他迷茫地扭向另一边,原来正对着便利店的窗户,梁承坐在窗内的高脚椅上。

那是他们吃夜宵坐过的位置,梁承握着一瓶可乐,而他面前的桌上,放着店里最后一杯梅子苏打,青绿的梅子和白色的碎冰一起浮光晃动。

电话没挂,乔苑林问:"给我买的吗?"

梁承回道:"下单。"

乔苑林忘了尊严是什么玩意,低声道:"没有钱了,哥哥。"

梁承望着他,说:"限时免费。"

便利店老板见又是他们俩,叹口气放慢盘货速度。

乔苑林屁股还没坐稳,就迫不及待地剥开吸管插进饮料,他吸溜一大口,松开嘴巴,陶醉地"哈"出气来。

解了渴,他掀开梅子苏打的杯盖后递给梁承,说:"哥,你尝一下。"

梅子的酸冽味道很浓,梁承不适,甚至是厌恶地皱眉,说:"我不碰酸的。"

"很爽啊。"乔苑林替饮料委屈,盖回去自己喝,"我喜欢。"

他们没待多久就回家了,王芮之问被老师留下有什么事,乔苑林偷看梁承一眼,含糊地说没什么。

临睡觉,乔苑林盘腿坐在床上,床头摆着竞选学察部部长的申请书。

他答应了段思存的条件。

德心中学很重视学生对各种事情的参与度,学察部是由学生组织,进行学习方面自我纠察和互助的部门。

对于部长,要求成绩点为年级前二十名,成绩优异、稳定,无记过处分,具有班委经验的学生。

竞选方式很国际,一共两轮公开演讲,第二次演讲后进行民主投票。

乔苑林抬手抚额头,在心里骂人。

——段思存是不是更年期?摆明有意推荐梁承,为什么还要为难他?

他还不能提前告诉梁承,万一竞选失败,段思存真的不推荐怎么办?况且,他想给梁承一个惊喜。

那天在同一张桌上用功,他看得出来,梁承是喜欢读书的,应该结束漂泊的日子回归校园。

乔苑林顿时有了决心，一把抓起申请书。

为了他的救命恩人，拼了，只许成功不许失败。

梁承对此一无所知，渐渐发现乔苑林一夜之间忙得分身乏术，连上厕所都夹着两张稿纸。

起初，乔苑林严格保密，但有一晚熬到了凌晨两点，趴在桌上睡着了。梁承把他拎起来，看见了一轮演讲的稿子。

他坦白要竞选部长，没说别的，梁承也不会问。

从小受林成碧的熏陶，乔苑林很擅长写稿子，怎么奋力铿锵，怎么温柔煽情，他拿捏得很到位。

对他而言，难的是当众演讲，毕竟他在亲戚面前表演弹钢琴都会想翻脸走人。

稿子润色后，他爬到天台上熟读，怕开着灯引人注意，于是打着手电筒在黑夜里激情朗诵。

结果梁承一上楼，就见阳台上一束白光飘来荡去，闹鬼似的。

乔苑林读到嗓子沙哑，将稿纸咬在嘴里从梯子上爬下来，爬到一半，发觉梯子神奇得牢固不动。

到阳台一转身，梁承抱臂斜靠在走廊上，不知站了多久。

"你……"稿子从乔苑林的唇间飘落，"你在这儿干什么？"

梁承伸手接住稿子，一抖："我以为美国大选了，随便听一下。"

乔苑林觉得丢人，没信心地问："那你听了，感觉怎么样？"

梁承觉得少年音色清澈，英文发音也标准，但语速忽快忽慢，节奏不好。他转身回房，说："风太大没听清，下次在屋里练。"

乔苑林追上去："哪有风，梯子都不晃了。"

周三举行了一轮演讲，乔苑林的领带第一次系得规规矩矩。上台前姚拂对他说，别紧张，把讲台当成钢琴，把台下的人当成姑姑舅舅叔叔伯伯。

他感觉十指有点抽筋。

当真正地站在演讲台上，乔苑林看不清台下的面孔，脑中想起梁承，想起那一杯咽下去就变甜的梅子苏打。

演讲很顺利,二轮演讲前可以进行校园拉票。

其他候选者利用课间或晚修,进入每个班拉票。乔苑林岿然不动,每个课间都趴在桌上补眠。

串班太耗费体力,他嫌累。

拖到周五中午,乔苑林终于行动。他带着(1)班会乐器的几个同学,杀到几乎全校师生都在的地方——食堂。

单簧管,小提琴,萨克斯,乔苑林搞了一场演奏会,舞蹈社和音乐社的成员被带动,所有人在食堂又吃又喝、又唱又跳地开了一场大派对。

为了犒赏帮忙的同学,乔苑林请大家吃饭。点菜时,他躲到一边给乔文渊打电话,服软地说:"爸,快给我打钱,打两个月的。"

当天夜里,梁承靠着床头将手机静音。

乔苑林赖在书桌前,非要再练一遍二轮的演讲稿,说:"明天上午就决战了,你再帮我听一下。"

梁承服了他:"最后一遍。"

"嗯。"乔苑林递上稿子,他背熟了,"那我开始了。"

已经夜深,树上的虫子大多夹翅而眠,乔苑林穿着睡觉的纯棉短裤,指甲匀速地在膝盖上抓,稳住了节奏,膝头却一片粉红。

梁承垂眸看稿,倏地,抬起眼看他。

他卡壳,慌张地问:"怎么突然看我?"

梁承说:"难道观众不能看你?"

乔苑林吞没心中冒出的句子——你和观众不一样。

梁承打了个哈欠。

乔苑林丧失了继续的兴致,失落道:"是不是很无聊?"

"还行。"梁承回答,"都是演讲没什么新意,要不你换一种形式?"

"换成什么?"

梁承戏谑道:"相声。"

乔苑林一愣："你不要我能死啊！"

他离开椅子扑过去，想给梁承一拳，却没打中，拳头被梁承用手一带，把他轻巧地摔在了床里侧。

一沾柔软的床褥，乔苑林四肢百骸都丢尽力气。他疲惫得不想动了，打商量道："大哥，我今天在这儿睡行吗？"

梁承说："不行。"

乔苑林恋恋不舍地离开，到门口关了灯，再在黑暗中看梁承躺下的轮廓，小声说："明天我一定要做到。"

第二天梁承醒来，二楼静悄悄的。

德心中学的大礼堂坐满了人，乔苑林立在幕后，衬衫的翻领上别着校徽，胸前的口袋里装着那粒白色纽扣。上台前，他拨通梁承的号码。

梁承戴着耳机，靠在阳台的栏杆上接听。

漫长的通话将机身耗热，乔苑林这一次想着偷拍的生物资料，想着遒劲潦草的注解，想着三年前从他脸上呼噜过的手。

那只手开摩托车很帅，挥拳时很凶，可他更希望能握笔，将来遵从理想握手术刀。

段思存坐在台下第一排，腿上放着一份档案册，里面是写好的推荐信以及应聘实验助教要填的个人信息表。

掌声如雷一响起时，梁承挂了线。

楼下厨房在炖木瓜桃胶，清甜气飘得满屋都是，梁承回房，在床头翻一本新书。

一小时后，出租车拐进巷子一直开到楼下，乘客心急地甩上门，在司机的抱怨声中扬起头大喊："梁承！哥！"

乔苑林鞋都没换，上楼就冲进卧室，喘着，激动得脸色发红。

梁承瞳孔漆黑，不易察觉其中淡淡的笑意，他立起来，说："看来选上了。"

乔苑林根本不在乎当部长，他手忙脚乱地解开档案册，将里面的东西一股脑地倾倒在床上。

他咧开嘴道:"你看!"

梁承瞥向那些纸,实验助教聘请说明,个人信息表,推荐信压在底下,他抽出来,看清段思存的签名。

眸光已经冷却,他问:"这是什么?"

"实验助教的推荐信!"乔苑林一脸兴奋,"段老师是项目学务长,有他推荐你就可以应聘了,只要通过考试,就能在德心当助教!"

梁承又看了一眼个人信息表,面上闪过一丝慌惘。他说:"段思存给你的?他还有没有跟你说什么?"

乔苑林仰着头,神采飞扬地邀功:"他说我当选部长才行!"

梁承捏皱手中的纸,冷声问:"你是为了这个去竞选?"

"对啊,这是段老师提的条件。"乔苑林说,"我希望你参加招聘,就求他,他说我要选上部长。我真的选上了,今天一下台他就给我了!"

梁承沉默片刻,气得笑了一声,讥讽道:"他提条件你就答应?"

"为了你,我当然答应。"乔苑林靠近,双手捏住梁承的胳膊,"哥,你先填个人信息,有免冠照吗?没有我们下午去照一张,还要银行卡,打工资用。"

倏地,梁承甩开他,说:"我不会去的。"

乔苑林呆住:"为什么?"

"不为什么。"梁承的抵触显而易见,"我没让你做过这些事,以后别再自作主张。"

乔苑林被一盆冷水兜头浇下,因为是梁承浇的,所以他感到愈发的冷,满身的热气都散尽了。他愣了好一会儿,才发出声:"我没告诉你……是想给你一个惊喜。"

梁承说:"我不需要。"

乔苑林语无伦次地问:"不需要什么?工作、惊喜,还是不需要我?因为不需要,所以不在乎?"

"对。"梁承淡漠道,"这些我都不在乎。"

"可你成绩那么好,你根本放不下书本。"乔苑林不肯放弃地说,"为什么非要去追债,去冒险?这份工作难道不比那些乱七八糟的合适?"

梁承回答:"我的生活本来就乱七八糟的,辍学,打打杀杀,哪天被人捅一刀,时不时有警察找上门,你看不顺眼可以把我赶出去。"

乔苑林忍耐到极限,大声嚷道:"我不想你过这样的生活!"

梁承逼视着他,也抬高音量:"我是死是活、我怎样过不妨碍你吧?你这朵温室里的花能不能别管野草受什么罪?"

"你救过我,我报答你有错吗?"

"我不用你报答。"梁承每个字咬得很重,"我也不想欠你的情。"

"什么情?"乔苑林问,"友情?"

他今天说了太多,嗓子刺痛,喊出来几乎破音:"你根本没把我当朋友!你拿我当住在对门的邻居,当小狗,心情不错就对我好,没兴致就拒我于千里之外!"

他完全爆发了:"梁承,跟你熟一点,离你近一点,怎么那么难?!应小琼可以,老四可以,小乐也可以,为什么就我不行?"

梁承刀枪不入,残忍地说:"因为我们不是一路人。"

CHAPTER
06

第六章

平 安 结

乔苑林回神,踩过树下细碎的光斑,停在摩托车的另一侧,将车钥匙拨动出声。

他拿出平安结,说:"你绑个死扣吧,我再也不解了。"

01

乔苑林彻底哑火,像一滴水珠砸在烧红的铁板上,刺啦一声冒着烟雾蒸发,他微张着唇,喉间只能吐出一片无意义的气音。

这些天着魔般的拼命,差点摔在楼梯上的急切,想讨人一笑的全部期待,都被梁承盖棺定论的一句话击碎,变得意义全无。

他太愤怒了,简直是悲愤!

那张费尽心力得到的推荐信成为废纸,乔苑林伸手夺过,弯腰敛起其余几张,紧咬牙关,让声音尽量保持平稳。

"好。"他点点头,"我知道了。"

梁承微侧着下颔,目光低垂在桌角上,那里放着一板空掉的咽喉药,九颗,昨晚乔苑林整整练习了九遍。

这一场争吵惊动了王芮之,老太太没上楼掺和,把炖好的盅放冰箱里,估计外孙今天不会再有胃口。

乔苑林回房间锁上门,神经和身体猛地一松。他爬上床,半仰在床头和墙壁的夹角,双腿摊成六十度,整个人颓丧地望着天花板发呆。

极度的愤怒过后,他开始难过。

走廊一阵脚步声过去,梁承下了楼,随后摩托车呼啸着冲出巷子。

乔苑林从胸前的口袋里拿出那粒纽扣,四个小孔,盯久了有些眩晕,他攥入手心闭上了双眼。

大概是累了,乔苑林浑身脱力,下巴硌着徽章睡着了。

他睡了一下午加一整夜,醒过来时眼冒金星,修长的脖子摸上去硬硬的,上火,滑动喉结时会疼。

王芮之出门买菜了,乔苑林洗个澡下楼吃东西,冰镇过的木瓜桃胶滋味更甜,他一勺一勺地往嘴里送,手机响起上周定好的闹铃,提醒他离法语考试仅剩一周。

山体滑坡是不是从一粒石头开始的？乔苑林状似复原的精神产生一条裂隙，他一时不明白，怎么永远有那么多事情？忙前忙后有什么用？

他要垮了，要崩溃了。

瓷勺摔在托盘里，乔苑林来不及起身，扶着桌沿吐了一地。

门锁转动，梁承夹着头盔进了玄关。他一夜未归有些疲倦，闻到酸气，抬首看到乔苑林因呕吐被鼻涕泪水斑驳的脸颊。

连桌子都没擦过的人，抱着纸巾盒蹲下去，清扫了很久，久到梁承缓过神，拧开门再一次离开。

这一次争吵之后，整幢房子都冷冷清清的。

乔苑林没有刻意躲着梁承，但他已经不知道该怎么和梁承相处。他学着自己设置洗衣机，自己晾衣服，晾干了自己收。他照常使用书桌，梁承回来他就走人。

他一句话都不说，梁承也不理他。

其实梁承根本不怎么回来，天不亮就走，半夜才回，去帮人追债或别的什么，乔苑林不清楚，也不再关心。

法语考试在周六，大清早，王芮之预备了一桌中西合璧的早餐，摆了七八碟。

乔苑林拽着书包下来，问："姥姥，你发财了？"

"我去哪儿发财？你这些天养胃净喝粥了，给你换换口味。"王芮之放好筷子，"喝牛奶还是芝麻糊？"

乔苑林都想喝，说："把牛奶兑芝麻糊里。"

"幺蛾子，小心又吐了。"王芮之给他盛芝麻糊，一边往楼梯上瞧。她天刚明就起来了，没见梁承出门。

桌上三双筷子，乔苑林懂了，老太太这是摆了一桌讲和酒。他假装不知道，掰开一个鲜肉包细细咀嚼。

后巷又在大声吵骂，没一会儿，梁承从楼上下来，黑T恤和黑色的运动长裤，他不准备出门的时候经常穿这一身。

王芮之立刻道："小梁，过来吃早饭。"

梁承说："不用了。"

"你后半夜才回家，不饿吗？"王芮之实在受够了这两个冷战的小年轻，只得倚老卖老，"多少吃点，我忙活这一桌可不能浪费。"

那一桌早饭丰盛得令人不好意思无视，梁承最终没拂王芮之的意，走过去坐下。

吵架声歇斯底里地进入高潮，能想象出当事人脸红气粗的模样，结尾掷地有声，高亢得分辨不出男女，只听吼道——

"再搭理你！我就是小狗！"

乔苑林埋头吃包子，汤汁油滑，没夹住掉进了芝麻糊里。

梁承嚼着一片烤过头的吐司，微苦，越嚼越没胃口。

王芮之强行找话聊，说："小梁，别仗着年轻，觉一定要睡足了。"

梁承道："嗯。"

"都忙什么呢？"王芮之问。

乔苑林抬起头，冲老太太蹙眉示意她不要问了。可王芮之没看见，他把碗一推，插话道："姥姥，我剩下的不喝了。"

几乎同时，梁承回答："收二手黄金。"

王芮之有些惊讶，却不好详细追问，转头接乔苑林的腔，说："饱了吗？"

"嗯。"乔苑林擦擦嘴，"我考试去了，下午回来。"

王芮之叮嘱道："检查一下证件带齐了没有，路上当心车，别买小地摊的东西吃。"

乔苑林走到玄关换鞋，从兜里掏出考试证，觉得还是装包里稳妥一点，他拉开拉链，一抬头看见挂钩上的摩托车钥匙。

大门关上，梁承喝完牛奶帮王芮之收拾了餐桌。他本来要去看小乐的，现在争吵平息也没了必要。

乔苑林下午回来，他可以睡一觉再出门。

梁承经过玄关不经意地一瞥，停下来，挂钩上的车钥匙光秃秃的，绑在扣环上的平安结不见了。

他走过去,平安结没找到,捡起了落在鞋柜上的考试证。

这个糊涂蛋,被嘱咐过还能忘。梁承打给乔苑林,不出意外地没人接,挂断再打,还是不接,估计铁了心要跟他绝交。

梁承让王芮之来打,照样打不通,王芮之说:"这孩子,可怎么办哪?"

考试证上有考试地址,在市中心一个会展厅,出租车打个来回肯定堵在半路。梁承摁灭手机,摘下车钥匙和头盔出了门。

出租车驶上宽阔的明康大街,乔苑林在后排仰坐着,心不太静,交通电台里正播报高速路口的一起追尾事故。

他嫌烦,说:"师傅,能不能关掉?"

"这可不行,我得了解路况。"司机大叔不肯关,"小同学,你不爱听就玩手机嘛。"

乔苑林把手机提前设置了静音,塞在书包里,他懒得拿。

路口等红灯,司机问:"会展中心四个口,在哪一个停?"

"我看一眼。"乔苑林没记住,不得不打开包,翻遍内兜却没找到考试证,"哎?我装进去了啊。"

他有点慌,又翻了一遍确认没有,回想出门之前,他看见梁承的车钥匙,把考试证放在鞋柜上,然后解平安结,解完……

绿灯了,司机一脚油门驶过路口。

"完了完了,"乔苑林赶忙说,"师傅,掉头返回去。"

司机为难道:"你不早说,刚过路口,这条街不让掉头。"

"那怎么办?"

"望见下一个路口的银行大楼没?到那儿才能拐。"

乔苑林用不近视的眼睛使劲地望也望不清楚,他看一眼手表,耽误下去他会迟到的,说:"师傅,那个路口太远了!"

司机坚决地说:"那也没办法,在这儿掉头要扣分!"

正无计可施,电台开始实时播报另一条道路信息,主播说:"明康大街的车辆请注意——五分钟前一辆摩托车在机动车道超速驾驶,频繁超车,请及时避让，注意行车安全。"

司机大叔烦躁地"啧啧"两声，敲着方向盘说："最怕那些飞车党，有几条命啊？骑个摩托车把他牛坏了！"

乔苑林不悦地道："骑摩托车怎么了？"

"能怎么？危险呗。"司机拍了一下音箱，"你没听见刚播报的？就这条街，出一次事故就老实了。"

话音刚落，若有似无的引擎嗡鸣从远处传过来，马力十足，犹如无形的旋涡，一声比一声汹涌。

司机看倒车镜，惊慌地道："我说什么来着，现在的年轻人，不要命了！"

乔苑林扭身倾向后窗，车河川流不息，一辆摩托车醒目地在几十米外疾驰，穿梭于缝隙，贴着每一辆汽车猛地超过去，看得人心惊胆战。

骑摩托车的人戴着眼熟的头盔，黑衣黑裤被风吹得微微鼓动，勾勒出流畅的肩臂线条。他格外留意载客的出租车，经过时会往车厢内瞥一眼。

乔苑林错愕地望着，在玻璃上哈出一片白雾："停车，下一个路口停车！"

几十米的距离飞快消失了，摩托车越来越近，终于追在车尾后，看见他，霎时放慢了速度。

乔苑林没有擦掉那一层雾气，姿势别扭地趴在后窗上，也没有转身。

下一个路口，出租车靠边停下来。

梁承绕到车身一侧，熄了火，放下一条腿支住地面，他掀开头盔的挡风罩，眼尾扫向探手可及的车厢。

窗户降下，乔苑林已经压住方才的惊恐，时间紧张，却依然倔强地不肯说话。

梁承拿出考试证，递过去，汗水淋漓的指尖在边缘处留下一抹湿痕。

两个人皆不出声，一个轰轰烈烈地追来，一个慌慌张张地喊停，此刻全成了哑巴。演完一递一接的默片，司机大叔翻个白眼，问："打着表呢，您换乘摩托车还是继续坐我的车？"

乔苑林把考试证塞进裤兜，憋了半晌，说："走吧。"

车窗升起，只透出人影，出租车驶远消失在大街上。

梁承收起那条腿,火燎般疼,掀起裤管,小腿外侧的皮肤擦伤了一片。他冒出一个想法:够灵的,看来不能没有平安结。

02

折腾这一趟,梁承的困倦反而消散了,他联系客户去看货,挂线后有电话打了进来,是应小琼。

"喂?"梁承接通,"应哥。"

应小琼道:"你还知道我是你哥啊,多久没来大排档了?"

梁承说:"最近有点忙。"

"忙什么?"应小琼问,"忙事业还是忙感情?"

温度升起来了,梁承在太阳下懒洋洋的,说:"我这号人能跟谁有感情,忙着赚钱。"

"你哪号人?"应小琼不同意,"既不缺胳膊少腿,又不脑残,怎么不能有感情?"

梁承说:"你有正事没?"

"当然有。"应小琼道,"大事,能过来吗?"

梁承不以为意,对他们这种人来说,已经没什么能称得上"大事",回道:"今天不行,明天吧。"

会展中心的冷气很足,乔苑林在路上急出的薄汗蒸发了,考试证放在一边,上面重叠着两个人的指纹。

法语考试结束,乔苑林终于能休息一阵子。有时候他会害怕,自己没因为心脏病咽气,倒因为学业而猝死了。

他的心情谈不上好,市中心的餐厅五花八门,他却没胃口,逛了一圈只在书报亭买了一本《篮球》杂志。

回到家,四下无人,王芮之去模特队了,梁承貌似根本不曾回来。

乔苑林上床躺着,拆开杂志解闷儿,他的身体不能进行剧烈运动,所以没参加过任何体育活动。

小时候他会在球场上看别人打,越看越失落,后来便只看杂志和电视比赛。

直到三年前,他为了寻找梁承再一次进篮球场。七中的篮球场很大,高中男生们每周六下午去打球,他才初一,瘦小苍白,突兀得惹人注意。

偶尔有人问他在等谁,他说"我哥",久而久之大家以为他是某个同学的弟弟,其实他等的人从来没有出现。

他深刻地记得,自己壮起胆子凝视每一个人的眼睛,期望有谁看着他恍然大悟地说,是你啊,我救过的那个小孩儿。

可来来往往,他得到的只有奇怪和狐疑。

乔苑林的指甲划过光滑的杂志,吱吱响,冒起一层细小的鸡皮疙瘩,他将杂志盖在脸上,深吸一口油墨味。

找到又有什么用?梁承不需要,也不在乎他。

说曹操曹操到,楼梯有轻微的声响,梁承腿疼,上台阶的速度略慢,勾着的车钥匙晃来晃去。

他停在走廊上,敲了敲门。

乔苑林睁大双眼,丢开杂志在床上支起来,脚趾用力抓着床单,不敢相信梁承主动来敲门了。

这时,梁承在门外叫他:"乔苑林?"

漫不经心的语调,还有点吞字,可这一声打破了长达一星期的沉默,也让乔苑林意识到,他的淡然是假装的,他一直在介怀,在记仇,在无法自拔地委屈。

他模仿梁承的口吻,沉声说:"有事?"

梁承道:"平安结。"

乔苑林从兜里掏出浅蓝色的平安结,真不明白,他好不容易找的工作不要,却稀罕这么个小玩意。

他撒谎道:"你又不把我当哥们儿,我拿去贿赂监考官了。"

梁承问:"那证书考过没有?"

成绩要好久才出，乔苑林说："你管我过没过，你这根野草少管我这朵鲜花，不是一路人。"

梁承的态度自始至终都很平淡，说："当我没问。"

乔苑林口不择言地道："我明天就走了！"

屋外陡然安静，好一会儿没有声响。乔苑林赤脚下床，踱到门后打开一条狭窄的缝隙，走廊空空，梁承早已回了房间。

乔苑林："……"

梁承那天说得对，他真是一个白痴。

乔苑林失望地关上门，用背抵住，那封档案册一直放在床头柜上，明天就是截止递交的最后一天。

第二天早晨，梁承小腿的擦伤结了痂，他冲完澡立在水池前，倾身凑近镜子，抹掉一片雾气照着刮胡子。

青涩的胡楂儿不算明显，他握着剃须刀扬起下颌，刮到一半，乔苑林睡眼惺忪地走进来，刘海飞了两尺高。

两个人从镜子里对视一眼，依照近日的规律，乔苑林应该掉头离开，今天却视若无睹地走到梁承身旁。

他弯腰扑了几把冷水，醒透了，耷拉着头刷牙、漱口，擦完脸拿着毛巾一起走了。

房门大开，梁承回去看见乔苑林蹲在地板上，行李箱平摊着，衣服文具和日用品堆成了一座山。

乔苑林闷头收拾行李，撅两尺高的发丝有点蔫了，低垂下来。

梁承毫无情绪地瞧了一眼，没兴趣过问，回屋拿上手机就出门了。

摩托车远去，乔苑林泄气地把一双袜子塞进空隙里。他原本只是气话，可大丈夫一言九鼎，现在必须硬着头皮走人。

至于去哪儿，他不想回家，打算去找林成碧住几天。

林成碧工作忙，他担心突然找上门会挨骂，决定拉王芮之当垫背的。借口都想好了，就说姥姥做了条旗袍，让他帮忙送过去。

店里没营业，老太太要去参加模特队的演出，从小仓库翻出一个口金包，拎回屋照镜子。

乔苑林悄悄下楼，见门没锁，溜进小仓库偷旗袍。

样式太多了，红色太艳，白色太素，他挑来挑去选了一条浅咖色的，最近一双新款球鞋就这个色。

好像有点长，乔苑林把旗袍往自己身上贴，他一米七六，下摆到小腿。

王芮之打扮好要出门了，走到小仓库外，将挂着的铜锁上下一扣，咔嗒，拔下钥匙装入口金包。

乔苑林沉浸在自己的世界里，突然醍醐灌顶。他就应该选一条不合适的，到时候林成碧不喜欢，他再拿回来，店里也不会有损失。

选好旗袍，乔苑林先贴着门板听了听，外头没声音，他才小心翼翼地拉开门。

然而，门锁了。

乔苑林又拉了一下，没开，握着把手用力拽，铜锁咣当咣当，还是没开。

"不是吧？"他有点蒙，朝外喊，"姥姥？"

"姥姥，你走了吗？"

王芮之走远了。

乔苑林不死心地拍门："姥姥！姥姥！老王！"

他把手都拍红了，还踹了几脚，但无济于事，手机又没带在身上，此刻是叫天天不应，叫地地不灵。

仄狭的小仓库没有窗子，在盛夏里俨如四面不透风的蒸箱，乔苑林渐渐热出一身汗，叫不动了，他沿着墙壁滑下去瘫软坐在地上。

他一时间想到好多人，姥姥、林成碧、乔文渊、姚拂、田宇，把段思存也想了一下，甚至还想便利店的老板。

他不停地流汗，唯独嘴唇愈发干渴，想喝水，喝梅子苏打。

绕不开地想到梁承。

市区商圈的一家火锅店，店门写着"转让"，大厅里飘着一股咖喱底料味，梁承坐在卡座玩手机，微皱着眉。

应小琼在对面抽烟，问："怎么样，还不错吧？"

梁承说："你想盘下这个店？"

"嗯，大排档日夜颠倒，风吹日晒的，不如有个店。"应小琼考察过，"这家店老板是印度人，太咖喱了，咱平海人也就尝个新鲜，所以生意不好。"

梁承抬一下头以示在听，又低下去看手机，说："你应该和玉姐商量，我不懂做生意。"

"好久没露面，惦记你呗。"应小琼道，"最近赚什么钱呢？"

梁承回答："倒二手黄金。"

应小琼笑起来，说："我差点忘了，你会看金，验色、损检、比价……麻烦死了。读过书就是不一样，当年一起学的，还有维修电器，我什么也没记住。"

梁承不想回忆，略显不耐烦地敲手机屏。

应小琼把烟头按进烟灰缸，趁机偷瞄，说："微信戳开八百次了，你想找谁聊天？"

梁承把手机屏幕扣在腿上，说："没有。"

应小琼问："我考虑盘店的事分不开身，有个活儿，接吗？"

梁承凝视着桌面上一道泛光的油污，能擦掉吗？一旦变脏就算擦得再用力，还能恢复当初的干净吗？

应小琼催他："以前不见你这么磨蹭，痛快点，给个准话。"

梁承回过神来，说："这次不接了。"

"确定？"应小琼抬起手腕上的山寨大金表，"十点我给人家回信儿。"

还差五分钟。微信收到一条消息，梁承翻起手机看，老四问他要定位，中午一起试一下这里的咖喱锅。

列表下是一大串收二手黄金添加的客户，有男有女，梁承往下滑动，快滑到底看见乔苑林的头像。

聊天内容停留在竞选部长的那一天，乔苑林在后台给他发的：哥，快到我了，我打给你连线好不好啊？

他说好，乔苑林回过来一个小猪转圈的表情包。

应小琼正要打电话，见梁承猛然抓起手机起身，长腿一迈离开了卡座，他喊道："哎！你哪儿去啊？！"

梁承仿佛没听见，头也不回地走了。

天晴得过分，街道中央的香樟树遮不住多少紫外线，树脚下花坛里的茉莉暴晒着，随时要在盛开中香消玉殒。

梁承疾驰回晚屏巷子，楼里门窗都关着，闷且安静，似乎一个人也没有。

他在玄关立了片刻，罕见地，将钥匙在鞋柜上随手一扔，一步一阶缓慢地上了楼。

走到门外，梁承顿住——那只行李箱依旧摊在地板上，衣物凌乱堆叠，一本杂志上面丢着乔苑林的手机。

浴室和阳台都没人，天台也空着，梁承转一遭下了楼，看见门口墙上挂着乔苑林的钥匙，几双球鞋一只不少，拖鞋却不在。

难道没走？可一眼能望穿的地方都不见人影。

梁承立在屋中，叫道："乔苑林？"

静候不到分毫回音，他忽然觉得自己的行为很傻，跑回来干什么，对方走不走又与他何干？

梁承转身欲走，蓦地，寂静的楼内响起咯嗒一声。

一两秒后，又响了一次，然后是有节奏的咯嗒、咯嗒、咯嗒……

梁承分辨声源，一步步靠近走廊尽头的小仓库，声响愈发清晰，门锁着，他再次叫道："乔苑林？"

像是回应，咯嗒声连响了两次。

乔苑林松开灯绳，手臂垂落，他浑身被汗水浸透，闷室得喘不上气来，后脑勺在墙壁上焦灼地蹭了一片白灰。

他听见梁承回来，不知道梁承会不会救他第二次。

铜锁响了，梁承拨动一下试图打开。他没有钥匙，翻箱倒柜找出一把大号扳手，对着锁头狠狠地砸下去。

敲击的巨响震动了门板，乔苑林畸形的心脏随之一颤。

嘭，嘭，梁承力道不减地猛砸了七八下，铜锁破裂，他立刻踢开了门。

乔苑林瘫软在地，垂着脑袋，头发湿成一绺一绺地搭在额前，他没有力气抬首，身子一歪要倒下去。

梁承怔了两秒，急忙蹲下来，一只手掌托住乔苑林的侧脸，面颊冰凉，他来不及犹豫，立即绕过耳鬓撑住乔苑林的后颈。

另一只手托住乔苑林的膝弯，试图把人抱出去放平，他低声道："乔苑林，别睡。"

倏地，乔苑林微弱地应了一声，抬手攀住他的肩膀。

乔苑林睁开眼，大口大口地让氧气灌入肺部，一边喘一边说："我快闷死了……幸好你回来了。"

耳畔的呼吸艰难粗重，梁承却松了口气，手移到他背后，一下下给他顺气。

锁在里面的时候，乔苑林思考了许多，整件事他是否做错了？他是不是和乔文渊一样，根本不顾对方的意愿？

他低声说："我以后不会自作主张了，这一次你别计较了好不好？"

梁承麻木的神经仿佛被拧了一下。

乔苑林说："我以为你会喜欢的，结果弄巧成拙。其实我没那么多心眼儿……只是不想你哪一天遇到危险。"

"可我没想到你那么不能接受。"

"就一点考虑的余地都没有吗？"

梁承无法回答。

僵持中，乔苑林痛苦地哼了一声，音调微颤："梁承……你说句话啊。"

他仰起脸，正对梁承低下的目光，呼吸平复，那颗脆弱的心脏却未停止颤动。

乔苑林半疑半怕，像是求助地道："哥，我心跳得好快。"

梁承掩饰住刹那的无措，而后在乔苑林天真得一触即溃的目光里败下阵来。

他妥协道："助教，我答应了。"

03

乔苑林坐在床头吃药，跟吃别的不同，一小把拢在手心，多苦多大的药片全一口吞，鼓了一下腮帮就搞定了。

他洗过澡换了衣服，脸色仍有些苍白，眼神却一并水洗过似的，清澈舒爽，眶中盛着两片绵绵不绝的笑意。

梁承叫他盯得烦，说："别看我。"

乔苑林扭头看窗台，余光关注着梁承的一举一动，等解开档案册，他扑到书桌一旁看梁承填表。

"你真的答应了？"他问。

梁承把乔苑林拖出小仓库到现在，已经被问了三十多遍，说："你再问，我就把这张纸折成飞机从窗户扔下去。"

乔苑林抿住嘴，不说了，只笑。

梁承填写基础信息，姓名、年龄、籍贯什么的，填到学历，悬着笔尖空了几秒，写上"高中"二字。

乔苑林又开始说："虽然基本上只招本科生，但我翻了历年的资料，曾经招过一名高中生。原则是择优录取，后面考试得第一名的话就没问题。"

梁承问："你知道我能考第一？"

"当然了。"乔苑林下意识地道。

梁承自己却没多大信心，他太久没考试了，昨天还在跟客户验货和讨价还价。鉴于乔苑林喜欢自作主张，他说："如果我没考上，不许找段思存走后门。"

乔苑林可不敢了，这一次就搞得差点恩断义绝。他从笔筒里拿出一支胶棒，卖乖地说："我帮你贴照片。"

梁承翻出一张免冠照，照片中他是短寸头，衬得五官凌厉毕现，他的表情严肃而紧绷，盯着镜头的目光有一些阴郁。

乔苑林端详许久，好奇地道："这张照片什么时候拍的，当时心情不好啊？"

梁承说:"忘了。"

已经是递交表格的最后一天,时间截止到下午,梁承骑摩托车载乔苑林前往德心中学。周日休息,学校仅剩几间办公室留人值班。

作为高价私立中学,德心的占地面积相当大,每条小路设指示牌,校内有学生设计的手绘地图免费自取。

乔苑林给梁承拿了一张,途经实验楼,迫不及待地说:"实验课就在这儿上,负一层全是生物标本。"

教学楼、图书馆、礼堂,他每个地方都介绍到了,唯独不提体育中心,因为他至今没进去过。

办公楼照常开着冷气,梁承落后两步跟着乔苑林走。他搞不清楚为什么答应了这件事,短暂的冲动,抑或心软,反正找不到十足的理由。

乔苑林回头冲他笑,精致机灵的一张脸,竟透着傻傻的憨气。

就那么高兴吗?梁承面无表情地想,伸出手掌罩住乔苑林的脑袋,拧回去,让他看路。

乔苑林又一次回首,说:"到了。"

他们停在一间办公室外,门虚掩着,梁承扫过铭牌上镀的"段思存"三个字,压在裤缝上的手轻握成拳。

乔苑林敲敲门:"段老师?"

里面说:"进来。"

段思存静坐在单人沙发上,冲着门口,手表摘下来放在茶几一垂眼就能看到的位置。门推开,他越过乔苑林的肩头望过去,不加矜持地起身。

乔苑林比平常任何时候都要高兴,说:"段老师,我们来交表格,没有截止吧?"

"没有,没有。"从不多一句废话的段思存重复了两遍,"先坐……怎么过来的?"

这话问得像在亲戚家做客,乔苑林耳聪目明地闪到一边,回答:"梁承哥骑摩托车载我来的。"

梁承走进来,在段思存的注视下将档案册撂在茶几上,直起腰,毫无预兆地问乔苑林："你们学校有小超市吗？"

乔苑林说："有，怎么了？"

"我渴了。"梁承说，"帮我跑腿买瓶矿泉水。"

一路都没说渴，而且办公室里就有饮水机，乔苑林沉默须臾，答应道："好，我也想喝瓶果汁。"

办公室剩下昔日的师生二人，段思存摘掉眼镜望着梁承，靠近抬起手，力道十足地按住梁承的肩膀。

梁承终于直视他，说："段老师。"

段思存点点头，揽住梁承后背简短地拥抱了一下，说："上一次见跟我差不多高，现在比我高半头了。"

他们坐下来，段思存问："这一年多，过得怎么样？"

梁承的双臂搭在膝头，十指交握，微弓着背，说："无所谓好不好。"

段思存惋惜地低叹，道："咱们不谈过去了。不过真巧，你当年救的小孩儿是乔苑林？"

梁承说："嗯。"

"后来怎么碰见的？"

梁承说："我租住在他家。"

"原来是这样。"段思存抚上档案册，"上次在车站没机会说话，我一直惦记你，看见招聘助教的信息就想让你来。"

梁承用陈述的口气问："你认为我合适吗？"

"当然。"段思存不假思索地道，"但这份工作是阶段性的，你做个一年半载，重新适应一下校园，以后总要继续读书才是正道。我可以帮你联系几所大学，你——"

梁承打断他，毫无波澜地说："我的事不用别人插手。"

段思存便没有再往下说，去办公桌上拿来一份助教考核的资料，同时记起一些遥远的东西，问："我给你的那些课程资料，还留着吗？"

"留着。"翻来覆去已经背过了，梁承接住文件没有打开，"你早知道我跟乔苑林认识？"

段思存刚来德心中学不久，乔苑林拍下资料的照片请教他，虽然梁承的笔迹被避开了，但他隐隐觉得是他亲自影印送给梁承的资料。

那之后，段思存佯装无意地在乔苑林面前提及梁承，但他很小心，每次都是点到为止。

段思存克制地笑，说："我早上就过来了，一直坐在办公室等你。"

梁承问："你确定我会来？"

"不。"段思存道，"我在赌。"

梁承把资料卷成一个筒，卡在虎口牢牢地攥着，"我来不是因为你的推荐。"

段思存并不意外，说："我知道。"

档案册皱巴巴的，曾被乔苑林兴奋地护在胸膛上带回家、粗鲁地丢开、静置在床头反复拿起又放下。

梁承将目光从折痕上移开，看着段思存，说："段老师，我有一个条件。"

段思存道："我会尽量满足你。"

梁承说："我觉得利用十几岁的小孩儿没什么意思。"

段思存的笑容消退，他浏览过内推的页面，却深知梁承不会答应他的推荐。正好乔苑林求他，便赌一把，让乔苑林付出的努力和情感去动摇梁承。

而梁承一早就明白了，所以吵架时骂了乔苑林"白痴"。

他的条件就是下不为例。

但"白痴"有时候很聪明，梁承从办公室出来，沿着天井的玻璃围栏绕了半圈，找到在休息凳上喝果汁的乔苑林。

"我的矿泉水？"他问。

"你真要喝？"乔苑林笑道，"你不是为了把我支开吗？我没买。"

梁承无语地说："算了，走吧。"

离开学校，梁承跨上摩托车没立刻发动，手机收到七八条长语音，都是老四发的，他挑了最短的一条点开。

乔苑林凑到梁承的肩后，偷着听，殊不知头发蹭到梁承的后颈早已暴露。

老四说："你来吧，这咖喱火锅不错，涮着香菜太销魂了！"

梁承听着就没食欲，准备回家，突然想到乔苑林本来要"走"的，行李箱也收拾了，现在事情也办完了。

他回头问："你去哪儿？"

乔苑林"啊"了一声，误以为梁承要去找朋友，想撇下他，说："我现在特别饿，想去吃火锅。"

梁承一副"又开始耍心眼儿了是吧"的表情。

乔苑林装傻地道："你吃过咖喱吗？听说还挺香的。"

梁承道："听谁说的？"

乔苑林答："老四，刚听。"

半小时后，梁承重返商业中心那家火锅店，摩托车一摆尾，正刹停在卡座落地窗外的空地上。

应小琼和老四同时瞪着眼瞧，老四喊道："服务员，再加一套餐具！"

这时，乔苑林从梁承背后探出半个头。应小琼说："你瞎啊，再加两套。"

继被警车带走之后，这是四个人第二次坐在一起。乔苑林有些拘谨，尤其对面坐着老四，他还没忘对方跳窗擒住他的凶猛。

锅里滚着黄色的咖喱浓汤，梁问："有别的锅吗？"

"没有。"应小琼说，"但凡有个麻辣锅，这店也不至于转让。"

乔苑林已经下筷子了，夹了块鸡腿肉，把各样小料混了个蘸碟，自顾自地吃起来。

老四说："真决定盘这店？"

应小琼喝了口啤酒，说："想盘。"

"虽然大排档的条件差了点，但吹着小夜风还挺爽的。"老四不舍地道，"而且咱价格实惠啊，这儿租金那么高，能行吗？"

梁承说："开在这儿就不叫大排档了。"

"没错。"应小琼说，"大排档照样干下去，这儿要走高级路子，弄个海鲜汇！"

老四来了兴趣："那进货可要把好关，没我可不行。"

"就你牛。"应小琼白他一眼，"你先把刚接的那笔债讨回来，够你再买路易威登的。"

老四说:"就我自己,没劲,梁承咱俩合伙呗。"

乔苑林自觉融不进梁承的"朋友圈",沉默隐形,此时从碗里抬起头,唇上描着油光,却不敌眼珠子明亮,他突兀又铿锵地插嘴:"梁承不去。"

老四问:"为什么?"

乔苑林说:"没有为什么。"

老四说:"为什么没有为什么?"

"你好烦。"乔苑林用箸尖指着锅,"调料用的香菜,为什么涮锅里?夹都夹不起来,当然销魂了。"

老四叫他问傻了,结巴道:"有、有味儿呗,我们哥几个聊天,你这小屁孩子少掺和。"

乔苑林小声地道:"反正他不去。"

"你是他代言人啊?"老四乐了,又问一遍,"梁承,你干不干?"

餐具干干净净,梁承只喝了半杯茶,眼锋扫到旁边,乔苑林的坚定在慢慢消失,那模样,和大喊"为什么就我不行"时逐渐重合。

梁承回答:"我没空。"

乔苑林无法言说地踏实下来,他多担心梁承会将助教的事就此作废,所幸没有。那是不是等同于,在他和朋友之间,梁承选择了他?

他们算不算是一路人了?

整顿火锅只有乔苑林肉足饭饱,吃完出来,他站在道牙子上。金杯车率先发动,老四没喝酒负责开车。

车窗落下来,应小琼在副驾座上勾了勾手指,说:"小乔同学,来一下。"

乔苑林走过去,被应小琼搂住脖子说了几句话。酒气呼在耳畔,久久不散,他压着气息目送汽车开走。

梁承推着摩托车过来,打了个响指。

乔苑林回神,踩过树下细碎的光斑,停在摩托车的另一侧,将车钥匙拨动出声。

他拿出平安结,说:"你绑个死扣吧,我再也不解了。"

04

梁承通过了实验助教的考核。

谈不上高兴,也不算期待,不过上班第一天早起了十分钟。他动作麻利,十分钟足以收拾妥当下楼了。

王芮之在厨房煎荷包蛋,探出头问:"小梁,蛋黄吃全熟还是溏心的?"

梁承说:"不用做我的。"

"都磕锅里了,庆祝上班必须吃。"王芮之笑道,"头一回见你这么穿,真帅,大高个,天生的衣架子。"

梁承没搭腔,穿惯了T恤,偶尔换上衬衫不太自在,他立在餐桌角,落座前把袖口挽起三折,并解开了第二粒纽扣。

乔苑林从楼梯走下来,望见这一幕止步在台阶上,他恍惚记起三年前,身穿七中校服衬衫的梁承依稀便是这样的轮廓。

王芮之端着金黄的煎蛋出来,说:"大早晨发什么愣?"

梁承闻言回头,乔苑林冲他咧嘴,捞着一根书包带子丁零哐啷地走下来,目光流连在他的黑衬衫上。

王芮之又催促道:"宝儿啊,快吃饭吧。"

乔苑林稳如泰山地坐下,说:"不着急,坐摩托车赶得上。"

王芮之说:"小梁去你们学校工作,你可是能名正言顺地蹭车了。"

"姥姥,你说得我像占便宜。"乔苑林用薄饼卷住鸡蛋和火腿肠,又冲梁承说,"如果你嫌载我麻烦,我可以打车。"

安全帽都私自买好了,在玄关挂了两天,梁承没拆穿他得便宜卖乖的本质,说:"给我酱。"

乔苑林拿起他刚放的番茄酱,一想有点酸,又换成沙拉酱,在梁承的饼上挤了一个"牛"字。

梁承:"……"

助教考核那一天,梁承揣着身份证去了,先笔试后面试,外加随机的实验操作。

考官只计分不点评，考核结束后，梁承准备离开，其中一位考官叫住他，希望他多笑一笑，因为这项工作需要和学生沟通。

梁承认为这是一种委婉的拒绝，回家后面对乔苑林的三推六问，他便神情肯定地说，这事黄了。

乔苑林不死心，每天上课一筹莫展地盯着段思存，仿佛段大教授欠了他一个博士学位。课下频繁地看手机，不停刷新校内官网的公告。

公布结果的当天，乔苑林正在浴室洗澡。

梁承收到德心中学发来的邮件，通知他被正式录用。考核成绩那一栏，"亲和力"是唯一的低分项，其他各项全部高分，综合分数第一。

有多久没收到过考试成绩了？梁承已经记不清楚。他截了图保存到相册，回复邮件，而后走到浴室门口。

自从换了新热水器，乔苑林洗澡愈发磨蹭，还会哼歌，最近担心助教的事没心情，里面仅有水声。

梁承敲了敲门。

乔苑林喊："我打完浴盐就好了，你先憋五分钟！"

梁承说："结果出来了。"

不过一秒，水声戛然而止，人字拖啪嗒啪嗒的声音响起，乔苑林猛地打开门，大片白皙的皮肤上覆盖着一层细小的盐粒，水淋淋地闪烁着晶光。

他一手压着围在腰间的浴巾，一手给自己捋了个背头，胸膛紧张地起伏，问："怎么样？"

梁承没有废话，说："被录用了。"

乔苑林迟钝了一瞬，双眼睁大，甩着水珠往外冲："我就知道！"

梁承眼疾手快地伸出一根食指，抵在乔苑林的两条锁骨之间，把这个湿漉漉的拥抱半路塞了回去，带上门，说："洗你的澡。"

乔苑林在门后叫唤："哥，你最牛了！"

早晨的校门口学生如云，查风纪的老师站在一边，不少吊儿郎当的男生堵着路系领带。

摩托车轰鸣而至，惹得学生们纷纷回头——梁承减速驶到门口，在一众注目下熄火下车。

乔苑林也下来，摘掉和校服搭配的白色安全帽，模仿赛车手的姿势夹在手臂和肋骨之间，大摇大摆地跟着梁承进入校门。

教职工有专用车库，乔苑林陪梁承停好车，说："哥，那辆奥迪是段老师的车。东边那辆大越野，是教育总监的车。别克呢？可能校长还没来……"

梁承薅住他胸前的领带，遛着他往外走，说："这不是4S店，不用你解说。"

乔苑林道："那你想了解任何事的话，随时问我吧。"

他们在实验楼前分开，乔苑林目送梁承进去，第一次希望快点上实验课。

不到半天，学校来了个帅哥助教的消息不胫而走。课间，田宇去别的班逛了一圈，回来问："苑神，听说你和新助教一起来的，你们认识？"

乔苑林在读一本《时政触觉》，市图书馆借的，快到期要尽快读完，说："嗯，我姥姥是他的房东。"

田宇道："那你跷实验课岂不是更方便了？"

乔苑林如梦方醒，他一心让梁承来当助教，却忽略了这个问题——梁承会不会对他睁一只眼闭一只眼？如果不会，碍于恩情他该何去何从？

田宇又道："听说那人特帅，你与他孰美？"

助教的工作范围主要在实验楼，所以大家没见到梁承的真面目，等到下午，（1）班学生早早冲向了实验教室。

气氛喧闹，乔苑林一贯坐在不起眼的角落，方便摸鱼。周围的同学谈论得热火朝天，他心中说不出的滋味，优越的，开心的，因为那个被好奇的人只有他认识。

周晴以生物课代表的身份去了一趟办公室，跑回来一脸兴奋，说："各位，新来的助教我见过！"

大家七嘴八舌地问是谁。

"咱们都见过！"周晴遥遥指向倒数第一排，"就是去文化节那天在火车站，班长奔过去抱住的那个人！"

乔苑林把这茬忘了，在几十双眼睛的注视下脑电波突发短路，一圈人围过来向他求证，他窘促地点了点头。

不知道谁说："原来月台之事还没结束。"

"进化到校园了。"田宇又开始造谣，"苑神，他是为你才来当助教的吗？"

乔苑林努力把脑电波续上，说："你们有毛病啊？"

教室里吵嚷不绝，像一锅沸腾又快活的饺子，随着上课铃响，门再次被打开，所有人一齐收声望向了门口。

梁承夹着一沓数据表立在那儿，修长挺拔，黑衬衫外穿了件白大褂，敞着怀，压住些许痞气，多了几分斯文，唯独表情一如既往的冷漠疏淡。

乔苑林表情呆呆的，他小时候最常去的就是医院，见过太多穿白大褂的人，乔文渊甚至把白大褂裹在他身上，问他长大后愿不愿意穿。

他对这件衣服没有任何新鲜感，可此时望着梁承，觉得新奇而贴合。梁承身上桀骜又难以捉摸的特质被封印起来，若非表情一如既往的疏离，简直像换了个人。

梁承扫过这群青少年的面孔，在其中一张脸上稍微停留了一下，然后转过身，将姓名和手机号写在了白板上。

写完，他站在讲台上分数据表，完全没有自我介绍的意思。

众人眼巴巴地等了一会儿，开始议论，进而小小地骚动。梁承抬眉一觑，顿时安静一片，只剩记号码的嘀咕声。

田宇凑近，小声地道："这哥貌似不太好惹。"

乔苑林说："你不惹，就没事。"

"我当然不惹，我这么乖。"田宇欠兮兮地碰他胳膊。

乔苑林鬼使神差地从兜里摸出个酸奶豆，让田宇闻了闻酸味才丢嘴里，说："你有完没完？"

过道另一边，有人在桌下按手机，遗憾地道："手机号和微信号不一样啊……搜不到。"

乔苑林心想：做个破实验，有什么必要加微信？

课题罗列出来，每个人一张表各做各的，梁承从台上走下来，兼顾整个班。刚经过第一排就被拉住了，三四个学生围着他问。

乔苑林一个人在角落里，无聊得拿田宇的眼镜布擦显微镜，时不时观察一下，今天需要帮助的人好像格外多。

他还担心梁承性子太冷，同学会抵触，看来是他多虑了。

可人是他千辛万苦找来的，也比想象中受欢迎，为什么他还是不满意？他自言自语地道："半天只帮那几个人，别人怎么办？"

田宇说："没事，反正你在摸鱼。"

乔苑林没话讲了，索性埋头读完那本书。过去十几分钟，他心无旁骛地读到末章，书页上忽然投来一片浅灰色的影子。

而后，戳过他锁骨之间的食指伸过来，弯曲着在桌面上叩击了两下。

乔苑林仰起头，梁承居高临下地立在桌侧，抓他的现行。他揪着一页书角，想试试梁承会不会对他网开一面，说："我没叫你。"

梁承说："只有你在干无关的事情。"

乔苑林道："我差一些课时，和其他人进度不一样。"

梁承并未指责他，一步走到他身旁，直接将那本书从他的手底下收走了，俯身，用他们两个能听见的音量，说："你让我来当助教，就是为了看你混日子？"

乔苑林心想你一直顾着别人，没看我啊。还没反驳出口，梁承就拽了张凳子坐下来，摆明要盯着他实验。

乔苑林无措片刻，随手拿起一支镊子，却感觉自己才是被拿捏住的那个。

下课后，一圈学生围在讲台上向梁承要微信，大部分是女孩子。乔苑林理解异性相吸，回到教室，没想到田宇也问他有没梁承的微信号。

他奇怪地道："你加他干吗？"

"我不放过每一个一米八以上的男人。"田宇说，"助教那么高，当然是约他打篮球！"

这种想法的男生还挺多，乔苑林懒得一一发，把梁承的二维码发到了班级群里。他返回列表，如果梁承加了好多人，那他的头像岂不是掉到后面去了？

他随便给梁承发了个表情包。

梁承：你很闲？

乔苑林很擅长把天聊死，回复：我下单，食堂一楼的牛肉锅盔。

这个时间食堂根本不营业，而且梁承当了助教，没道理再跑腿。乔苑林回复完后装起手机，梁承果然没再理他。

白天热闹够了，最后一节物理课变得死气沉沉，等晚修时班级里成了一潭死水。

乔苑林左手抚额，右手奋笔疾书，下课铃响，晚修课间只有五分钟，大家都在位子上吃东西垫一垫肚子。

忽然，梁承阔步出现在教室门口。

助教是很少来教学楼的，不少人面露惊喜之色，也有人以为他来布置临时作业，唯独乔苑林写完才停笔，迟疑地抬起了头。

梁承看着他，用点名的语气说："乔苑林，出来一下。"

"哦……"乔苑林惴惴地起身，出什么事了，他录的实验数据有问题？还是上一天班就后悔了，要辞职？

到走廊上，他不安地问："怎么了？"

梁承从宽大的衣兜里拎出一个塑料袋，里面装着一个油汪汪的、刚出锅又香又烫手的牛肉锅盔。

05

乔苑林愣着："给我的？"

梁承钩着塑料袋探手到栏杆外面，说："吃不吃？"

乔苑林赶忙夺下来，解开塑料袋，咬了一大口锅盔，也不嫌烫，嘴唇蒙着一层薄油咕哝："真香，好多牛肉馅儿。"

梁承感觉白大褂沾了味道，而且之前不知多少人穿过，他脱下来，要拿回家洗一洗。

乔苑林问："你下班了吗？"

"嗯。"梁承说。

乔苑林还有一节晚修,他最清楚等人有多无聊,说:"哥,你先回去吧,我放学打车走。"

梁承无所谓地道:"一起吧,有东西要给你。"

不但有锅盔,还有别的,乔苑林受宠若惊,忍不住猜梁承要给他什么东西,难道要送他一份礼物?

至于送的原因,大概为了感谢他找到这份工作?

乔苑林回到教室,每过一分钟期待感就多一点,三年前的校服纽扣是他硬拽下来的,这一次是梁承主动赠送。

应该不是很贵重的东西,他也不在乎价值高低,梁承随便送他一个什么,他都会喜欢。

放学后,乔苑林连笔帽都没盖,全部横扫进书包里,远远望见实验楼黑了灯,他急不可待地直奔车库。

奥迪走了,大越野也走了,梁承跨坐在二手摩托车上,正翻看没收他的那本《时政触觉》。

乔苑林从后面悄悄地走过去,想吓唬人,猛然吼道:"哈!我来了!"

梁承肩都没耸一下,从容地合上书,还给他,说:"闻见牛肉味了。"

"……"乔苑林偷瞥梁承的衣兜,都瘪着,不像有东西的样子,车库有回音,他不敢再高声,"你要给我什么东西?"

梁承说:"夹书里了。"

乔苑林低头一翻,书页里夹着一张对折的白纸。

不会是给他写了一封信吧?虽然很落伍,但梁承的性格可能有些话说不出口,所以才写下来。

他郑重地抽出来,指腹一捻,确实是一张普通的复印纸,待打开来看,他愣住了:"……这什么?"

梁承说:"课程表。"

乔苑林不敢相信地说:"你给我一张课程表?"

"你课上说得没错。"梁承道,"你的实验课时比别人差一些,所以我给你排好了补课时间,比较零碎,照着表不容易忘记。"

乔苑林震惊、失望,说:"这算什么礼物?!"

梁承反问:"我什么时候说是礼物?"

乔苑林顿时语塞,肺泡子都胀气了,亏他满心期待,结果非但没有礼物,还要逼着他补课?

梁承后知后觉地回过味来,似笑非笑地道:"你以为我要送礼物给你?"

乔苑林搞了乌龙,不甘心,无中生有地说:"你不该送吗?工作是我自愿帮你争取的,不图感谢。可你来上班,我背负着巨大的压力呢。"

梁承听他编:"什么压力?"

"上次……"乔苑林说,"上次在火车站同学们都看见我抱你了,我清誉受损。"

梁承只觉无聊,丝毫不关心高中生的幼稚行为,手机不停地响,他说:"是你把我微信号泄露了吧?"

乔苑林试图狡辩:"现代人哪有隐私,说不定你在别处泄露了。"

梁承打开最新一条好友申请,把屏幕一亮,验证消息写着:嗨,我是田宇,乔苑林介绍我来的!

人证物证俱在,乔苑林用下门牙兜着咬了口唇珠,傻笑着上了车。

一路晚风呼啸。

梁承开足马力,提前十分钟到了家。

乔苑林下车先进去了,梁承把摩托车停在墙边,手机响,来电显示一串平海本地的号码,他瞄了一眼,悬着手指没动。

打来的人异常执着,迟迟没有挂断。

半晌,梁承接起来:"喂?"

并非骚扰电话,里面的人声音激动:"梁承,是你吗?"

助教的工作还算顺利,不过乔苑林收下课程表后当无事发生。每逢课程表上的补课时间,他都能找到各种各样的借口,学察部开会,值日,补习班加课,有一晚放学还躲去了田宇家。

他做好和梁承打游击战的准备,奇怪的是,梁承并没有说什么,态度如常,那一张课程表似乎变成了废纸。

其实梁承心里有数。他已经摸清了乔苑林的脾性,小仓库那次快昏迷了还不忘一句句争取,所以乔苑林表面是个病弱美少年,体内却藏着头犟驴,硬逼是没用的。

周六早晨,乔苑林去市图书馆还了书,写完作业才回来。

近几日持续高温,便利店顺势推出新品冰沙,他提前下车,买了一份最贵的豪华巨峰葡萄全家福。

怕融化,乔苑林加快脚步,快走到晚屏巷子,他看见梁承居然立在电线杆下面。

这时一辆黑色雷克萨斯从他身边驶过去,响着喇叭停在了巷口。一个二十来岁的年轻人下了车,车门都没关,急切地喊了声:"梁承!"

"车不错啊。"梁承笑了起来。

来的人叫郑宴东,梁承带他上了楼,不算太宽敞的卧室容纳他们两个大高个,略显局促。

简单的陈设一眼就能参观完毕,郑宴东在床边坐下来,手掌按了按床垫子,说:"有点硬。"

梁承坐在椅子上,说:"没以前的床硬。"

郑宴东反应了一下,明白过来后握拳砸出"咚"的一声。两个人俱是沉默,直到乔苑林在外面敲了敲门。

梁承说:"没锁,进来吧。"

乔苑林用脚尖踢开门,在巷口没看真切,此时郑宴东扭头望过来,他才看清楚了对方的模样——英俊,干净,不似应小琼浑身江湖气,感觉是个会读书的,并且是校园里很受欢迎的那一类。

他捧着冰沙走进来,说:"便利店新品,尝尝?"

梁承道:"你吃吧。"

"我买的大份。"乔苑林将冰沙端到桌上,葡萄上面淋着一层薄薄的炼乳,"不酸的。"

郑宴东开口笑道:"正好我挺热的,谢谢啊。"

梁承挑了一下眉:"你真不拿自己当外人。"

"谁像你那么独。"郑宴东说,"来,一起,小房东先。"

乔苑林还没说话,梁承就拿起他放在桌上的马克杯,盛了二分之一冰沙和所有葡萄,递给他说:"你自己吃这杯。"

乔苑林伸手接住,没来得及亮出自带的钢勺,识相地道:"那我先出去了。"

门关上,梁承象征性地尝了一口,他对食物没多少欲望。郑宴东倒是吃得津津有味,说:"小房东人不错啊,还给你买吃的。"

梁承道:"嗯。"

"那你还把人家撵出去了?"郑宴东道。

梁承说:"吃你的吧。"

对面房间,乔苑林靠坐在床头,新借的书翻了两页就读不下去了,丢在一边。

他有些好奇梁承的朋友,年纪相仿,是梁承的同学或竹马,总之应该认识很久了。一起吃过东西,能找到家来,曾经一定相处得不错。

他止不住做比较,应哥、老四、刚出现的郑宴东,哪一个跟梁承最亲近?

倘若再加上一个他呢?

乔苑林笑了,未开打先投降,认怂地笑了。他实在没有多少自信,要不是梁承当年救了他,他们之间连交集都不会产生。

他只是房东的外孙,小房东,还是事儿多的那种。

越琢磨越没劲,乔苑林一蹬腿尥了个蹶子,忘了杯子放在大腿上,一颠,融化的冰沙扣在了床上。

他新换的床单湿了一大片,沾着黏稠的炼乳。

乔苑林撤下床单,到浴室用脸盆泡上,倒一点洗衣液,蹲在地板上搓洗污渍。这还是跟梁承学的,豆腐块毛巾他也会叠了。

一阵穿堂风,门虚合住,乔苑林满手泡沫便没理会。

梁承从卧室走出来,嫌香甜味太浓,说:"到阳台待会儿吧。"

太阳已经迁西,不怎么晒了,郑宴东跟着转移到阳台上。

梁承敏锐地听见浴室有倒水的声音。

郑宴东说："好歹同学一场，不问问我过得怎么样？"

梁承问："怎么样？"

"你再敷衍点。"郑宴东说，"忙，累，尤其上完解剖课，总觉得有味儿。在七中的时候也累，但当时跟你竞争比现在有意思。"

梁承沉吟片刻，抬手钩掉一朵凋零的杜鹃，说："你怎么找到我的？"

"通过段老师，这几年我一直跟他保持联系。"郑宴东回答，"之前他也不知道你在哪儿，我前几天问他，本来没抱希望，结果他说找到你了。"

梁承猜得差不多。

郑宴东："听说你去德心当助教了，因为段老师？"

梁承说："我去不是因为段思存。"

"那是因为谁？"

梁承看向浴室，门开了，见乔苑林端着脸盆走出来，便中断了谈话。乔苑林不好意思地笑笑，快步到阳台一边的落地晾衣架前，把床单搭上去。

郑宴东继续道："不管是因为谁，安定下来就好。"

"怎么算安定？"梁承玩世不恭地说。

"这就算。有地儿住，有工作，还有人惦记给买好吃的。"

乔苑林情不自禁地点了点头。

郑宴东说："地址我认熟了，以后就来这儿找你，你可别跟我玩失踪。"

梁承已经烦了，说："这不是我家。"

"你做不了主是吧？"郑宴东冲乔苑林问，"小房东，欢迎我来吗？今天唐突，下次绝对不空着手。"

乔苑林说："欢迎，常来玩儿。"

走之前，郑宴东问："兄弟，将来有什么打算？"

梁承回答："没想好。"

暮色四合，猩红的云霞从天际笼罩下来，乔苑林手中深蓝色的床单浓郁得如一团墨，他反复拉扯平整。

郑宴东走了，梁承立在原地没送。

晾衣架下面滴落了一摊水，梁承踱到乔苑林身旁，拿下床单冲脸盆用力一拧，噼噼啪啪砸落一阵清脆的响声。

拧干水梁承就走了，乔苑林端起脸盆落在后面，墙壁上绰绰的人影乱晃，他走得急，水溅出来，手指一滑将脸盆摔在了地上。

梁承停下回头，像看一个笨蛋。

乔苑林却没心肝地乐了，抓起脸盆，像打保龄球一样贴着地板丢进了浴室里。他蹚着水走了两步，突然问："哥，冰沙好吃吗？"

梁承道："还可以。"

乔苑林说："其实，我也想和你一起吃。"

这种东西你一勺我一勺，梁承记得乔苑林说不吃别人吃过的东西，却没解释，说："我怕你尴尬，我们聊天你又听不懂。"

乔苑林听出一些傲气，问："你们聊什么？"

"他高中是生物课代表，现在学法医专业。"梁承的回答高高在上，"你说聊什么？"

卧室已经一片昏黑，乔苑林踩着潮湿的拖鞋走进去，脚趾些微扣缩着，一瞬间只觉自身晦暗又渺小。

他乱糟糟地思虑，郑宴东是梁承的高中同学，曾一起同窗刻苦，分食一份餐，知晓梁承过往的经历，念医学院拥有共同语言，还会开车……

明明与他无关的人，无关的事，可他在意得赖在阳台上听完了全程。

他刚才说的根本无关什么冰沙，也无关聊天，他在说一份无声无息滋长出的、没来由不可控的嫉妒心。

世界上没有如果，他们已经产生了交集不是吗？

乔苑林打开灯，把书包里的东西全部倾倒在床上，他翻找一通，在一堆试卷里找到那张皱巴巴的课程表。

梁承收了垃圾去扔，一开门，乔苑林举着张破纸在他门口示威。

因心理不平衡导致阴阳怪气，但又透出一分真情实意的难过，乔苑林虎着脸，问："过期了吗，梁老师？"

CHAPTER
07

第七章

怦 然 心 动

周围梧桐茂密,窗台上铺满了落叶,
乔苑林走近后得以窥见教堂内部的景象——
新郎新娘十指相扣,闭目祷告,
这一刻无关宗教和信仰,只诉说对彼此的珍重。

01

助教的办公室是四人共用的,空闲时,梁承更喜欢一个人在实验室待着。有人敲门,他说:"进来。"

乔苑林推开门,来补实验课时。那天梁承跟他约法三章,既然要补就不能半途而废,他保证了,这两天坚持得还不错。

梁承看一眼钟表,说:"现在是上课时间。"

乔苑林道:"这节体育课,我不用上。"

操作台很宽很长,乔苑林和梁承间隔一个位子坐下。两个人不怎么吭声,梁承在整理学生的实验报告,以余光监督,当乔苑林操作不规范或失误时,他便提醒一句。

这组数据和前几组差异过大,乔苑林没研究出原因,说:"助教,你来帮我看。"

凳子带着滚轮,梁承一步滑行过去,白大褂的下摆蹭到校服裤子,窸窣间皂角和消毒液的气味混合了。

讲完问题,梁承在一旁没走,侧身面对乔苑林,单手搭在桌上握拳撑着太阳穴。

乔苑林被凝视,紧张道:"你别盯着我,我不会做了。"

梁承说:"监考官看你,难道你就交白卷?"

乔苑林敌不过助教的官威,好在没出错地做完了,填好数据他给梁承过目,然后向后仰伸了个懒腰。

离窗不远,能望见体育中心,那里有一大间篮球馆,还有各种球场、游泳池和健身室。男生们总爱赖在里面不走,乔苑林却没进去过。

梁承看完,抬头见乔苑林久久地望着窗外,顺着视线一瞥,说:"还没下课,你想过去就去吧。"

乔苑林摇了摇头，却舍不得收回目光。

阳光洒进来，与阴影的分割线落在乔苑林的脑袋上，发丝一半金棕，一半巧克力色。梁承强迫症发作，鞋尖顶住凳子把人全送进了阳光里。

乔苑林转过脸，失意的神情覆盖一层灿烂，说："哥，你知道我做过最爽的梦是什么吗？

"我做过最爽的梦，是在七中的篮球场上奔跑投篮。"

梁承抿了抿唇。

乔苑林从小坐够了冷板凳，打幼儿园起，其他小朋友做任何游戏时他都会被拎出来，拿一支棒棒糖去独自解闷。

他不上体育课，不参加运动会，文艺演出不能在台上蹦蹦跳跳，弹钢琴并非喜欢，是为了当伴奏可以有点事做。

小时候是乔文渊和林成碧督促他学习，懂事后就知道自己学了。没讲的章节他在补习班提前学，没布置的课题他率先完成，他嘴馋，但是愿意牺牲一顿饭写一张卷子，只为比别人的进度快。

他也不藏着掖着，因为他做不到太多稀松平常的事情，只能尽力把能做的做好。他在功课上的领先，弥补的是多方面的缺憾，面对同学看似得意，其实是在掩盖内心的自卑。

三年前为了找到梁承，乔苑林在七中的篮球场上一坐就是大半天，望着那些高中生，他在搜寻，也在羡慕，互相碰撞抢球是什么感觉？挥汗如雨到底是疲惫还是痛快？

"你知道吗？有一次他们缺人，居然喊我上场。"乔苑林说，"我借口有事，跑了，他们在背后笑，我当时特别恨自己。"

梁承说："这不是你的问题。"

"是我的命运。"乔苑林空洞地睁着一双大眼睛，"我很渴望念七中，想寻找关于你的蛛丝马迹，想再去那个球场。"

梁承探手钩住椅座让乔苑林转了半圈，正对他，说："你已经找到了。"

乔苑林笑起来："嗯，我找到你了，而且还梦见我在篮球场上奔跑，跑得特别快，一跳就把球投进去了。"

梁承说:"三分。"

乔苑林嘿嘿乐,心情就这样好了。写完实验报告,梁承给他登记了一节课时。

快到暑假了,医学院很忙,郑宴东没再来过。乔苑林后知后觉地意识到,梁承那次是故意利用对方刺激他。

但他认为梁承也是欣赏郑宴东的,如果他好好补课,生物成绩提高,那梁承会不会也欣赏他?

乔苑林不敢肯定,揣着小小的期望进行改变,等达到平均分的生物周考成绩发下来,梁承没怎样,乔文渊破天荒地打过来说想他了。

许久没回家,乔苑林便回去住了几天,把家里造得杯盘狼藉,钟点工都向乔文渊要求增加薪水。

他见过了爸,有点想妈。可林成碧放弃抚养权的事情就像一根刺,他怀疑、害怕对方已不在意他的存在。

正好法语考试的结果下来了,乔苑林顺利拿到证书才有了底气。林成碧很高兴,要在一家餐厅请他吃饭庆祝。

凑巧,梁承回收的黄金剩一点没脱手,约客户见面的地方在餐厅附近。

天气预报今天有中雨,乌云密布。乔苑林被带到预定好的包厢,偌大的圆桌旁,林成碧招手:"儿子,快过来。"

乔苑林走过去,惊喜地问:"妈,你怎么订这么大的包厢?"

"说话方便。"林成碧剪了及肩短发,一边头发别在耳后,"先看看礼物喜不喜欢。"

椅子上放着一个纸袋,乔苑林坐下打开,是一双新出的球鞋,他高兴地道:"喜欢,我就想要这一款。"

林成碧摸他的头发,瞧着他,离婚以来母子第一次见面,好像什么都没变,又似乎有一点不一样了。

服务员进来上菜,乔苑林伸手拿菜单,说:"我还没点啊。"

"我点的。"林成碧夺过菜单,"你这慢性子,等你点得急死我。放心吧，我是你妈，能不了解你的口味吗？"

乔苑林作罢，在家时要么乔文渊做主，要么林成碧做主，他生长在两道强势的夹缝里已经习惯了。

林成碧不怎么吃，一边给乔苑林夹菜一边说话："不在家委会了，但还加着几个家长的微信，听说你当部长了？"

"嗯，能加学分。"乔苑林清楚他妈爱听什么，"我偏科也好一点了。"

林成碧道："那你爸应该比较高兴。儿子，我知道你想学新闻，随我，咱们不用理他。"

乔苑林对着碟子，没忍住，问："妈，那你为什么不要我的抚养权？"

林成碧平静地说："你爸是医生，将来你有任何情况或者需要治疗，跟着他会有更好的条件。我经常出差，照顾不到你，而且外地一家电视台请我，我可能会调职。"

乔苑林真切地感知到他的父母分开了，朝着不同的方向，只有他还沉浸在原点。他问："妈，你会再婚吗？"

"我无法承诺你。"林成碧说。

"你误会了。"乔苑林道，"如果你再婚，还想生育，希望你拥有一个健康的小孩儿。"

林成碧心疼地搂住他，加快语速来掩饰伤感："不说没影的事了，乖。其实我和你爸联系过，离婚这事让你不好受，今年年底送你去英国玩一趟，散散心。"

乔苑林说："只是散心？"

"去都去了，也干点正事。"林成碧笑了，"会参观几所高校，听讲座了解报考条件什么的，就当提前为留学做准备。"

乔苑林没立即答应，也没必要，就像留学这件事，林成碧和乔文渊根本不会参考他的意见。他喝完杯里的水，感觉肚子饱了。

有人敲门，进来两名面熟的男人，说："哎？苑林也在啊。"

乔苑林认出他们是林成碧组里的同事，问了声叔叔好。林成碧看了看手机短信，说："小周他们在路上，快到了，你们先准备。"

原来这间大包厢是要采访用的，乔苑林做了个深呼吸，说："妈，你忙吧，那我先走了。"

林成碧送他到门口，算是哄他："去英国的事就定了，没准儿赶上你生日，比在家吃个蛋糕有意思多了。"

乔苑林离开餐厅时，下雨了，交织的雨线一条条抽打在他身上。来时光顾着高兴，他忘记带伞了。

过去几辆出租车都载着乘客，乔苑林走到公交车站躲雨，他低垂着头，没看到街对面梁承从茶馆出来和客户分道扬镳。

梁承却看清了乔苑林，于是撑伞穿过马路，一步跨过台阶下的积水踩在他的面前。不等他抬头，摘下棒球帽扣在了他的头上。

乔苑林感到发顶温热，只见梁承的手掌按着他，将帽檐压低遮住他沮丧的脸。

乔苑林闷闷地说："我打不上车。"

一辆公交车进站，梁承掏出两枚钢镚儿，说："坐个大的。"

人很少，他们坐在后车厢，乔苑林沉默了三站地，雨从窗缝斜飞进来，将他的情绪一点点地消解掉。

他问梁承："哥，你会离开平海吗？"

"会。"梁承说。

"那你去哪儿，什么时候？"

梁承一并回答："没准儿。"

乔苑林慢慢地道："我应该会去英国留学，以前不想走那么远，现在我爸妈离婚了，我就无所谓了。"

梁承问："学什么？"

乔苑林明白，用最好的成绩毕业，为了理想读喜欢的大学和专业才叫反抗成功。故意不学一门课，用威胁前途的方法杀敌一千，自损八百，叫青春期叛逆。

但乔文渊那么专制，大概会跟他翻脸吧。他回道："我也没准儿。"

梁承哼笑一声，公交减速进站，一堆人撑着雨伞堵在车前门。

路边一家烘焙店开业不久，飘着甜香气，乔苑林望见橱窗里漂亮的生日蛋糕。去年生日乔文渊有手术，前年生日林成碧在外地采访，今年及以后，也都不会人齐了。

不过安慰的是，他也许可以和梁承一起过生日。

乔苑林仅高兴了一秒，想起来年底要去英国，那只能等明年。万一梁承明年离开平海，岂不是再也没机会了？

手机响，打断了他的沉思。

是郑宴东打来的，梁承接通："喂？"

"老子终于考完试了！"郑宴东兴致勃勃地大声说，"德心放假没有啊？玩儿去，开我的车！"

梁承说："没放。"

郑宴东道："那下周有空吧，你就说去不去！"

乔苑林的心跳忽然很乱，像敲在窗上零碎密集的雨点，他不想让梁承答应，至于为什么、凭什么，他也弄不清楚。

乔苑林无暇思考，就在梁承要回答的时候，他扬起手使劲掐住了梁承的大腿。

"……"梁承看他，"吃错药了？"

情急之下，乔苑林说："我下周生日，你能不能陪我过？"

02

公交车里塞满了人，笨重地驶向下一站，梁承挂掉电话，问："你生日是下周？"

乔苑林点点头："嗯。"

梁承又问："周几？"

"周……周六。"乔苑林心虚地说，"哥，你能陪我过生日吗？"

梁承没干过这种事，也没兴趣。

"我怕你哪天离开平海，就再也没机会了。"乔苑林此刻是真心话，"你不用陪我干什么，就一起吃蛋糕我就满足了。"

雨势渐大，乔苑林的脸几乎被打湿，他却没知觉似的，挂着冰凉的水滴看着梁承。

颠簸了一条路那么远，梁承终于受不了那目光，掏出一张纸巾展开，盖在乔苑林的脸上说："知道了。"

接下来一星期，乔苑林充分体会到"做贼心虚"的滋味，无时无刻不在担心露馅儿。补实验课的时候，他频频走神，一脸凝重，搞得梁承以为他期末压力太大。

忐忑地度过一周，周五晚上，乔苑林躺在被窝里订生日蛋糕，要十寸的，蜡烛要炸开一朵花的，夹心要爆浆的。

他望着天花板，事到临头反而平静了，也许因为每一次期待都会落空，他这次只要一句梁承的"生日快乐"。

第二天清晨，乔苑林提早起床，以"听养生讲座送精品大米"为由，撺掇王芮之出了门。

等梁承下来，整幢楼就他们俩，餐桌上就一盆昨晚剩的小米粥。

两个人干坐了半小时，相顾无言，乔苑林的生活本就谈不上多姿多彩，又怕梁承不喜欢，所以不知道能做点什么。

实在无聊，他说："要不，我还是复习功课吧。"

梁承思索片刻，起身到玄关摘下车钥匙，说："跟我走。"

今日高温，摩托车带起的风是暖的，乔苑林好奇梁承要带他去什么地方。

半个钟后，他们从七中的大门经过。

"第七中学"的牌子闪闪发亮，乔苑林不禁直起身："哥，我们去哪儿啊？"

梁承绕着学校外墙拐了个弯，在一片树荫下停车熄火，说："到了。"

这边是学校的西南角，少有人来。栅栏内是每逢夏季便疯长的灌木丛，几年前栅栏缺了两根，有学生偷偷钻出去跷课，如今已经修好了。

梁承上下扫了一眼，抓住栅栏三两步便爬上去，纵身一跃翻进了学校里面。

乔苑林吃惊地说："你怎么进去了？！"

梁承向他勾手："过来，不高。"

乔苑林纠结了一会儿，抓着栅栏往上爬，他没干过这么出格的事情，有些紧张，爬到顶骑在上面不动了。

梁承说："跳。"

"大哥，我有心脏病。"乔苑林道，"我真的不行。"

梁承走近一步，抬手够到乔苑林的新球鞋，忽然问："你为什么叫乔苑林？"

"啊？"乔苑林回答，"我爸姓乔，我妈姓林，他们在人民广场后面的安苑公园相亲认识的。"

梁承趁其不备，捉住乔苑林的脚踝用力一拉。

乔苑林惊呼，失去平衡栽倒下去。梁承眼疾手快地接住他，勒着腰把他放在了地上。

他刚站稳，梁承松开他，说："我还以为是'阆苑奇葩，世外香猪寂寞林'的意思。"

乍一听挺顺耳的，乔苑林迟钝几秒才反应过来："你能不能别侮辱寿星？"

梁承轻"嘘"一声，穿过灌木丛向校园里走去，一路冷清，教学楼以外的地方几乎没人。

乔苑林默默地跟在后面，几分钟后，他被带到了篮球场。

红色的塑胶地面有些褪色，两三个篮球扔在地上，是占地盘用的，梁承不疾不徐地踱到球场中心，转过身，问："是这儿吗？"

乔苑林使劲点点头，他真的没想到梁承会带他来这里。

边上的木头椅子没换过，经年累月晒得有了裂纹，乔苑林坐在那儿，看梁承捡起一个篮球拍了拍，运球上篮。

篮球精准地砸中了篮筐，乔苑林大喊："牛！"

梁承说："你来试试。"

"我不会啊。"乔苑林赧然道,"我看你打就行了。"

梁承单手控着篮球走向他,用食指转了两圈,丢到他怀里,说:"做梦投篮的又不是我。"

乔苑林因渴望而心动,四下无人,就算出丑也不会被嘲笑,他抱住球走到篮球架前面决定试一试。

嘭,篮球砸在柱子上,没中。

乔苑林去捡起来,投第二次,又没中,反反复复尝试了七八次,都没有投中。他灰心了,更多的是一份无奈。

他把篮球还给梁承,说:"算了,没我想象中有意思。"

很晒,梁承抿了抿干燥的嘴唇,背对乔苑林,屈膝蹲下去,说:"上来。"

乔苑林愣着:"哥……"

梁承又说了一遍:"上肩,会吗?"

乔苑林第一次坐别人的肩膀,他小心地分开腿跨上去。梁承肩膀很宽,很稳,大手牢牢压住他的大腿,慢慢地站起来。

太高了,乔苑林适应后放开手,梁承用脚尖一勾将篮球踢起来,递给他。

他瞄准篮筐一扔,没中。梁承走过去踢起球给他试第二次,离球架更近一些。嘭,还是差一点。

直到第四次,乔苑林奋力一扔,篮球稳当地投进了篮圈,他激动地道:"中了!我投中了!"

梁承面无表情地说:"坐稳。"

他握着乔苑林纤细的大腿,以运球的路线朝球架慢跑,跑到最佳位置,说:"投个三分。"

乔苑林把球投进了篮圈:"MVP!我是全场MVP!"

数不清投了多少个,乔苑林兴奋得快要升天,投完最后一次,篮球在脚边回弹,他求道:"哥,我想要庆祝动作!"

梁承隐秘地叹了一声,肩负着他在原地旋转一圈。

乔苑林在眩晕中落地,他趔趄着绕到梁承面前,站稳了,也清明了,梁承早已汗流浃背,连睫毛都是湿的。

太阳悬在天空橘光四射，炽烈得刺眼，乔苑林怔怔地看着梁承，用脏污的手抓住梁承的小臂。

不是梦，是真实的。

又仿若错觉，他在角落寻找梁承，梁承也认出了他，叫他上场一起打球。一切都那么顺理成章，可现实却兜转了三年之久。

咚，咚，篮球停止弹动，在狂跳的是什么？

乔苑林低头看看胸膛，汗水掉进眼睛，再流下来，他抬手抹掉蹭了一脸花。

梁承嗤笑道："过瘾了吗，MVP？"

下课铃在校园里回荡，他们洗了把脸，混在学生中从大门离开。

下午取了蛋糕，乔苑林不敢拿回家，想在外面吃饭庆祝，梁承索性带他去了吉祥路。

大排档刚出摊，老远就听见应小琼在吆五喝六。摩托车还没停稳，乔苑林倒先喊道："经理，我要订一桌。"

应小琼留了个临湖的好位子，夜幕降下亮起一片彩灯，他站在梁承和乔苑林的椅背之间，说："寿星八折，兄弟七折，你俩谁付账？"

乔苑林问："寿星请你们吃蛋糕的话，几折？"

"机灵鬼。"应小琼拍他后脑勺，"赶紧点，一会儿绝美的海鲜就订完了。"

乔苑林点了一桌子，人越来越多，整条夜市喧闹得望不到头。等菜上齐，蛋糕打开，应小琼和老四全来了。

"什么流程？"应小琼很土地问，"先吹蜡烛？"

梁承一直很安静，闻言把一根粗壮的蜡烛插上蛋糕，老四拿打火机点燃，应小琼说："哦了，快吹。"

乔苑林瞪着这仨人，怀疑他们根本没过过生日，说："先唱生日歌。"

路过的服务生给起了个头，顺手放下半打啤酒。周围好多人开始唱，有个喝醉的大哥敲着大嗓门，唱到高潮时蜡烛"啪"地炸开了一朵花。

老四道："高科技！"

唱完了，应小琼说："吹！"

"我还没许愿。"乔苑林双手合十,闭上眼睛念念有词,许完吹灭蜡烛,"鼓掌!"

应小琼道:"吃你块蛋糕真费劲,许的什么愿啊?"

梁承拆开刀叉,感觉乔苑林瞪了他一眼,随后乔苑林说:"希望平海市永无老赖。"

应小琼大笑:"臭小子,你嘟囔了一分钟就许个这?"

乔苑林没理他,侧身挨近梁承,认真地说:"我告诉神仙我的身份证号了,他会找到我帮我实现的。"

梁承笑了一声,把刀塞给乔苑林,蛋糕瓜分干净,换来好多声"生日快乐"。

应小琼开了瓶啤酒,说:"来,小乔同学,十七岁就是男人了,对嘴吹一瓶。"

乔苑林不会喝酒,身体情况也不允许,但他不想让人知道。正无措,梁承说:"他未成年喝什么酒。"

"未成年怎么了?"应小琼江湖地说,"我都打开了,必须喝。"

梁承也不退让:"他喝不了。"

应小琼笑道:"那这样吧,小乔同学,你找个人替你喝也行。"

桌上就四个人,乔苑林环顾一周,把啤酒递给了闷头吃蛋糕的老四。

老四茫然地道:"咱们很熟吗?"

"不熟你吃我蛋糕?"

"你亲自给我切的啊。"

乔苑林记仇地说:"在岭海你抓过我,你欠我的。"

老四说不过他:"梁承,你管管这破孩子!"

梁承假装没听见,老四把酒瓶转递过去,说:"你带他来的,你替他喝。"

乔苑林道:"他不能酒驾。"

应小琼说:"打车费我出。"

不知不觉夜深了,他们吃完进公园沿着湖边散步,乔苑林走累了,靠着白玉栏杆停下来吹风。

停泊的小船轻轻摇晃，乔苑林觉得自己也在晃，他平移到旁边挨住梁承的手臂，说："你还没跟我说生日快乐。"

梁承道："生日快乐。"

原本不抱期待的，可人一旦被满足就会贪心，乔苑林问："哥，有礼物吗？"

梁承的表情隐在黑暗里，说："没有。"

"随便什么。"乔苑林指向卖气球的小贩，"随便一个东西，只要是你送的，我想留作纪念。"

梁承仍是那句："没有。"

乔苑林放弃了，沮丧地望向月亮，一瞬间惊讶起来："你看，月亮上有个黑点。"

梁承抬起头，只见月亮皎洁干净，而他已经被乔苑林张手搂住。

"那就送我一个拥抱。"乔苑林伏在他肩头，"哪一天你离开平海，我会永远记得你，想念你。"

梁承想推开这具温热的身躯，双手却像被钉住，他说："你长能耐了。"

"上当了吧。"乔苑林说，"你们都上当了，我的愿望根本不是那个。"

他仰起头，娓娓地说道："梁承，是承担的承，但我希望你不要承担太多。"

梁承低头看他："你许了什么愿？"

十六岁少年的眼睛，亮得过天上星，乔苑林说："你赠我美梦成真，我愿你心想事成。"

梁承立在湖边失神。

乔苑林放开手，去街边打车，霓虹灯下的影子好长好长，而今天短暂得即将结束。

这是梁承给他的，最快乐的一天。在十六岁，他骗来的生日。

03

深夜依然闷热，乔苑林翻来覆去睡不着，几只蚊子一直在屋里嗡嗡叫。他受不了了，踩着拖鞋去找花露水。

对面门缝透着亮光，梁承正在玩手机。

乔苑林找到花露水坐在床尾涂抹，空调实在凉快，为了多待会儿摁着脚脖子揉搓半天，直到梁承犯困关机。

"你要睡了？"乔苑林问，"我今天也在这屋睡行吗？"

梁承说："不行，回你屋去。"

"那屋太热了。"乔苑林声音不大，但振振有词，"那屋的空调是你帮忙拆的吧，我如果中暑你得负责，要不你就让我睡这儿。"

梁承没精力跟熊孩子计较，烦道："别拽我被子。"

乔苑林立刻抱了枕头被子过来，爬进床里面，梁承朝外侧躺。灯一关，五感变得敏锐，空调运转声和蝉鸣都盖不住身旁的呼吸。

乔苑林望着梁承的轮廓，可惜什么都看不清楚，今天坐肩投篮的时候，他注意到梁承耳后藏着一块小小的疤。

怎么会伤到那里呢？

为什么浑身那么多伤痕？

他愈发睡不着，悄声问："哥，你睡了吗？"

梁承没反应。他又说："真睡着了？梁承？小梁？"

梁承忍无可忍地翻了个身："怎么，给你讲个睡前故事？"

乔苑林没那么幼稚，但他的确想听梁承讲一些事情，比如三年前是怎么救了他。

梁承一贯糊弄道："忘了。"

乔苑林说："那你救了我，为什么跑了？"

梁承回答："怕你讹我。"

他觑着乔苑林平躺如尸的身姿，猜测是避免压迫心脏。一直以来他还没问过，说："你的心脏是什么问题？"

然而乔苑林也不清楚。小时候不懂，懂事后父母都有意瞒他，怕告诉他确切的信息他自己偷偷查，查的内容偏颇或有误，到头来胡思乱想。

久而久之，乔苑林就不好奇了，在这件事上听天由命。

现在梁承问他，他答不上来，想了想说："要不你听听？"

梁承失笑，把他当神仙了吗？乔苑林却已经窸窸窣窣地钻出被窝，摸黑拉着他坐起来，跪直身体靠近。

梁承偏头，少年的胸膛削薄温热，细微起伏，散发着花露水的气味。

乔苑林像在卖西瓜："听着还可以吗？"

梁承根本难以集中精神去捕捉心跳声，说："嗯，够了。"

"是不是比正常人的闷，算是成熟的吗？"

梁承道："沙瓤的。"

乔苑林笑了，小时候姚拂听完就说闷，难听，姥爷睁眼说瞎话哄他，说比爆竹还响。第一次有人形容得贴切又安慰。

乔苑林滑下去："我听一下你的。"梁承来不及避开，毛茸茸的脑袋拱在他胸前，"哥，我找不准。"

梁承捏住乔苑林的后颈，让他的脑袋贴在自己心口，手心粗糙的茧子令乔苑林应激地一抖。

乔苑林缩着身子说："好像变快了。"

梁承只觉得荒唐："听够了没有？"

乔苑林问："为什么会变快？"

梁承扒开乔苑林把他推到一边，四周漆黑，却仿佛能分辨出乔苑林纯真的神情，静默半晌，他只得吓唬道："不想睡觉就出去。"

连日高温，乔苑林一直赖着没走，将要期末考试了，每天复习到深夜也没精力惹梁承不快。

考完试放了暑假，德心中学会安排一些课外项目给学生，乔苑林上次没有去幼儿园，还需要补一次服务活动。

潮湿的天气戴不了头盔，梁承在学校值完班搭公交车回来，看见程立业和另外一名警察立在街边。

"你先上车。"程立业跟同事说，然后走到梁承面前，"公务在身，我可不是来骚扰你。"

梁承问："出什么事了？"

程立业道:"附近的居民楼发生了几起入室盗窃,不过没伤人,过来了解下情况。"

"你好像不负责这一片。"梁承说。

"人手不够,临时的。"程立业叹气,"快退休的人了,领导让去哪儿就去哪儿,不给工资都行。"

梁承没别的可说,正要走,程立业忽然道:"上周有个案子要去妇幼调查,我碰见贺婕了,她挺好的。"

梁承"嗯"了一声,穿过马路。

旗袍店没放邓丽君的歌,老板上门给顾客量尺寸去了。乔苑林搂着小乐坐在操作台后,一边看店一边辅导作业,错一道题弹一个脑瓜崩。

小乐脑门通红:"小乔哥哥,你之前请我吃的外卖是哪一家的啊?"

"虾仁烩饭?"乔苑林说,"那可远了,一般人叫不来,你做对五道题我就给你点一份。"

小乐问:"为什么你能叫来?"

"我厉害呗。"生日那晚应小琼送给乔苑林一张送餐卡,"我备注是梁承的兄弟,还能打八折。"

小乐道:"那梁承哥更厉害。"

乔苑林又弹他一指头,觉得小孩儿肯定不懂,说:"如果备注是梁承的对象,直接半价。"

小乐惊喜道:"真的?"

"嗯。"乔苑林利用小学生,"给你点的,你说我备注什么好?"

小乐说:"那你备注是梁承哥的儿子,是不是就不要钱啦?"

梁承没忍住笑出声,听够了才进门,经过操作台时丢下一句:"可以试试。"

乔苑林窘得藏起那张订餐卡,从网上找了个手语入门的教学视频,安静地看起来。

这次的服务活动很特殊,他申请去残障人士的援助组织当志愿者,帮助十几名聋哑人举办集体婚礼。

他学会了一些基础手语，天天在家里比画，几天后正好梁承不用值班，他求对方跟他一起去。

举行婚礼的地方在兰明教堂，位于市区偏南，闹中取静的一块城市花园中心。

因为资费有限，没有请专业摄影师，乔苑林挂着私人单反相机自告奋勇地负责拍照。他打着手语示意新郎新娘，同时指挥梁承打光："高一点，再高点。"

还挺有模有样的。梁承在心里想。

乔苑林又发话了："梁承，你笑什么呢？长腿收一收，都入镜了。"

其实兰明教堂不算大，但悠久漂亮，每一扇彩窗上都绘满了兰花花纹。到时间举行婚礼仪式，志愿者引导新人们进入教堂。

牧师也是证婚人，站在正前方。十几对新人站在台下，他们听不见，说不出，用来交流的手紧紧牵在一起。

乔苑林仰头望挑高的尖拱穹顶，小时候在童话书读到"教堂"一词，不明白是什么，第一次来参观时就记得独特的屋顶。

仪式要开始了，乔苑林拍了几张照片，然后随志愿者离开。

大家四散在花园里休息，没有空椅子了，乔苑林和梁承沿着甬道走远一些，一直绕到了教堂背后。

周围梧桐茂密，窗台上铺满了落叶，乔苑林走近后得以窥见教堂内部的景象——新郎新娘十指相扣，闭目祷告，这一刻无关宗教和信仰，只诉说对彼此的珍重。

原来婚礼是这样的。乔苑林充满好奇，他爸妈当初也这样吗？又是怎样日复一日消磨掉爱情，从而各奔东西？

或许结婚这一天是很多人拥有爱意最多的时候，幸运的能拥有一辈子，而不幸的会慢慢失去。

新郎新娘祷告完毕，松开了手。

乔苑林小声喊："哥，你过来看。"

梁承正估算一棵梧桐树的年纪，闻声踱到一旁，说："看什么？"

"里面。"乔苑林道,"是不是该交换戒指了?"

梁承从兜里拿出流程单,说:"该宣读誓言了。"

话音刚落,教堂响起钟声,牧师将右手按住心脏,照例为每一对新人宣读——

爱慕,忠贞,永恒。

一阵微风吹过,头顶叶子簌簌摇摆,窗上映着他们并立的影子。

宣誓结束,所有新人面对彼此,用手语向对方说"我爱你"。

乔苑林举起相机拍下了这一幕。

奔波一天,晚上回家乔苑林有些蔫儿,洗完澡便上床躺着。梁承以为他睡了,直接关灯躺在外侧。

等身后呼吸均匀,乔苑林缩在被窝里还没入睡,一张张翻看照片,挑了几张不错的放进活动日志。

他今天见证了残缺,也记录了圆满,拍下哭的、笑的、由平凡的组合成神圣的一幕幕。

翻到最后一张,入眼是兰花纹的窗子,细看是教堂内十几对新人,他和梁的身影是那么缥缈隐秘。

但乔苑林恍然意识到一件事。

梧桐树下,玻璃彩窗,庄严而漫长的钟声,这一场婚礼,只有他们听到了矢志不渝的誓言。

第二天早晨,梁承多睡了一会儿,隐约感觉到乔苑林从床尾离开了,醒来果然旁边没人。

他去浴室洗漱,乔苑林冲完澡刚吹干头发,从镜中看过来,说:"昨天睡得好吗?"

"还行。"梁承睡得很踏实,没什么印象。

乔苑林的脸颊被热风吹得微红,他点了点头。

04

早餐是寡淡的小米粥,乔苑林却没挑剔,老实巴交地埋着头喝,偶尔夹一根咸菜。

梁承检查完邮件,一抬头,就见乔苑林变身杀马特,发型像有头牛从后面舔过似的。他弯曲手指敲了敲桌面,说:"乔苑林?"

乔苑林的脸被热粥熏得绯红,梁承忽然伸出一只手拨开他额前的头发,他回神:"怎么了?"

"叫你。"梁承说,"用你电脑看实验报告。"

乔苑林又把头发扒拉个中分造型,说:"就在桌上充电呢,你用吧。"

梁承感觉他怪怪的,问:"你今天写作业?"

乔苑林含着粥咕哝一声:"我等下回一趟家。"

吃过早饭,乔苑林把枕头被子搬回了自己屋,收拾东西回去住几天。梁承一贯淡定,只吩咐他记得写生物卷子。

因为乔苑林期末考试全优,并且一叫就乖乖回来,乔文渊心情不错,破天荒地让他一起看一会儿电视。

父子俩分别盘踞在沙发两端,乔苑林抱着靠枕,说:"爸,我多住几天。"

"这是你自己家,没人管你住多久。"乔文渊更满意了,"你要是不想回姥姥那儿,我给她打电话。"

乔苑林说:"那倒不至于。"

家里的电视机永远固定播几个新闻节目,乔文渊换到体育频道,在直播一场篮球赛。

乔苑林钩着枕套的毛绒花,回味的却是拍打篮球的手感,电视节目中场上的队员、座位上的观众、激情的解说,他都不关注,他的脑海全是空旷的球场上和梁承打篮球的场景。

梁承的步子很大,上篮的动作很帅。

篮球被乔苑林拍在手里,投向篮圈,"砰"的一下命中的感觉,是那么奇妙……

乔苑林不想再回忆，毕竟打篮球于他的心脏而言过于奢侈，于是他用靠枕在头上猛砸了两下，清醒过来，然后在乔文渊吃惊的目光里默默地走进卧室。

乔苑林侧躺在床上，盯着白色的台灯，有些走神。

乔文渊打开门，问："你是不是不舒服？"

乔苑林一惊："你怎么不敲门？"

"敲了两遍。"乔文渊的好心情已消耗百分之八十，"本来打算让你先休息两天，我看不用了，明天就去医院检查。"

乔苑林每年寒暑假各做一次全身体检。

第二天，乔文渊调了班带乔苑林到第一医院，几大科室的医生乔苑林都认识，熟络得像走亲戚。

都检查完，乔苑林拿着一张脑电图研究，想看看这两天的脑电波是否异常。

乔文渊拎着一袋X光片过来，说："别装模作样了，又看不懂。"

"都看懂医生就失业了。"乔苑林道，"爸，我想看心血管的报告。"

乔文渊说："哪这么快，明天出，先回家吧。"

路上有些堵车，乔苑林被安全带禁锢在副驾座上，手肘撑着车门。他清楚乔文渊有意隐瞒他，可这一次他格外想知道。

播放的小提琴协奏曲悠扬和缓，他便温声说："爸，我的心脏病是不是很严重？你从来不跟我谈这些，治不好吗？"

"胡说八道什么。"乔文渊回答，"跟你谈你也不明白。"

乔苑林说："那至少我有知情权。"他沉默了一会儿，"要不你就告诉我，我大概能活多少岁。"

乔文渊有些生气地说："好好的，别找事。"

乔苑林的犟劲上来，又有点怵，压着嗓子说："我心里有个底才踏实，万一我喜欢谁了，想跟人家谈恋爱，只能活个二十来岁的话就趁早死心，要是能活五六十……"

红灯，乔文渊在街口急刹车，乔苑林向前栽，后半句话断在喉咙里。

乔文渊关掉音乐，不悦道："越说越离谱，你才十六岁，谈恋爱？你们学校校风开放，不代表你可以早恋。"

搁平时乔苑林一定会顶嘴，今天却哑炮一个，说："我有这种病，没人会喜欢我。"

乔文渊还是心疼儿子的，松开方向盘抚上他的头："你一点都不比别人差，我的儿子只会比别人强。你还小，要专心学习。"

乔苑林不再吭声，盯着窗外。

绿灯后乔文渊重新打开音响，行驶一段后，他旁敲侧击地说："你现在青春期，有些想法也正常，被异性吸引也是不可避免的，但未必就是喜欢。"

乔苑林不露声色，甚至微微地想笑。

乔苑林让自己忙一点，闷在家写作业，生活仿佛回到了更久以前。

带回家的卷子差不多写完了，剩下一张生物卷子，他窝在书房做到一半时感到吃力。这些日子已经习惯向梁承讨教，他滑开手机。

四五天了，他们没联系过，梁承也从不发朋友圈，隐身于聊天列表。

乔苑林将不会的题目勾出来，有好几道，便拨过去语音通话，响了两声被梁承拒绝了。

梁承发来文字：在值班。

乔苑林回复：那晚上行吗？

梁承：有事？

乔苑林拖泥带水地写起作文：我们小区有个老头养了条哈士奇，整天可威风了，最近哈士奇认识了一条拉布拉多，撒腿就跟着跑。

梁承：所以？

乔苑林：大家开玩笑说哈士奇如果和拉布拉多在一起，生的小狗可以叫撒哈拉，哈哈哈，好笑不？

梁承：你挺好笑。

乔苑林厚着脸皮手忙脚乱地打字：你猜大爷怎么说？哈士奇和拉布拉多

竟然都是公的!

梁承:哦,那你动物生态学的卷子写多少了?

乔苑林不得不拐入正题:有些题不会做。

隔了几分钟,梁承说:你回来再讲。

这意思是让他回去?乔苑林这样理解,当即收拾了书包。

快中午了,钟点工买好菜过来做午饭。假期学校食堂不营业,乔苑林进厨房说:"阿姨,今天多煮一点。"

饭菜煮好,乔苑林用饭盒装了双人份,打车去学校。正午炎热,他让司机停在学校对面的冷饮店门口。

下了车,乔苑林去冷饮店买了两杯冰奶茶。他背着书包,两手拎着东西,临过马路突然止步不前。

吸取上一次的教训,惊喜有风险,他先跟梁承说一声比较稳妥。

刚掏出手机,乔苑林望见校门打开,梁承从里面走出来。恰好一辆汽车驶到学校门口停下,一辆黑色雷克萨斯,本地牌照,他认得那是郑宴东的车。

梁承坐进副驾座,不消片刻汽车便驶离了街头。

乔苑林久久地伫立,一手饭菜变凉,一手冷饮升温,全部失去了好滋味。

旗袍店落着卷闸门,没锁,王芮之打扑克去了,桌上有一箱复古风格的胸针,给客人搭配旗袍用的。

乔苑林回来没上楼,也没换鞋,掀起卷闸门,他坐在第二道玻璃门内,腿上放着盛满胸针的托盘。

这些都是淘来的孤品,要消毒,他学着王芮之用酒精棉片逐一擦拭,珠子在天花板折射出一簇波光。

偶有汽车驶入巷子,他飞快地抬眼。

不知过去多久,酒精棉片捂得指尖发白。乔苑林望向巷口,雷克萨斯车在夕阳下稍停,随后梁承从车上下来。

走到一半,梁承就看见了乔苑林,孤单,端坐,弄着一片华丽的彩宝,跟一幅西洋油画似的。

他上台阶拉开门，没忍住在乔苑林的发心摸了一下。

乔苑林却未抬头，说："我刚看见了郑宴东的车。"

"他送我回来的。"梁承走到空调机前吹风，又道，"今天值半天班，下午跟他去医学院逛了逛。"

乔苑林问："有趣吗？"

"一般。"但梁承好奇了许多年。

梁承去楼里洗手，餐桌上放着一袋饭盒和两杯奶茶，他打开盖子，饭菜闷一下午已经馊了。

难道是给他带的？他返回店里，乔苑林依旧是那个姿势坐在那儿。

回去前怪怪的，回来了也怪怪的，梁承倚着边柜沉吟一会儿，问："卷子带回来了吗？"

乔苑林终于抬起头，答非所问："郑宴东是你最好的朋友吗？你跟他一起打过篮球吗？你在食堂排队给他买过饭吗？他不会的题你教过他吗？他带你去医学院，想和他再一起念书吗？"乔苑林一口气说完。

梁承喝止道："你抽什么风？"

乔苑林说："没别的同学来找你，只有他。"

梁承朝他走过来："乔苑林，我不知道你在发什么神经。"

乔苑林从椅子上起身，黄铜托盘咣当滑落在地板上，几十枚胸针摔在脚下。他直视着梁承的眼睛："那你知不知道我在嫉妒他？"梁承霎时无法出声。

乔苑林踩过一地晶亮的珠钻，去操作台上拿了一把剪刀，然后夺门而出。

梁承瞠目，愣在原地看着单薄的少年一步步穿过巷子，走到电线杆下，踮起脚，握着剪刀拼命地划上去。

梁承飞奔过去，抓住乔苑林的手夺下剪刀。

虎口通红，乔苑林张着五指，指缝间沾着划破的碎屑。

他仰起头，表情诚恳得近乎可怜。他从小到大就没什么朋友，爸爸只关心他的心脏，妈妈对他还没对同事亲厚，父母离婚只是通知他一下，多日来连声安慰都未曾有。只有姥姥给他带来家的温暖，在姥姥这里，还遇见了哥哥般的梁承，他强撑着的少年心才慢慢被温暖。他很喜欢梁承请他喝的汽水，喜欢梁承跑腿给他买的牛肉锅盔，喜欢跟梁承坐摩托或者搭公交，更喜欢和梁承一起打篮球。可是梁承最好的朋友却并不是他。半晌，乔苑林说："我毁掉你的二维码了。"

梁承努力克制道："你到底想干什么？"

乔苑林祈求道："梁承，你能不能只做我一个人的超人？"

05

周围不断有街坊经过，瞧热闹的，打招呼的，梁承通通视若无睹，他凝滞地看着乔苑林，将剪刀攥得轻微变形。

许久，他才从牙关挤出一句："不行。"

说完，梁承掉头走了，背后只余临街的嘈杂，乔苑林被抛在原地，听不见也看不到一星半点了。

大步走了十来米，梁承踩到地上落的一张纸，很干净，他弯腰捡起来，展开是一张脑电图的报告单。

患者姓名，乔苑林，而每一处波动的峰值都手写着他的名字。

梁承闭了闭眼睛，转回身，乔苑林紧抿着唇珠僵立在那儿，头顶浓云艳烈得像一丛火，寸寸低垂，灼烧吞噬着少年的身躯。

梁承奔过去，抓住乔苑林的手拖回家，楼梯黯淡，他在拐角处松开手。

两人都哑巴了，陷入难堪的僵局，乔苑林的大眼睛麻木地张着，抢下报告单藏在背后。

门锁响了，王芮之急急走入玄关，她记得卷闸门落着呢，谁给掀开了？

楼中死寂，老太太径直进店内查看，被满地狼藉所惊，折回在楼梯下一抬头，又叫昏暗中的两人吓了一跳。

"苑林？"王芮之问，"什么时候回来的，你开的门？"

梁承侧身挡住受伤的手，说："是我开的。"

王芮之狐疑道："那些胸针怎么回事？"

梁承说："我好奇，不小心打翻了。"

这场面实在诡异,可惜黑黢黢的瞧不清楚,王芮之问:"宝儿,你怎么不说话?"

乔苑林绷着嘴角,稍一松动恐怕要撇到下巴去,他一声不吭地上了楼。

"这孩子……"王芮之经验老到,"小梁,你们又闹矛盾了?"

梁承没撒谎,只说:"怨我。"他上楼走到乔苑林的房间外,一扇门相隔,他透视不出乔苑林背地里的状态。

坐着,趴着,又蒙在被子里?

好歹是个男子汉,不至于哭。

或许是他小题大做了,青春期的小男孩最是别扭,一定是。

梁承不嫌脏地在裤子上蹭了蹭手背,无言地笑。

夜色没冲淡白天的热气,梁承对着门说:"空调遥控在床头柜抽屉里,用的话自己拿。"

摩托车轰鸣驶远,乔苑林被梁承残酷拒绝,再冷静放置,仿佛精神病人遇见高超的医生,任由摆布甘愿放弃反抗。

整个午后,他擦过胸针上每一粒珠子时都在做心理准备,他要说出来,梁承咒骂也好,厌恶也罢,就算揍他一拳也无妨。

可那一拳砸的不是他,却砸碎了全部的心理建设。他手足无措,照样伤心,后悔是不是太过冲动。

他老僧入定地盘坐在床上,颠三倒四地想,深入浅出地想,直到大脑累成一团糨糊。

手机响,田宇打来,问:"苑神,明天有空吗?"

乔苑林缓缓回过神:"什么事?"

田宇听他嗓子粗,怕他感冒,说:"这学期你帮我写的活动日志太优秀了,明天有部科幻大片上映,我请你去呗。"

乔苑林道:"没心情。"

"什么事?明天给我讲讲。"

乔苑林挂线后点开梁承的头像,最终什么也没发,关掉了手机。

夜市人潮如织,梁承本想去大排档跟应小琼喝一顿,又觉徒劳,前半夜在湖畔吹风,后半夜窝在面包车上眯了一觉。

摩托车没油了,他清晨开金杯车回去,停在吴记早餐的道牙子边上,海蛎饼刚出锅,不知道爱吃的人起床了没有。

睡一觉应该乖了吧?梁承仰靠椅背,双眼半阖,他发现乔苑林的柔软和单纯只是表象,内核倔如剪刀的钢刃,许多糟心事他可以不皱一下眉头,昨天却结结实实感到了心惊。

梁承在驾驶位上整理头绪,狭长的眼尾扫到巷口,乔苑林慢吞吞地出现了,停在电线杆下抚摸昨天他用剪刀划过的位置。

"傻瓜。"他无奈地轻嗤。

乔苑林垂头丧气地走到街边,叫一辆出租车走了。

没背包,说明不是搬回家?梁承停好车走回旗袍店,邓丽君在唱歌,王芮之在挑选部分破损的胸针。

他说:"损失我赔。"

王芮之笑道:"苑林跟我说了,是他打翻的,你别护着他了。"

"那也是因为——"梁承说到一半,"他还说什么了?"

王芮之昨天就瞧出猫腻,说:"年轻气盛发生口角是平常事,消气也快。这不,他出门跟同学看电影去了。"

梁承稍微放心,这时王芮之拿起手机问他,微信收到的照片怎么保存到相册里。他踱到桌旁垂眸,屏幕上方的备注是"小囡",王芮之戳开刚收到的一张照片。

简单的生活照,素颜、短发,梁承看着女人的脸,有些怔忡。

王芮之喜忧参半,林成碧升职了,但要调动去邻市,以后恐怕回家更少。走之前同事办欢送会,王芮之要她做件旗袍穿,发照片给她参考近日的发型和胖瘦。

她说:"这是我女儿,苑林的妈妈。"

梁承告诉王芮之如何保存,然后迟钝地问:"你女儿是记者?"

王芮之说:"是啊,苑林告诉你的吧。"

梁承进入二楼浴室，弯低身体往脸上扑了几把冷水，手掌抹过镜子，一道斑驳水痕扭曲了他的五官。是啊，乔苑林立志当记者，背过"新闻编辑部"的包，曾说母亲姓林。

竟然是林成碧。

他抽下毛巾盖在脸上，视野变黑，一些遥远的画面穷凶极恶地追来，让他忘不掉、躲不开。

"我是电视台的新闻记者，林成碧。"

"希望你能接受采访，我还会再来的。"

"事发当时，你有一瞬间思考过后果吗？"

…… ……

电影散场，灯亮起的瞬间观众陷入对剧情的热论，乔苑林捧着几乎没吃的爆米花，完全不记得看了些什么。

他跟田宇在商场闲逛，去运动区看篮球服，田宇试穿，他坐在店里沙发上等，机械地夸每一件都不错。

他的眼皮时不时地跳动，大概是没睡好，喝一杯美式提神也全无效果。

田宇忍不住问他到底出了什么事。他用玩笑敷衍过去，却不知道自己笑得有多勉强。

乔苑林心不在焉地蹉跎了几个钟头，天色乌青像是要下雨，他打车回家，快要到长林街时让司机多绕一圈。

他怕梁承回来了，也怕没回来。

怕梁承不理他，又怕梁承当作无事发生般与他相处。

乔苑林不由得后悔，他好不容易和梁承变得熟悉、亲近，却失控地将关系弄僵。

乔苑林在巷口下车，今天有街坊搬家，倾倒了一大堆垃圾和废旧家具，他看见小乐蹲在垃圾桶旁边翻一只箱子。

他出声阻止："小乐，脏不脏，快停下。"

小乐挑出一个消防车模型，高兴道："看！还能玩儿！"

乔苑林说："那是垃圾。"

"对他们来说是垃圾,可我不觉得呀,我喜欢。"小乐有自己的理解,抱着消防车跑回了家。

乔苑林难以辩驳,怔怔地望着这一片生活废料,一个玩偶娃娃孤单地躺在垃圾桶盖子上,衣服脏兮兮的,蓝眼珠望着他。

乔苑林从侧门回去,挂钩上有梁承的钥匙,他轻手轻脚地上楼,那么静,大卧室的门没关,他在墙边偷偷地望进去。

屋里没人,而一直锁着的书桌抽屉是拉开的。

乔苑林疑惑地转身,他的房门虚掩着,伸手推开,梁承竟然安宁地坐在床边。

梁承闻到一股酸臭气,抬眸看见乔苑林提着一个破旧的玩偶娃娃,一大一小都闪烁着怯生生的目光。

他问:"哪儿来的?"

"我在垃圾桶捡的。"乔苑林回答。

梁承没有起伏地说:"很脏,扔出去。"

"我会洗干净。"乔苑林将玩偶娃娃放在床头柜上,擦擦手,"他以后是我的了。"

梁承说:"你知不知道上面有多少细菌?"

乔苑林说:"我只知道,他也是没人喜欢的小屁孩儿。"

梁承紧绷的面目陡然松动,勾起一点唇角,不由得恹恹地笑。

乔苑林在他膝前蹲下,姿态臣服,乖顺得惹人可怜,实则一如既往地执拗:"哥。"

梁承看着他,忽然低声问:"你知道我是什么人吗?"

乔苑林剖开真心地道:"我不知道你经历过什么,你辍学,孤身一个人漂泊……"

"我带你去一个地方。"

梁承拉起乔苑林,拿上那个玩偶娃娃,不由分说地往外走,稀薄的日光被乌云遮蔽,天空已经发黑。

"哥,我们去哪儿?"乔苑林被塞进金杯的副驾驶座,不安地问。

梁承没有回答,发动面包车掉头向西,给足了油朝远方疾驰,没多久,闷雷压抑,闪电颤抖着将天空劈裂。

雨点噼噼啪啪打湿了玻璃窗,乔苑林盯着雨刷,从左扫到右,在渐渐滂沱的雨中显得疲惫不堪。

他看不清路标,不知道梁承要带他去哪儿,金杯车只一路朝西开,裹挟着匆忙披落的夜幕。

路上的行人越来越少,车也消失了,金杯车在偏僻的国道上飞奔,忽急忽慢的雨,重合了乔苑林惴惴的心率。

梁承握着方向盘一言不发,眉心至下颌蜿蜒着一道陡峭的线条,像光,也可能是骨骼,叫人不敢细看。

他们穿过偌大的平海市区,到了郊外,茫茫黑夜里望不到高楼和民房,双排路灯照着空寂无边的马路。

乔苑林愈发忐忑,煎熬地度过近三小时车程后,四周空旷,一大片规整而集中的建筑出现在视野里。

梁承终于踩下刹车,雨也停了。

乔苑林曾问他从哪儿来的,他回答城西,现在已经到了。

挡风玻璃上的水一行行地往下流,乔苑林望向不远处紧闭的大门,威严,肃穆,沉闷,他睁大双眼,被门边的大字如钢钉一般钉在座椅中,动弹不得。

——城西第二监狱。

梁承也望过去,安稳的生活对他来说果然太奢侈了,这段日子就像描摹出的镜花水月,不容深究,否则随时会败露。

那不如他亲自割开一道口子,还能落个坦荡潇洒。

他的神情蒙着一层锋利的冰霜,底下藏着被百般踩躏后依旧高傲的自尊,里子面子,内心和躯壳,全摆在这儿给乔苑林过目。

梁承重复地道:"都不在乎吗?"

乔苑林愣怔着。

梁承又说:"哪怕,我杀过人?"

CHAPTER
08

第八章

好梦一场

方觉醒

梁承，你一定要去最好的地方。
空寂月台，大梦初觉，乔苑林嗫嚅着挥了挥手。
"而我，会把你忘得干干净净。"

01

梁承把乔苑林拽下车,连着那个玩偶娃娃,两人脚下泥泞,他捉住乔苑林跌跌撞撞的身体,停在漆黑的夜色中。

乔苑林望着那扇大门,梁承牢牢地捏着他的双肩,强制他面向这座近在眼前却又遥不可及的监狱。

他听到了什么?杀人?

乔苑林僵硬地摇头,声音低得几乎听不见:"不要,不要这样骗我。"

梁承贴在他后背,无比清晰地说:"我没有骗你,我是一个杀过人、坐过牢的罪犯。"

他松开一只手绕到乔苑林的面前,比画着,低下头说:"用一把手术刀,这么薄,这么小,非常锋利,刀尖一下就扎进了胸腔。"

乔苑林吓得后退,梁承从背后托住他。

他木然地说:"我不相信。"

梁承温热的呼吸夹在绵绵冷雨中,他一句一句折磨着乔苑林的神经——

"你真的很聪明,知道吗?你早就猜对了。应小琼有前科,我也有,我跟他就是在二监认识的。

"找上门的警察叫程立业,我杀人之后,抓我的人就是他。

"判了两年。我为什么辍学?为什么你去七中一直找不到我?现在明白了吗?"

梁承注视着那座牢笼,修电器是在里面学的,验金也是。贺婕来看他,总是哭,段思存也来看他,给他那些课程资料打发时间。

后来他烦了,拒绝任何探视,出狱后跟所有人断了联系。

他发现乔苑林在七中论坛发的帖子,出了一身冷汗,在德心中学每当听见一声"梁助教",都觉得无地自容。

他并没有多少秘密,一个启齿便毁灭全部尊严的就够了。

偏生乔苑林是他的克星,靠近他报答他。太可笑了,苦苦寻找救命恩人的时刻里,他在枷锁之中、审判席上,而后是数百个禁锢在高墙铁窗里的日夜。

桌子沾染脏污,能擦干净,人呢?

污迹烙印在身,这一辈子是不是都抹不掉?

乔苑林瑟瑟发抖:"太荒谬了。"

梁承站在他身后,声音嘶哑:"没错,你竟然要对一个杀人犯好,的确太荒谬了。"

乔苑林拼命挣脱:"你不是!"

倏地,他被梁承放开,玩偶娃娃掉进一摊水洼,风雨侵入他的眼眶,梁承在他的视线中变得模糊。

"乔苑林。"梁承叫他。

他捂住脑袋,抵触地说:"我不想听……"

而梁承音色分明地说:"你捡的不是没人要的娃娃,是我这样的一个垃圾。"

车厢盈满潮湿的泥土味,乔苑林呆坐在副驾座上。梁承给他系好安全带,发动车子前,掏出一本证件扔在了中控台上。

乔苑林认得,是锁在书桌抽屉里他没来得及看就被梁承命令"放下"的那一本。他拿起来,里面夹着一份服刑证明,他仿佛不识字了,姓甚名谁都看不明白。

但贴着的免冠照那么刺目,短寸,阴郁,背景是压抑的深蓝。

雨又下起来,铺天盖地,金杯车的引擎像要散了架似的,无法负荷漫长的回程。

沿着国道有一些小旅馆,凌晨已过,大部分都熄了灯,梁承挑了一家还亮着灯的小旅馆,停车投宿。

从下车到进门的短短几米,两个人几乎湿透了,老板窝在前台打盹儿,闻声醒来,嘟囔着要身份证。

梁承掏出自己的，从台上抽出三五张纸巾，塞给乔苑林说："擦一下。"

乔苑林不动，苍白的脸上不停滴水，梁承抽回纸巾，手抬在半空却迟迟没有触碰对方。

老板说："天气不好，跑大货的司机都撂这儿了，就剩个小标间。屋里除了矿泉水都收费，押金一百。"

梁承支付完带乔苑林上楼，房间在二楼阴面，潮湿又简陋，两张单人床挨得很近，靠窗的那一张被子有些发霉。

乔苑林迟滞地杵在床角，巨大的愕然过后感官尽失，只觉得阵阵发冷，轻微地抖动着。

梁承去拉窗帘，说："湿衣服脱了，上床盖好被子。"

乔苑林听后，倒头往床上一栽，天旋地转间那座监狱浮现出来，隐隐鳞鳞倾轧他的视网膜。

"哥，"他自虐地叫那个始作俑者，"梁承。"

喉咙犹如扎了一根刺，梁承没有回答，过去将乔苑林捞起来，脱掉外衣塞进了被子里。

他去浴室拧了热毛巾，给乔苑林擦脸、擦头发。

乔苑林歪在枕上，瘫软惨白，像丢在郊野泥泞中的玩偶。

窗外雷雨潇潇，隔壁滑稽的鼻鼾，公路夜奔的客货，不算静的房间里唯独他们一片死寂。

乔苑林暖不热，逐渐弯曲脊柱缩成一团，梁承从床边起身，他一刹那活过来，伸手却抓了个空。

桌上摆着些吃的，梁承拆开一盒泡面，没放酱包，清淡地泡开后给乔苑林喂了几口热汤。乔苑林那张脸渐渐恢复血色，却透着虚弱的病态。

梁承一口都没吃，湿衣服穿着，也没往发霉的另一张床上躺的意思。他揩去乔苑林唇上的水光，说："将就一晚，睡吧。"

将台灯捻熄，梁承静坐在床边，哪儿也没去。

仿佛料定乔苑林睁着眼睛，梁承伸出手，覆盖上乔苑林的脸。乔苑林怕他，不然睫毛怎么会颤得他发痒？

是这只手吗？握着手术刀杀了人。乔苑林痛苦地闭上眼睛，脑海中却是这只手伸向他，按压他的胸膛。

乔苑林裹着被子爬起来，用拳头抵在梁承心房的位置，不由得哭出来："你救过我，不是坏人。"

梁承哑着嗓子说："乖乖躺好，别着凉。"

乔苑林问："还要说什么？"

"不要乱捡东西，免疫力本来就够差了。多吃饭，零食偶尔尝个鲜。学习别熬太晚，当部长太累就辞掉，没什么要紧的。"

这是坦承全部之后的温柔，乔苑林的恐惧如狂潮，他已有预感。

"梁承。"他哽咽着说，"你要走了，是不是？"

02

乔苑林蜷在被子里一整夜，梁承在床边简陋的凳子上坐了一整夜。

雨彻底停了，天空湛蓝，歇脚的汽车纷纷上路，梁承降下一线车窗，让风吹散身上的烟草味。

两个人的手机接二连三地响，王芮之昨晚已经打了几十通，再联系不上人就要报警了。乔苑林接通，谎称在同学家打游戏，哄得老太太放了心。

应小琼又打来，问金杯车被开哪儿去了，沧桑的二手摩托车在大排档淋了一夜雨，他准备一起送去保养。

"不用了。"梁承稀松平常地说，"摩托车直接卖废品吧。"

手机里停顿数秒，应小琼问什么意思。梁承单手开车，另一只手重重地刮了下眉心，语气却很轻："以后不开了。"

不待应小琼追问，梁承挂了线。车厢里气氛沉闷，他打开音响，净是些老掉牙的歌，还不如关掉。

乔苑林忽然说："我想听。"

乔苑林的额角贴着车窗，在细小的颠簸中磕磕碰碰，他偶尔会哼，拍子调子都随心所欲。哼了一句"起初不经意的你和少年不经事的我"，缓了缓，又哼一声"分易分,聚难聚",其实他根本搞不清是《滚滚红尘》还是《红尘滚滚》。

就这么走了一路,回到长林街,梁承在巷口把乔苑林放下,然后去找应小琼还车。

阳台上的花草蔫了一半,白狗花可怜得只剩零星几片叶子,乔苑林洗澡、喝药,窝在床上对着那张生物卷子出神。

吉祥路见鬼般的萧条,大雨将昨晚的夜市逼停,摊贩们开工不久便手忙脚乱地撤退。

应小琼住的小区不远,梁承上楼归还了车钥匙,没进门,也没交代旁的。摩托车停在单元门口,他随便叫了个收破烂的,一口价几乎是白送。

天气迟迟不肯放晴,太阳躲在犄角旮旯,装矜贵。梁承漫无目的,走了三条街。

不知不觉走到妇幼保健院,梁承进入大楼,照着指引牌上到产科那一层,走廊里孕妇多,二十岁的小伙子很引人注目。

"贺老师!"实习生一边喊边小跑着钻进一间门诊。

梁承停在门边,看一眼就走了。

出事后贺婕休养了大半年,之后从原来的医院调到这所妇幼保健院。创伤是否愈合,梁承无从知晓,经过墙上的意见箱,他停下来,撕一张便签塞了进去。

没署名,只写道:贺医生,开始新的生活吧。

从妇幼保健院离开,梁承上了辆公交车,没注意第几路、第几站,晃到一条熟悉的街道就下了车。他失笑,怪不得熟,原来是宁缘街。

三年前遇见乔苑林,具体在哪棵树下记不清了,也是夏天,貌似花特别香。

其实去七中不应该走这条路,他偶尔会绕一圈,为了经过街尾那栋医院大楼。若潭医院,私立的,他很喜欢建筑上镌刻的院训——仁心若潭,至清至深。

医院附近总有卖花的、卖礼品的,一面橱窗里摆满大大小小的玩偶,梁承忍不住停留。

他生平第一次进这种地方，揣着兜用高冷掩饰茫然。售货员向他推荐卖得最好的花，他不满意；向他推荐迪士尼经典礼盒，他嫌幼稚；向他推荐电影原创周边产品，他说不伦不类。

挑剔许久，他问："有没有那种……娃娃。"

回到晚屏巷子，天终于放晴。

梁承洗澡换了衣服，书桌抽屉合上，以后再也不用锁了。

有人敲门，乔苑林拿着卷子进来。

两个人都干干净净的，已将昨夜的狼狈埋入心底。梁承给乔苑林辅导功课，大概是最后一次了，语速很慢。

讲完后，梁承拿出一本档案册，依次装值班表、批改好的报告、学生评价……两张空白的稿纸，写辞职申请。

乔苑林说："你真的要走了？"

"嗯。"梁承正面回答，"处理好这些，我会退租。"

乔苑林声音喑哑地说："不能多留一些日子吗？"

梁承暗想，也许小狗都比乔苑林聪明。都知道他是什么样的人了，他做好被厌恶甚至被唾弃的准备，岂料乔苑林却不死心地挽留他。

"反正迟早要走。"他说。

早知如此，当初在月台就应该一走了之。

四天后，梁承办妥所有事情，去了趟德心中学，回来后旗袍店没开门，他拐到楼侧，乔苑林坐在门庭下戴着耳机。

王芮之去给林成碧试打板的样衣，就他们俩在家，乔苑林说："哥，我请你吃顿饭吧。"

"散伙饭吗？"梁承停在台阶上。

"有人请客，你带着嘴就成。"

大排档今晚不做生意，就一桌，隆重又醒目，应小琼要为梁承践行。

应小玉也在，婀娜多姿地立在街边给老四打电话，刚拨通，老四就骑自行车晃晃悠悠地出现了，驮着一大箱海鲜。

"慢死了！"应小玉叉着细腰，"你再不来，炒一盘二氧化碳啊？"

老四卸货："哎哟玉姐，我不是精心挑选嘛，可以先炒底料啊！"

应小琼扎着围裙亲自下厨，骂道："我看你挺像底料！磨磨蹭蹭，有钱买什么威登，钱花完骑个破自行车！"

老四说："开车咋喝酒！"

这哄吵的一幕像平日里每个热闹的夜晚，乔苑林下车跟在梁承背后，做个深呼吸，露于人前时竭力扮作相同的洒脱。

可惜应小琼总爱逗他，喊得整条街都听见："小乔同学，梁承要走了，你舍得吗？"

乔苑林答非所问："我帮忙摆碗筷。"

应小琼"啧啧"摇头，颠起炒锅翻出一束火苗。

梁承插着兜走来，拿起一头大蒜开始剥，一边低声说话："应哥，别开这种玩笑了。"

应小琼奋力磕了两下炒勺，承认道："没错，我三番五次就是故意的，想让那小孩儿把你留下来，让你放过自己，在里面的时候你天天……他就是那个结，那个扣！"

梁承将剥好的蒜放在案板上，说："我已经放过自己了。"

应小琼菜都不炒了，瞪着他辨别真假。这时一辆雷克萨斯驶过来，郑宴东拎着半打星巴克下了车。

老四问："不是送外卖的吧？"

郑宴东自我介绍："我是梁承高中同学，吃饭嘛，给大家买了点喝的。"

应小琼嘀咕道："谁喝咖啡啊？"

郑宴东又听见了，刚要呛，被应小琼翠绿的衬衫和黄金的项链晃了眼。在场都是相熟的朋友，乔苑林感知到梁承真的要离开了，他不会插科打诨，也做不到谈笑风生，只能待在一角不给大家扫兴。

手机响，梁承发给他一封邮件，是一套整理好的生物学提纲，包括所有知识点和题型。

梁承走过来，说："这几天弄的，差点忘了发给你。"

"算是临别赠礼吗？"乔苑林问。

梁承回答："用它追上进度也行，嫌占内存删了也行，你自己看着办。"

"那我先打印，然后裱起来放在床头。"乔苑林憋出一句玩笑，借着玩笑似是而非地说，"我……舍不得。"

梁承恍若没听见，转身走开。

乔苑林在背后追问："离开平海你要去哪儿？"

梁承没有细致地规划过，漂到哪儿算哪儿，决定离开就随便订了张车票。他回答："北京。"

露天席地的一顿饭，六个人围成一桌，所有人都不意外，知道梁承的经历，知道梁承终有一天会走，离开这个饱尝过痛苦的地方。

乔苑林坐在梁承身旁，不怎么出声，频频偷望梁承的侧脸。书桌前写作业、辅导实验，在摩托车上倾身讲话，他看到的都是梁承这样的角度。

他有些恍惚，放下饮料拿起桌上的塑料杯，梁承明明在跟老四聊天，却后脑勺长眼似的逮住他，说杯子里是啤酒。

乔苑林道："我想尝尝。"

梁承不允许，夺下杯子一口干了。

"来来来，跟我喝一个。"应小琼倾身给梁承满上，"咱们认识几年，过去的就不提了，你就记着，无论你去哪儿，不好的日子已经过去了！"

梁承还没接腔，应小玉先掩面哭起来，梨花带雨好不动人，含着泪用筷子撬开一瓶酒，说："对！我曾经是活不下去的人，也撑过来了，现在我是这条夜市生意最好的老板娘！不好的都过去了！"

梁承敬应小琼，饮尽一杯，再敬应小玉，还有老四。老四激动地说："梁承，当初我一个人来平海做小生意，在海鲜市场被人联合起来欺生，你遇见了帮我，后来把我介绍给应哥，我才稳定下来！你这辈子都是我兄弟！"

"一辈子兄弟！"应小琼大声说，"咱们是犯过错，我为了我姐，你为了你妈，不冤也不亏！那句话怎么说来着，如人饮水……后面我忘了！"

老四说："小心呛着！"

应小琼哈哈大笑，没留神拿错一杯咖啡，喝完扭头喷了一地，抹抹嘴道："梁承他同学，把你的星巴克放远点！"

郑宴东报复似的，偷梁换柱拿起应小琼的啤酒，说："梁承，该我了吧？"

梁承不停倒酒，喝酒，问："你要说点什么？"

"祝你一帆风顺。"郑宴东比那几个人斯文得多，"你出了名的孤僻，同窗三年也就我这么一个老同学，有朝一日回平海的话，记得找我。"

梁承未置一词，举了一下杯一饮而尽。轮番喝完一圈，转到乔苑林，桌上略显沉默，乔苑林不能喝，不会嚷，格格不入得有些多余。

应小琼说："你跟小乔同学也喝一个啊。"

郑宴东附和道："就是，小房东那么照顾你。"

梁承捏扁了空掉的塑料杯，扔在桌上，拿起一瓶啤酒咬掉瓶盖，直接对着瓶口，喉结滚动让冰凉的液体灌满了肺腑。

他连乔苑林的那份一并喝下去，比之前每一杯都猛，呛得咳嗽，咳得眼睑泛红，不在乎满桌人瞧他的失态。

乔苑林下齿兜着唇珠，一句话都不说，短短数月体味了小半生，他含着独一份的苦涩酸甜，不知道该从哪个字下嘴，全堆积在嗓子眼里。

空啤酒瓶丁零咣啷倒在脚边，梁承又开了一瓶，修长的手指握出一片水汽，眉目轻纵，喝光时舒展开一片酒精无法慰藉的落寞。

酒过三巡，醉意搅和了豪迈劲儿，改成推心置腹，老四说着说着哭了，应小琼盖着应小玉的手提包，耸动肩膀靠在郑宴东的身上。

郑宴东拿着半只螃蟹，想起解剖课，痛苦地和应小琼搂作一团。

原来各人皆脆弱，乔苑林发觉他才是清醒而坚强的那个，夜深了，他帮忙叫代驾，付钱给隔壁老板收拾场子。

梁承喝醉了，但酒品极好，靠在椅背上垂着头，沉稳得像在思考人生。

"哥。"乔苑林轻声叫他，"回家了。"

梁承睁开眼："嗯，回家。"

他们靠在出租车后排的两端，司机担心酒醉的客人闹事，开得飞快。颠簸到巷口梁承有些晕，下车后脚步虚浮。

乔苑林上前扶稳，吃力地揽着梁承的肩。

怕吵醒老太太，他小心翼翼地架着梁承上楼，腾不出手开灯，摸黑将人卸在床上，把自己累得伏在床沿喘气。

喘匀了，乔苑林给梁承脱掉鞋子放平，洗漱是办不到了，他拿湿毛巾给梁承擦了擦脸和脖子。

梁承闭目躺着，被碰到喉结时绷紧了嘴角，呼吸逐渐绵长。

静谧的一幅画面，乔苑林却脑海纷杂，等长夜一过醉意消退，梁承就要走了，搬空行李彻彻底底地离开。

犯罪杀人，惊骇得如一场骗局，他到此刻仍没有勇气细问原委。这样梁承留给他的，全部是美梦一般的光景了。

借着皎白的月光，乔苑林盯着梁承的面颊，后者狭长的眼轻合着，藏起惯有的戏谑与不经意的温柔。

你一次又一次放好我的球鞋不嫌累吗？你悄悄拧紧梯子，为什么不和我一起上天台看星星？你每次都喊我大名，只喊后两个字能死啊？

你帮我安排的实验课时还没补完，你帮我做的课程表需要更新，我还没有跟你坦白生日其实是骗你的。

乔苑林吸吸鼻子，他背地里跟踪偷拍，将人撵走又挽留，高兴便讨好，碰壁则抱怨，欺骗，发疯，为一个人汇集了七宗罪，到头来却什么都抓不住。

最后的最后，他只能苦笑着轻问："哥，啤酒究竟是什么滋味？"

03

梁承宿醉一夜的头还有些晕，洗完澡才清醒，他将换下的脏衣服连同床单一起扔了，和上次离开时一样。

行李箱空着一块，他从衣柜里拿出一个精美的礼盒，朝乔苑林紧闭的房门瞥了一眼，然后填补那块位置。

都收拾妥当，梁承最后一次给仙人球浇了水，时间尚早，他放轻步子下楼，不料厨房里飘出琐碎的摔打声来。

王芮之满手糯米粉，天不亮就起来张罗了，探头说："小梁，我煮早饭了，你爱吃的牛奶汤圆。"

梁承把行李搁在玄关，走到厨房门口，变相承认地问："你怎么知道我爱吃？"

王芮之对厨艺比较有自知之明，上次梁承先吃完上楼了，是乔苑林悄悄告诉她，梁承应该很喜欢吃。

她问为什么，乔苑林说梁承吃饭速度快，根本不在乎口味，吃汤圆的时候却细细咀嚼，还走神，半路多分给他一个都没发现。

汤锅里小火煨着牛奶，王芮之放入汤圆，说："我问他怎么观察那么仔细，他说你是恩人，他要报答你就要先了解你。"

梁承沉吟半晌，回道："他报答得够多了。"

话音刚落，楼梯上传来啪嗒的拖鞋声，乔苑林穿着一件浅黄色的T恤，胸前有小片涂鸦，牛仔裤露出精瘦的脚踝，整个人洋溢着青春。

那张白净的脸上透着轻松，他走下来找事儿："姥姥，吃饭不叫我？"

王芮之观察外孙的状态，说："我以为你没起呢。"

"开玩笑，我书都看两章了。"乔苑林到餐桌坐下，一条腿屈在椅子上，"我得好好写作业了，过两天去补习班上课。"

王芮之没观察出什么，关火，盛出两碗汤圆。梁承一手端住一碗走到餐桌，把第一碗有奶皮的搁在乔苑林面前。

乔苑林抬头笑，"你够不，我匀你俩。"

梁承说够了。他用勺子搅弄牛奶，弥漫的尽是醇厚奶香，隔着乳白色的热气看向桌侧。乔苑林咬一口汤圆，太烫，滑稽得噘着嘴。

他迎上梁承的视线，问："酒劲儿下去了吗？"

梁承道："嗯。"

"以后别再喝醉了。"乔苑林说，"我昨晚把你背上楼的，别压得我不长个了。"

梁承说:"真的假的,我没印象。"

乔苑林哧哧笑,显然是在骗人。王芮之骂他小儿科,转头道:"小梁,听说你要去北京,有什么打算?"

梁承将碗掂掇半圈,回答:"走一步看一步吧。"

五六个汤圆不消一刻钟就吃完了,乔苑林立在玄关穿球鞋,头盔扔了,挂钩上只剩他的安全帽。

梁承交换房门钥匙,捏着蓝色平安结递给他。

绑的死扣那么紧,曾说过再也不解了,乔苑林从梁承手中抽走,说:"喜欢就留下来。"

梁承回答:"好。"

乔苑林一刹那恍然,清明后自嘲地笑了一声,他将扣圈带着平安结摘下来,绕到梁承的身后,"我帮你放背包里面。"

拉好拉链,他先一步出门,"哥,我给你打车去。"

梁承来不及张口,一向慢性子的人已经走出门庭。他就此告辞,王芮之送他下了台阶,忽然发出一声叹息。

从楼梯拐角的对峙,到一夜不归,退租搬走,老太太不曾疑问过半个字。同住一幢楼,梁承猜她大概明白发生过什么。

他停下,等王芮之临别前的嘱咐。

"相处半年,算不得多深的缘分,谢谢你平时帮的大忙小忙。"王芮之说,"上次走,我偏袒他没留你,这次我不偏袒他了,祝你一路顺风。"

梁承点点头,说:"保重。"

王芮之又道:"苑林特别记仇,一年级被骂一句,小学毕业还不忘,都不肯在同学录里写祝福。他也记别人的好,吃茶叶蛋老板给他挑个大的,他就再没换过地方,搬家了绕路也要去买。"

梁承想象得出来,不禁弯起嘴角。

王芮之说:"你救了他一次,他惦记了三年。你让他高兴难受什么滋味都尝了,这下你一走,他恐怕会牵挂你一辈子。"

一个有心脏病,生来就带着无数遗憾的人,又要多一处意难平吗?

手背青筋鼓起,梁承攥紧了行李箱,说:"他会死心的。"

巷口停着一辆出租车,后备厢打开了,司机接过梁承的行李放好,还没上车,一道小小的身影狂奔着追来。

小乐满头大汗,飞扑抱住梁承的大腿,哭道:"梁承哥,你要走了吗?"

"嗯。"梁承仍旧淡淡的。

"为什么?我不想让你走!"小乐大哭,泪珠子滚了半张脸,"你是不是嫌我笨……我好好学习……"

乔苑林蹲下来将小乐拉开,于心不忍,哄道:"你还有小乔哥哥,男子汉别哭了,天下无不散之筵席。"

小乐摇头,"我听不懂……"他扭身抱着乔苑林求助,"小乔哥哥,你让梁承哥别走。"

乔苑林说:"我不可以那么做。"

小乐哭着问:"为什么,你不想让他留下吗?"

乔苑林垂眸片刻,抬眼带着分明的笑意回答:"如果梁承哥在别的地方过得更好,我会祝福他。"

梁承矮身钻进车里,乔苑林跟着上来。他说不用送,乔苑林戴上耳机置之不理,汽车发动,划痕斑驳的电线杆在倒车镜中变成狭窄的一条线。

气氛窒闷,司机主动找话聊:去旅游吗?等岭海的度假海岛建成,来平海玩的人就更多了。

正值暑期,火车站的客流已相当可观,梁承下车去取票,回头见乔苑林跟在后面掏身份证。

在自助机排队的工夫,乔苑林去人工窗口买了一张站台票,怕梁承撵他,藏着,然而梁承什么也没说。

候车室人头攒动,许久才找到两个空座位,梁承坐下看了一眼屏幕上的检车时间。

乔苑林百无聊赖地玩手机,收到一条微信,是田宇发的:苑神,我被梁助教拉黑了,你帮我问问为什么啊!

段思存刚接到通知，也发来：乔苑林，梁承辞职的事你知道吗？怎么回事？

他微怔，点开班级群的人员名单，梁承退出了，估计已经删除了所有人。他又点开梁承的头像，戳着输入框感到茫然。

"哥。"他问，"你把我删除了吗？"

梁承说："嗯。"

乔苑林摁灭手机，"以后我想跟你联系怎么办？"

梁承毫无波澜地回答："没那个必要了。"

乔苑林笑了一下，扭头瞪着一排卖特产的商店，起身走过去，七七八八买了些零食回来，系到行李箱拉手上，说："路上吃。"

梁承站起来说："手机号也删了。"

乔苑林还是扯着嘴角，脸颊都发酸，大厅响起提醒检票的广播，他立刻道："我们去排队吧。"

走的是梁承，乔苑林却站在前面，过了闸机队伍四散，他捏着仅仅意为"送站"的一张票混迹人群。

宽阔的月台上行人涌动，到车厢外，梁承停下，说："就到这儿吧，回家去。"

乔苑林应声止步，他以为凭一己之力可以让梁承安稳生活，实在过于天真。但心愿不曾改变，他问："到了北京，就安顿下来吗？"

梁承说："跟你没关系，别再操心我了。"

没错，连房东都不是了，事儿多也没人买账，乔苑林被巡逻的列车员碰了一下肩膀，后退半步，一瞬间觉得离梁承好远。

梁承不言"再见"，不说"后会有期"，就这样利落地走。

缩在床角心理建设一整夜，从下楼就做作地强颜欢笑；厚着脸皮送到车站、候车室，快要忍不住所以冲到商店里；排队不敢在后，怕梁承回头看见他如丧考妣的真实表情，怕一伸手扯坏衣裳恳求出心声。

不要走……他比小乐没出息得多。

乔苑林在如流人潮中崩溃，在一刹那慌乱，在梁承将要转身时死死抓住对方的手臂。

"哥,"他卸下拙劣的伪装,只余哀切,"你还会不会回平海?"

梁承舒开蹙起的眉,重新描上一层不耐烦,说:"我讨厌这儿,永远不会再回来。"

乔苑林问:"对你来说,这里除了不愉快的,没有一丁点值得记挂的吗?"

"记挂谁?"梁承反问,"坐过牢的兄弟,七中的老师同学,还是你?"

乔苑林拼命摇头,梁承是他牵不住的风筝,是轮渡上与他擦肩的飞鸟,现在他连一点念想都留不住了。

乔苑林抵上全部勇气和尊严,颤声问:"你是不是从来没有真正把我当过朋友?"

那双眼睛洇着一片红色的浓雾,眼底似海,心意如波,梁承竭力禁受着,低声道:"我最后告诉你一次,没有。"

乔苑林怔忡地松开手。

梁承却反手抓住,将乔苑林一把拽进了怀里,胸膛相撞,他紧抱住他。

来往行人似云烟,梁承贴着乔苑林的耳骨,闭了闭眼睛说:"你知道吗?我救你和我杀人,是同一天。"

所有念头一瞬间消弭成空,乔苑林簌簌发抖,"什么……"

梁承刽子手般地说:"乔苑林,你听好——我看到你就想起那一天的罪恶。"

乔苑林空洞地僵在月台上,他被真相凌迟,只剩一具无法动弹的躯壳。梁承放开他,在混沌的视野中消失。

夏末,他冷得打战,双颊一股股湿凉的水流下去,令他像个笑话。

梁承进入车厢,找到靠窗的座位,却不向窗外斜视半寸。他低垂着眸,牙要咬碎,薄唇要抿出血来。

车门关闭,列车缓缓启动。

梁承拉开背包外面的口袋,掏出平安结,发现扣环中塞着一张卷起的字条,他展开看,上面是乔苑林工整的笔迹——

梁承,你一定要去最好的地方。

空寂月台，大梦初觉，乔苑林嗫嚅着挥了挥手。

"而我，会把你忘得干干净净。"

04

出租车驶上长林街，稳稳当当地停在晚屏巷子前，乔苑林却没有下车。

巷口宽窄如昨，他望过去，那根电线杆依旧伫立着，风雨抚平剪刀留下的划痕，覆盖上一层层新的广告。

小楼粉刷一新，芮之旗袍店关闭了，一楼改成收发快递的驿站。二楼阳台没种花草，晾满了衣服，连接天台的梯子被新主人拆除。

小乐的父母早已离婚，后巷风平浪静得令人乏味。

吴记早餐的生意倒是一直红火，店面扩大成两间，海蛎饼和烧卖的价格也连年上涨。还有那家便利店，老板年纪大了，每天关门越来越早，不到十点钟就开始撵人。

左右巷子里的街坊有的搬走，有的离世，砖瓦巷道里大半更迭为生面孔，到处透着物是人非。

司机大叔好奇地问："老城区了，你在这儿住过？"

乔苑林没吭声，住过，但是八年前的事了。

那年他十六岁——家庭和学校就是全世界的年纪。他没能念心仪的学校，父母分手，世界裂开了一道缝隙，然后闯进来一个梁承。

而梁承走后，他搬进那间向阳的卧室，空调机，仙人球，抽屉锁孔中晃荡的钥匙，他瞧什么都能定住，无法自拔地失神。

他在那张床上做梦，醒来汗水淋漓，枕头是湿的，脸也是湿的。

他夜半打开二楼所有的灯，将屋子翻得像遭过贼，打翻浴室的脸盆，摔碎阳台的白狗花，折腾一场却找不到梁承存在过的蛛丝马迹。

那个浑浑噩噩的暑假结束，他就搬走了。

后来林成碧接王芮之一起生活，旗袍店卖掉，他就再也没有来过。

八年的确不算短，对一个心脏病人尤其珍贵，在他真正十七岁的那一天，他决心将梁承从记忆中舍弃。

时至今日,他已经模糊掉一个人的音容,遗忘几个月的光阴,抹杀掉少年时期不可重来的悲喜嗔痴。

可梁承为什么回来了?并以那么荒唐的身份再度闯进他的生活。

乔苑林弄不明白,睁得眼都酸了,收回目光,轻声说:"走吧。"

三天后,乔苑林跑完采访回来,顶着烈日钻进新闻中心的大楼,迎面遇见记者一组的雷君明。

他们是大学校友,雷君明比乔苑林大一届,之前在其他频道,今年调入新闻部门。

乔苑林主动打招呼:"师兄。"

雷君明戴着细框眼镜,有股书卷气,说:"我们组买饮料,我给你点了杯柠檬茶,放你桌上了。"

"太好了,我正渴呢。"乔苑林实习期间就很受照顾,"谢谢师兄。"

回到二组办公室,乔苑林灌下小半杯柠檬茶,开始整理今天的采访内容。手机响,乔文渊打来的,他接通就撂在一边。

不用听也猜得出,乔文渊在数落他婚礼提前离开的事,忙了五分钟,还没挂,他才拿起来听。

正好乔文渊说到第二件事,回家。结婚前,博御园的房子卖掉了,置换了一套更宽敞的,足够一家人住。

乔苑林目前住在电视台附近的一栋公寓里,租金昂贵,以他目前的薪水很难负担,入不敷出前需要找新的地方。

他明白乔文渊想缓和父子关系,他也无意当不孝子,可是在"新家"要面对贺婕,他实在别扭。

果然,乔文渊拿钱掣肘他,说:"租金那么贵,你现在才挣几个工资?"

乔苑林道:"过一阵申请职工公寓,不用你操心。"

"你哪受得了跟人合租。"乔文渊先贬后礼,"老实回来,家里热汤热饭,身体不舒服我和你贺阿姨都能照顾,不比你自己在外面好?"

乔苑林从小倔大的,说:"我自己在外面好几年,习惯了。"

手机里叹气,乔文渊说到底是在乎亲儿子的,放下家长身段道:"书读完了,工作定了,事到如今我还能逼你什么,就叫你回家住而已。婚礼那天我就瞧着你不对劲,你委屈,怨我给你找了个后妈。"

乔苑林不可能解释真正的缘由,何况还上着班。乔文渊又退一步,让他回家吃顿饭,他答应一声便挂线了。

"小乔。"组长过来,"辛苦一趟,把这份报批文件拿给孙老大签字。"

"孙老大"是采访部的头儿,孙卓,因父亲住院近日行踪不定。而新人跑腿天经地义,乔苑林说:"好,我下班就去。"

组长嘱咐:"务必签好,这可关乎去北京的出差费用。"

北京即将有大型会议召开,组里要抽几个人过去采访,乔苑林灵光乍现,倘若他能去,关于回家的事就能顺理成章地拖延一阵。

他的行动力一向卓绝,当即道:"组长,人选定了吗?我自荐。"

"还有上赶着出差的?"组长说,"尤其是跟会议,高强度特别受罪。"

乔苑林说:"没事,我在北京待了好些年,地方都熟。"

组长正愁派谁呢,答应道:"成,那你写申请吧,明早连同报批文件一起交给我。"

整理完资料,乔苑林下班了,在出租车上啃完午饭剩的汉堡,半路孙老大发来定位,若潭医院手术中心。

不愧是全市最高级的私立医院,比乔文渊他们医院豪华多了,哪哪儿都锃光瓦亮。乔苑林直奔心外科,走廊光线洁白,手术室上方红色的提示灯格外刺眼。

孙卓闭目坐在椅子上,衬衫褶皱,大脸盘子蒙着一层油光。乔苑林掉头去自助机买了杯咖啡,用香气将对方唤醒。

"嗯……来了。"孙卓眯开眼。

乔苑林麻利地递上文件和签字笔,问:"老大,你吃饭了吗?"

"手术结束再说吧,快六个小时了。"孙卓龙飞凤舞地签了名,"熬着呗。"

乔苑林不好马上离开,陪着一起等。老人动手术风险不低,况且是心脏,他感同身受地焦虑。

结果这一等走不了了，孙卓积攒了一大堆工作消息，把手机塞给他，口述大意，让他依次润色回复。

发完最后一封邮件，乔苑林都困了，见缝插针地说："老大，时间不早了——"

还没说完，手术提示灯猝然熄灭。

手术室的门打开，孙卓鲤鱼打挺，冲到门口急切地问："我父亲怎么样了？"

先露面的是一名护士，说："手术比较成功，老爷子年纪大了，晚点才会醒过来。"

乔苑林跟着松口气。这时，主刀医生迟一步走出来，倦容英俊，但表情略臭，白大褂折在臂弯，胸牌半遮半掩只露着一个"承"字。

"梁医生。"孙卓迎上去感谢。

挺真诚的，但梁医生一个字没听进去。这几天早见识了孙老头的麻烦，做完分内事，把那尊佛送入病房，他也没精力跟家属客套。

然而家属身边多了个人，让他更没办法敷衍脱身。

梁医生顿在那儿，既不回应，也不离开，看着几步之外的乔苑林，专注六小时的目光再度变得认真。

酒席重逢后，没想到是这样凑巧地再见。

乔苑林亦无防备，所幸成年人都修炼了一份从容，他拎上包，准备告辞。

梁承却抢先下了绊子，叫他："乔苑林。"

"啊？"孙卓问，"梁医生，你们认识？"

梁承根本没把同事的提醒放在心上，此刻才想起孙卓就职于电视台新闻部门，他猜出大概，择个道义上说得过去的答案，回答："我是他的，哥哥。"

孙卓以为是堂兄或表亲，直呼有缘，然后就去病房看老爷子了。

家属等候区只剩他们，窗外夜幕高悬，下眺是车水马龙的宁缘街，两个人第一次产生交集的地方。

梁承喉咙很干，不敢走开去接杯水，就这么粗着嗓子道："孙先生是你的领导？"

乔苑林"嗯"了一声。

上班还不够，要跑到医院陪着。梁承问："正式工作的感觉怎么样，累不累？"

乔苑林终于开口："还好。"

昔日的理想双双实现，梁承拿手术刀的右手握了握拳，说："上次匆忙没机会问你，这些年身体怎么样？"

"老样子。"乔苑林回答。

梁承说："今年夏天的体检做了吗？"

跟着入职体检一起做的，乔苑林道："谢谢关心，但我不是你的患者。天不早，我先走了。"

"正好下班。"梁承顿了一下，"我送你。"

乔苑林抿唇微笑，礼貌得像拒绝陌生人的好意，说："不用麻烦了，我们应该不同路。"

梁承望着乔苑林离开的背影，好像长高了，更挺拔利落，但消瘦的身形仍保持着一份少年感。

那辆二手摩托车辗转卖到了哪里，如今跑一单要多少起步费，五块钱一首歌究竟是亏还是赚？

体检结果如何，走出医院往东或往西，"不同路"里淡然和记恨各占了几分？

他一切无从得知。

之后乔文渊又打过一通电话，乔苑林明白躲不过了，周六早晨，拎着一篮水果去新家拜访。

高档小区，绿树连荫成片，附近是繁华的商圈。从婚礼到房子，乔苑林看得出来，他爸很重视这份感情。

但也不必在窗户上贴一排"喜"字吧，老远就把人闪瞎了。

乔苑林按门铃，开门的是贺婕，没化妆，长发松垮地绾在脑后，是他从小只在电视剧里见过的温柔。

贺婕笑着说:"快进来,路上热坏了吧。"

玄关好几平方,乔苑林一边换鞋一边环视四周,宽敞,厚重的美式风格,就是新房子没什么人气儿。

乔文渊从厨房出来,说:"排骨腌上了,鱿鱼切了花刀。"

乔苑林惊得险些吐一句粗口,他吃了十几年保姆做的饭,竟有朝一日见乔文渊下厨。现在跑还来得及吗?他问:"爸,你让我来,是吃你做的饭?"

"少阴阳怪气。"乔文渊解下围裙,"你要是懂得孝道,就该给我做一顿饭吃。"

贺婕极怕他们吵起来,安排道:"都坐下歇会儿,老乔,不是答应打下手吗?剥头蒜。苑林,今天尝尝我的手艺。"

餐桌是六人位,中间一道刺绣的桌旗,寻常人家摆花瓶果盘,这儿放着电子血压计、血糖仪和一大瓶消毒洗手液。

乔文渊当领导力求一碗水端平,不能厚此薄彼,问:"贺婕,你给梁承打电话了吗?叫他过来一起吃饭。"

"打啦。"贺婕说,"他够呛,有个特难伺候的老爷子一早找他,去医院加班了。"

乔文渊道:"再打一个,看他中午能忙完吗?"

贺婕去客厅拿手机,走开了,乔苑林不高兴地说:"不是叫我自己来吃饭吗?"

"都是一家人,人多热闹。"乔文渊以为他吃醋,"我肯定最疼你,行了,别拉着脸,去卧室看看有什么需要添置的。"

乔苑林根本没答应搬来,坐着不动。气氛逐渐尴尬,他从果篮里拿了个猕猴桃,故意弄得满手毛,去厨房洗手。

水流掩盖住脚步声,贺婕进来,体贴地递上一块毛巾。

"谢谢。"乔苑林擦干净,三两下将毛巾叠成四方的豆腐块。

贺婕看在眼中,说:"梁承还没忙完,过不来。"

这话稍显突兀,乔苑林凭直觉地问:"您是不是知道,我跟梁承以前认识？"

贺婕点点头，婚礼结束梁承告诉了她。犹豫数秒，她道："梁承说你知道他的事情，我挺惊讶的，因为那件事他绝不会对别人提起。看来，你们曾经很要好。"

乔苑林不去回想那段日子，否认道："不，我也只知大概。"

贺婕拿起猕猴桃，剥皮切片，漂亮地码成一碟，习惯成自然，拧开炼乳盖子淋了厚厚的一层，说："这样就不会酸了。"

说完，两个人都怔了一瞬。

乔苑林看着贺婕，梁承的妈妈，这么细致入微，慈爱贤惠，当年为什么没有出现？

"苑林？"贺婕叫他。

乔苑林摇了摇头，他还是无法忽略心里的那道坎儿，索性挑明："阿姨，你跟我爸结婚了，名义上你是我的妈妈，但我……做不到把你当成亲人。"

贺婕并不意外，柔声说："妈妈太神圣了，我不敢当，不过我会把你当我自己的孩子。"

"与你无关，是我的问题。"乔苑林不知对方能不能听懂，"我很久以前认识梁承，但都过去了，我没想过会重逢。而且他现在法律上是我的哥哥，我难以接受。"

贺婕全部理解，说："你不必为难，梁承永远是我的儿子，可在法律上他和你我并没有关系。"

"什么？"乔苑林有些蒙。

贺婕告诉他："梁承出生在我工作的产科医院，被亲生父母抛弃，我领养了他。"

乔苑林错愕地张着嘴。

"那年出事之后。"贺婕又说，"我跟他解除了母子关系。"

05

贺婕手艺不错,虽然这一餐没有多丰盛,但家常菜正是乔苑林不常吃到的。

发现他吃得慢,贺婕陪着一起放慢速度,搞得乔文渊无法催促,只得牢骚道:"婚礼那天吃那么快,以为你转性了。"

贺婕笑道:"这说明我做的饭菜值得细品。"

乔苑林不得不承认,他的抵触感在减轻,贺婕相处起来比想象中舒服得多。

吃过饭,乔文渊与贺婕出门散步,搬来不久,顺便熟悉小区的环境。

乔苑林独自待得无聊,去参观房间,除了书房和主卧,还空着两间卧室和一小间杂物房。大的那间有独立卫浴和衣帽室,小的那间有阳台,各具千秋。

墙上挂着一块飞镖盘,小男孩喜欢的玩意儿,乔苑林拈一支飞镖抚弄尾部的羽毛,回想贺婕在厨房说的话。

遗弃,孤儿,甚至梁承的亲生父亲都没有出现,唯一知晓的是生母姓梁。

贺婕无法生育,她的丈夫叫赵建喆,是一名律师,已不满她多年。她决定领养梁承,既出于同情,也想弥补膝下无子的遗憾。

可赵建喆并不喜欢这个与自己没有血缘关系的孩子,他们的婚姻每况愈下,在打输一场官司后,他第一次向贺婕实施了暴力。

家暴、虐待、清醒后的威胁,贺婕身为医生,医治不好自己的生活。梁承在这样的环境中长大,孤僻冷漠,早早成熟。他没安慰过贺婕一句,只会用脊梁为她挡住一切。

赵建喆的施虐对象渐渐成为长大的养子,梁承从不哭,也不叫,遍体鳞伤拎着书包就走。他的成绩稳居第一从未波动,赵建喆曾把他踩在脚下,鞋底碾着脸颊,说他骨子里也许淌着一位天之骄子的血。

这般生活持续到十一年前,某个夜晚,梁承去书房找一本书,不小心拿错赵建喆的一份工作资料。

赵建喆大发雷霆,比任何一次都要恐怖。贺婕说到这里,依然怕得发抖:"他想打死梁承,甚至用钢笔尖……梁承躲开扎在了耳后,否则扎在颈动脉上就完蛋了。"

乔苑林稳住思绪，问："只是因为动了一份资料？"

"应该是很重要的文件。"贺婕说，"那一晚梁承的伤口断断续续地流血，好久才止住，我在床边枯坐了一宿。"

第二天上班，贺婕偷藏了一把手术刀带回家。

那天注定要出事，只不过出事的人本应是她。

她痛下决心解决这一切，在赵建喆动手后，恰好梁承放学回来，为了救她，失手用手术刀将赵建喆杀死。

"我吓瘫在地上，好像也跟着死了。"贺婕说，"梁承将手术刀用保鲜袋装起来，报警自首，他换下校服，然后进书房一直等到警察上门。"

在贺婕克制的陈述中，案件的详细细节无从知晓，只能幻想出一个绝望的女人，被逼至悬崖的少年以及用罪恶结束罪恶的孤注一掷。

当年的沉疴过去太久了，剧痛，血流，在年岁的疗愈下如同梁承身上的疤，旁人难以感知，唯独当事者要背负一生。

入狱后，梁承要求跟贺婕解除收养关系。

一个杀过人的养子只会是拖累，他说两不相欠，希望贺婕开始新的生活，而他未曾幸福过的人生已无重来的机会。

八年前梁承走后，乔苑林他找过应小琼，也问过段思存，东拼西凑地了解过大概，今天才终于明晰。

他至此明白，梁承救他的那一天，呼噜过他的脸让他闭上眼睛，是因为不愿被他看到狼狈的伤痕。

赵建喆，似乎在哪儿听过这个名字，却模糊得完全想不起来。他默念着掷出飞镖，正中靶心。

乔苑林深呼吸，努力平复下来。

无论如何，当年的伤已不痛不痒，孑然如风的梁承也已拥有普通人的生活。

可能比普通人累一点。

两点多了,梁承刚在医院餐厅刷了份阳春面,想加一片叉烧都不赶趟。

万组长自备一包麻辣肠颠颠过来,分他半截,说:"梁医生,今天你也值班啊。"

"没,来看个患者。"梁承把肠泡进面里,"谢了。"

"跟我客气什么。"万组长往碗里倒醋,一边说,"是看孙老爷子吧,这就对了,他已经把手术前的投诉撤销了。"

梁承眼都没抬:"他投诉过?"

万组长问:"您能在乎一点点吗?"

梁承挑起一筷子面,显然不会在乎一个糟老头子。

万组长如数家珍地道:"老爷子说你扔了他的养生神药,损害他私人财产;讽刺他倚老卖老,不尊重老人;侮辱他愚昧封建,强迫他配合治疗。"

梁承道:"哦。"

万组长三十出头,发际线愁得快退到后脑勺了,说:"我多担心老爷子的家属闹意见,不过咱医术真是没得说,手术这么成功,孙先生亲自帮老爷子撤销了投诉。"

梁承却知原委,熊孩子跟家长纵容脱不了干系,熊老人也离不开子女的愚孝。

老头任性地转了三家院,孙卓都没管,撤销投诉不是认为老父亲有错,也不仅是感谢手术成功,而是还有事跟他商量。

碗中只剩清润的汤底,梁承放下筷子,抬眼见孙卓本人走过来。

"梁医生。"孙卓拿着一包荔枝,"今天跑一趟辛苦了,吃点水果。"

这片是职工餐厅,刷卡进出,梁承说:"没点无孔不入的本事,是不是当不了新闻工作者?"

孙卓笑道:"我这不是不死心嘛。"

"但我没兴趣。"梁承说。

"再考虑下。"孙卓不卑不亢,"这事有利无害,多少再考虑一下。"

梁承擦擦嘴,念在对方是乔苑林领导的分上,咽下不留余地的拒绝,委婉地回答:"吸烟百害无一利,可有人就戒不了,所以凡事不能光看利弊。"

孙卓没再纠缠，还说了声"慢走"。

宝贵的休息日折损大半天，梁承下午往乔文渊和贺婕的新家跑了一趟，认认门，到的时候乔苑林已经走了。

某种意义上记者和医生有一定的相似性，乔苑林是被同事一通电话叫走的，突发新闻，私人时间说没就没。

奔波采访了两三天，市卫生局、几大市场、乡下街道……乔苑林熬得蓬头垢面，一双白球鞋走得几乎报废。

回台里交资料，他经过镜面装饰一看，不禁扪心自问：这兄弟谁啊？

同事们也惊了："好家伙，还指望你当二组的组草呢！"

乔苑林回家休息，正好姚拂去看他，洗完澡，面膜精华给他招呼了一脸。

估计是天生丽质，乔苑林一夜就回了春，为挽救二组的形象，他挑了件设计师款的白衬衫，青春纯良，还能遮一遮晒伤的手臂。

难得不那么忙，新闻人从不展望假日，只抓紧眼前的机会自我犒劳。临下班，资历最老的祥爷发话了，说："今天人齐，该交的都交了，咱们聚个餐怎么样？"

梦姐问："谁请客啊？"

管钱的张彰说："组里的经费就够吃顿盖浇饭，看哪位活菩萨愿意大发善心。"

他们常在外面跑采访，免不了吃喝，组长和前辈们都请过很多次，乔苑林从工位扬起头，冷不丁地道："我请大家吧。"

"你甭凑热闹。"祥爷摇着折扇，"聚餐不比平时，你挣钱了吗就请客？"

乔苑林说："我是新人，一直想谢谢大家对我的照顾，而且月底就发工资了，就当庆祝我留在新闻中心。"

王安起哄道："小乔他爸是院长，人家富二代，能请不起一顿饭吗？"

乔苑林说："你吃撑了，还能请你去看病！"

嚷嚷着定下来，大伙凑一堆商量上哪儿去吃，乔苑林懒得去隔壁找，就给雷君明发微信：师兄，我今天请客，你也一起来吧。

雷君明回复：你们二组聚会，我就不去了。

乔苑林：反正都认识，这段时间你照顾我最多了，我想谢谢你。

雷君明：你要想谢我，那就改天单独请我吃饭。

乔苑林没多想，回道：好，没问题。

按下发送，梦姐叫他："小乔，我们订好啦，吃海鲜！"

"成，餐厅叫什么名？"乔苑林打算订位子。

王安回答："当然是口碑最好的，红火这么多年的那家，小玉海鲜汇！"

商圈到了夜晚繁华升级，霓虹灯下尽是年轻人的面孔，下了车，乔苑林抬头看餐厅硕大闪耀的招牌，心情难以言喻。

餐厅内装潢典雅，早已闻不到咖喱锅的气味，包间和大桌都订完了，只剩一张靠窗的卡座。

乔苑林看宾客满座的大堂，推杯换盏没一刻冷清，海鲜珍馐，也再无咖喱煮香菜的销魂味道。

点好菜，祥爷要了几瓶啤酒，每人倒一杯，祝贺乔苑林正式成为记者二组的一分子。

海鲜汇的一大特色，选当日品质最好的海鲜作招牌，今天是鲜蒸石斑。乔苑林想起一个人，说："负责进货的一定是行家吧。"

王安笑道："废话，都是老四亲自选的。"

乔苑林问："你知道老四？"

"谁不知道啊。"张彰说，"加勒比老四，几百万粉丝的自媒体，记录出海、选货、海鲜科普，还是这儿的采购经理。"

乔苑林攥着一条蟹腿忘了啃，八年，真的发生了好多事情。

梦姐说："做自媒体那么赚钱，他怎么还待在餐厅打工啊？"

"这你不懂了吧。"张彰神秘道，"因为他和老板关系匪浅，跟亲兄弟一样，而且老板据说有黑道背景。"

组长说："瞎编，老板是女的，叫应小玉。我见过一次，跟天仙似的。"

祥爷道："小张没瞎编，这是姐弟店，另一个老板叫应小琼，好多年前在道上混的，还背着条人命，坐过牢。"

乔苑林打岔："菜够吗？要主食了吗？"

组长把菜单拿给他，问："祥爷，你没唬我们？"

这帮人正经采访还不够，揪住一条坊间传闻也能研究得跌宕起伏。祥爷满上啤酒，绘声绘色地讲起应家姐弟的故事。

他们是孤儿，都生得漂亮，相依为命。应小玉被人欺负过，寻过死，为了应小琼才咬牙坚持，从卖鱿鱼的小摊子做到如今的事业。

应小琼为给应小玉报仇，葬送几年青春，出狱后开了要债公司。手下三十多号弟兄，老四是头号。不过近些年安心经营餐厅，金盆洗手了。

乔苑林扑哧乐出声，三十多号，夸张得翻了十倍，而且老四只能算二号，头号那位才是金盆洗手了。

后面的传言他没继续听下去，瞧窗外的景儿，街市萤火流黄，和杯中的啤酒类似颜色。碰杯时他浅抿，没入口，严格来说至今没真切地尝过酒。

喝一杯，应该无妨吧。

乔苑林默默地喝光一杯啤酒，很平静，年少时当成波澜壮阔的大事来着。他笑，探出舌尖将杯口残留的泡沫一卷，竟有点像吃奶油。

谁也没注意他，饭饱散场，他磨磨蹭蹭地落了单，用热毛巾捂一下脸，借须臾的清醒去前台结账。

他点开付款码，结果变成扫码模式，问："不是你扫我吗？"

服务生说："是的，先生，我扫您。"

乔苑林关掉，再点开，手和眼不受管教，在重影的页面上永远戳不对位置。排在后面的人催他快点，他想反驳却舌头抽筋哼哼了两声。

头晕，犯困，乔苑林下意识地摸便携药盒，身体沿着台子往下滑，忽然一只手将他拽了起来。

腕上的大金表光彩夺目，乔苑林嘟囔："这品味，跟应小琼有一拼。"

"谁？"应小琼在办公室窝久了，出来放个风，见顾客喝多趁手扶一把，他端起乔苑林的脸，"小乔同学？！"

乔苑林摇摇欲坠，结巴道："应、应哥，给我打折。"

应小琼来不及惊讶,把乔苑林就近扶到前台里边,放在椅子上,乔苑林咣唧就趴下了,再问话就只会哼哼。

服务生说:"应总,这位帅哥还没结账。"

乔苑林趴着,瓮声瓮气地说:"你不扫我,我没办法啊。"

应小琼好奇地看了一眼账单上的酒水和餐具,恨铁不成钢地道:"六个人点四瓶啤酒也能醉,怪不得梁承当年不让你喝。"

乔苑林倏地抬头:"不许提梁承。"

"为什么?"

"就不许。"乔苑林威胁道,"否则我曝光你是黑、黑店。"

应小琼不屑地一笑,走到一边的落地花瓶前,拿手机毫不犹豫地拨出梁承的号码,几声后接通。

"喂,应哥?"

"来接个人,不然我只能报警了。"

半小时后,梁承开车赶到,身着T恤运动裤,短发稍乱,接电话时刚洗完澡。

梁承大步流星地冲进大堂,在前台找到枕着刷卡机打盹儿的醉鬼,那些年作业写得晚了,他趴在桌上就是这样的姿势。

"别看了,人又跑不了。"应小琼说,"还没结账呢。"

梁承像从绑匪手里赎人,没问价格,刷完卡看了一眼扣款信息,两千四,问:"他跟朋友一起来的?"

"同事聚餐吧,六个人。"应小琼说,"行了,带走吧。"

梁承走近,捉住乔苑林的肩膀,挺括的白衬衫下骨骼仍旧纤细,他不敢使劲,将人慢慢扶得直起身。

乔苑林无处依靠,软着腰往前倾,一头撞在他身上,还恶人先告状地说:"怎么回事啊……"

梁承托起那张脸,发现酡红蔓延至额头,鼻梁冒汗,醉眼蒙眬地分辨他。他怕乔苑林看清楚,想伸手去遮。

不料还未动作,乔苑林像那年发烧吃药,低头栽进了他的掌心。

CHAPTER
09

第九章

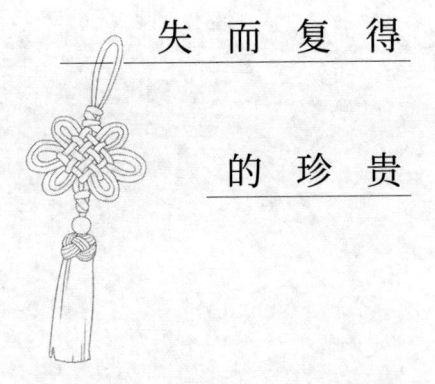

失而复得

的珍贵

从英国回来，平海的变化算不上天翻地覆，
却也陌生了许多。
他安顿下来，在妇幼找到贺婕，
在吉祥路找到应小琼和老四，在医学院找到郑宴东。
唯独找不到乔苑林。

01

越野车底盘高,梁承半托半抱把乔苑林弄上了副驾驶座。

"我不坐。"乔苑林往外钻,"……我不坐金杯车。"

梁承怔了一下,他把人糟践出了心理阴影吗?他说:"没有金杯车,这不是面包车。"

乔苑林扭头瞪着方向盘上的车标,不闹腾了,转回头似是巴结地说:"应哥,你开奔驰了……你和老四都发达了,可得罩着我啊。"

梁承趁人迷糊,问:"那梁承呢?"

乔苑林眉头微蹙,大约忍着天大的不痛快,一张口连呕带咳。梁承拧开矿泉水瓶盖,捏着下巴给他喂了两口,说:"我都让你想吐了?"

"不能吐。"乔苑林嘟囔道,"饭钱挺贵的。"

梁承感觉在和当年的小屁孩儿对话,说:"现在你吃到了好吃的,高兴吗?"

乔苑林一扬手,差点甩梁承一巴掌,然后愤愤不平地道:"高兴什么啊,他们吃得真快……龙虾我就尝、尝了一口,根本没吃饱。"

梁承给他系上安全带,关上车门,返回餐厅大堂打包一份虾仁烩饭加豆奶。

八年前的豆奶价格没变,利薄货少,应小琼亲自去冰柜拿了最后一盒,啧啧道:"都过去这么多年了,你确定人家还好这一口吗?"

梁承挑刺道:"你们餐厅涨价是不是太多了?花两千多都吃不饱。"

"这年头什么不涨啊。"应小琼的风凉话赛过中央空调,"咱们岁数还涨了呢,当年的高中生都参加工作了,没准儿恋爱都谈过好几回了。"

梁承拎上外卖,说:"那你抓紧,毕竟三十多了还没脱单。"

应小琼缺德道:"起码不像有些人,快三十了还没脱敏。"

梁承这一把完败，回到车上。乔苑林歪靠车门陷入"昏迷"，第一次喝酒，上头上脸，脖颈艳过霓虹色，燥热，时不时在玻璃窗上乱蹭。

汽车刚发动，乔苑林立刻就在身前一阵摸索，直至握住安全带。少年已经长大，某一刻闪现如初的情态，一时叫人有些恍惚。

梁承伸出手，蜻蜓点水地触碰乔苑林的发梢。他不知道乔苑林住所的地址，如果擅自带回他那儿，酒醒后尴尬不说，恐怕对他也会更加抵触。

梁承看到街角路标，忽然想到乔文渊和贺婕住的小区就在附近，家里药物齐全，就算乔苑林醒来赶他走，好歹还有人照顾。

乔家的房子是在一楼，乔文渊和贺婕正在客厅看电视，听见车响，临窗一瞧，就见梁承扶着不省人事的乔苑林下了车。

乔文渊当即想到最坏的情况，瞬间一头冷汗，遥控器直接扔在地上，一个箭步冲到玄关推开门。

贺婕追来，问："梁承，怎么回事？苑林这是怎么了？"

"没事。"梁承说，"他在我朋友的餐厅跟同事聚餐，喝多了。"

酒味浅淡，乔文渊重重地舒了一口气，从医几十年，见证无数生生死死，却在刚刚差点被亲儿子把这条老命吓没。

进了屋，乔苑林被灯光亮得醒过来，半挂在梁承身上，问："这谁家啊……"

乔文渊的脸色难看至极，说："梁承，你松开他，让他自己站着。"

贺婕急道："你现在发脾气孩子又听不懂，先让他休息，好不好？"

"他能耐大了，明知身体不好，跟人学喝酒！"乔文渊生气地说，"休息，让他去，谁也别照顾！"

乔苑林迈着碎步挪到乔文渊面前，表情无辜，仿佛下一秒就要认错求饶，结果他反问："乔文渊，你喊叫什么？"

乔文渊一把摘下眼镜，瞪着这个不孝子，"我当不了你爸了，谁愿意当谁当！"

"你吼什么吼！"乔苑林酒壮尿人胆，"你不就是个副院长吗？你很牛吗？好几年不管我，你怎么当爹的？爱当不当！"

乔文渊要吐血了:"你是不是要造反?"

乔苑林说:"你根本不爱我!就会命令我,爱我就给我买辆车,我也要开大奔!"

梁承:"……"

乔苑林骂完老爸,掉头看贺婕,情绪愈发奔涌地说:"还、还有你,你调走后给我打过几通电话啊?你永远在忙,有空再婚、生孩子,就是没时间理我!"

贺婕知道他认错人了,将错就错地说:"苑林,不是这样……"

乔苑林越说越委屈,力气耗尽,也蔫儿了:"你有了健康的孩子,就嫌弃我了是不是……你们都不在乎我。"

他趔趄地转过身,被梁承扶住,抬起头,可怜中透着呆憨,说:"帅哥,你给我评评理。"

这一场家庭伦理剧散场,乔文渊吃了片降压药,后半夜才睡着。贺婕事不关己,却也辗转难以入眠。

梁承把乔苑林抱进卧室床上,拧毛巾的工夫就响起鼾声,总算乖了,给他解衣擦脸,揩过眼皮时一抖,颤巍巍地睁开。

乔苑林盯着他,如梦如醉,在陌生的房间里,如旧的两道气息,分不清是八年前还是八年后。

"哥。"他低喃。

梁承将毛巾攥出淋漓的水,透过指缝滴在地板上,他回应:"嗯。"

乔苑林只说了这一个字,然后失去意识渐渐睡熟,轻鼾听久了像呜咽。梁承守在床边,一直到热毛巾变凉干燥,晨曦驱逐了月光。

六点,工作日的闹钟准时响了。

乔苑林缓缓地睁开眼,头有些痛,看见水晶吊灯、波纹石膏线和墙上的飞镖盘,才发现这是新家的卧室。

关掉闹钟,手机有几条未读消息,都是同事问他到家了没有。

乔苑林努力回想,昨晚聚餐,他喝了一杯啤酒,结束后留下付账……打开支付账单,他有点蒙,为什么没有付款记录?

难道他钱不够,餐厅给乔文渊打电话,乔文渊把他赎了回来?

乔苑林宛如失忆,聚餐后的事情彻底断片了。洗漱干净后,他拎上包小心翼翼地走出卧室,打算随机应变。

餐厅里,乔文渊正襟危坐,脸比锅底还黑,贺婕也是没睡好的模样,桌上摆着刚买回来的豆浆油条。

乔苑林试探地问:"早餐有我的份儿吗?"

"当然有了。"贺婕说,"还有一份打包的虾仁烩饭,你吃吗?我给你热一下。"

乔苑林看见桌上的豆奶,愣了愣。这时梁承从另一间客房走出来,天快亮时眯了片刻,眼下泛青。

四口人聚齐的第一餐饭,气氛严肃,乔文渊吃了两口便放下筷子,问:"你酒醒了没有?"

乔苑林心虚地道:"嗯,醒了。"

乔文渊下最后通牒,说:"你也别拖了,这两天就搬回来。"

乔苑林惊讶于居然没挨骂,而且从他爸的语气中听出了一丝无奈。

"有委屈可以说,以后不许再喝酒。"乔文渊语重心长地道,"我以前没照顾好你,以后一家人在一起,日子还长。"

乔苑林受宠若惊地道:"我知道了。"

"你想要车,这周末就去看看,但你刚毕业,开奔驰太过招摇。"

乔苑林把豆奶捏得滋出一条线。他昨晚到底干什么了?他爸不但不生气,还要给他买车?

贺婕也劝道:"苑林,这是你的家,回来住吧。"

长辈一放软,乔苑林根本硬不起心肠,再让甜甜的豆奶一灌,稀里糊涂地点了点头。

乔文渊放下心,对梁承说:"小梁,你事业有成,不用长辈记挂,但是愿意的话也可以搬来。"

梁承说:"不了,我自己习惯了。"

"反正你随时过来住，当成自己家。"乔文渊道，"昨晚幸亏你把苑林送回来，不然让他在外面撒酒疯，够丢人的。"

乔苑林猛地抬头。梁承送他回来的？

乔文渊说："这么大个人懂不懂礼貌，一句谢谢也不说。"

乔苑林想不起具体发生过什么，又窘又晕，起身道："我不能迟到，先上班去了。"

出门看见那辆奔驰，乔苑林脑中隐约浮现出一些画面。车灯一闪，他回过头，梁承在后面打开了车，说："先送你。"

乔苑林瞥见车钥匙上的平安结，褪色严重，寒酸得令人嫌弃。

梁承却握着，说："先送你，不同路我就绕路。"

一路上音响唱了五首歌，到电视台大门口，梁承熄火，一下子静了，车门落锁的声音特别清楚。

乔苑林问："你干什么？"

梁承掏出手机，打开微信二维码，说："扫码，加我好友。"

乱七八糟的旧事全涌上来，赛过酒劲儿，乔苑林原话奉还："没这个必要吧。"

早在重逢的第一面梁承就料到这句回答，所以等到现在，说："你们昨天聚餐的饭钱两千四，加完转给我。"

乔苑林："……"

梁承彻底把路堵死："我没有支付宝，卡号不记得，现金需要验钞。"

乔苑林脑袋瓜嗡嗡的，迫于欠债还钱的道德束缚，拿手机扫码，弹出的头像是一只白色小狗，他百味杂陈，迟钝了半分钟才发送申请。

在那个夏天消失的人，重新出现在列表顶端，他转账两千四，说："现在可以开门了吧？"

梁承解开车锁："去吧。"

他目送乔苑林进入电视台大楼，揣起手机。当初删除是他，如今要加回来也是他，行为无赖，方法幼稚，比当年更气人。

整个早晨，乔苑林经历了各样情绪，混合后，呈现出一种茫然无措的状态。

手机响，二房东短信提醒他公寓即将到期，请提前续约。他没回复，烦得抓后脑勺，恨不得立刻出差逃离现实。

组长乐道："干吗呢？衣服也没换，昨天没回家啊？"

乔苑林支吾道："回了……"办公室空着一半，他环顾发觉摄影组也少了两个人，"哎？梦姐和王安怎么没来？还有祥爷。"

组长说："中午的航班飞北京，他们上午就不过来了。"

乔苑林一脸震惊，今天出差，怎么他没有接到通知？

这时，孙卓拎着公文包，握着一杯拿铁，挺精英范儿地走进来，到办公室门口，说："小乔，来一趟。"

乔苑林忙收拾了仪容，进去关上门，恰好孙卓呷了口拿铁，随手放在一张眼熟的纸上。他定睛一看，居然是他的出差申请。

"哦。"孙卓抽出来，"你们组长批了，被我驳回了。"

低情商的人才向领导问为什么，乔苑林忍住心痛，高情商地问："老大，您有别的指示？"

孙卓撂给他一份文件，是初步策划，说："我要做一档针对医务人员的采访特辑，其实早就有想法了，我爸生病耽搁了一阵。"

按照一般流程，要确定资质、调查背景、风险预估，进而筛选全市医院，最后与相关负责人交涉。

而乔苑林越级从孙卓嘴里听到这个计划，便猜到目的："您想让我参与制作？"

"聪明。"孙卓回答，"而且我已经有合适的人选了，你猜是谁？"

乔苑林心想，他认识？不会是乔文渊吧？

孙卓道："我觉得梁医生不错。"

乔苑林眼前一黑，这太离谱了。以梁承的性格不可能上节目接受采访，况且他出过事，成为公众人物万一被扒出前科，会有无尽的麻烦。

孙卓说："其实我之前跟梁医生提过了，他说没兴趣，毕竟是出身名校的青年才俊，傲了点也能理解。"

乔苑林趁势道:"既然他拒绝了——"

"所以我打算叫你试试。"孙卓打断他,"你去劝劝,兄弟嘛,看得出来他很疼你。"

乔苑林差点质问,你哪看出他疼我的啊?

不等他反驳,孙卓软中有硬地说:"这是你入职后我给你的第一个工作任务,咱们部门不好进,小乔,让我看到你的能力和价值。"

乔苑林哑口无言,这行论师徒,孙卓夸他是棵好苗子,同批新人分配到电视台直属单位或其他部门,只有他留在新闻中心,他当然不想让对方失望。

乔苑林从办公室出来,闪进茶水间灌了一大杯白水。

他答应了孙卓,但不能保证成功,事实上他笃定梁承会拒绝,而他自己也不希望梁承参与进来。

孙卓却没松口,祝他圆满完成任务。

乔苑林打开微信,是直接说还是约出来?唉,本想酷一点的,等梁承收完钱就拉黑,这下还得他主动联系,点开小白狗的头像,显示两千四没接收,他找到开场白,问:你怎么没收钱?

梁承很快回复:我收了是不是你就打算拉黑我了?

乔苑林被猜中心思,说:你到底收不收?

梁承:就先欠着吧。

乔苑林正事憋着说不出口,又想发脾气,一行字反反复复地编辑再删除。

梁承:输入八百字了,你写新闻稿呢。

乔苑林情急之下,胡诌道:我是想问……你的车什么型号?

许久没回复,梁承应该是去忙了。

乔苑林当真写了一天稿子,每逢孙卓进出,他都把头埋得极深,生怕再被叫过去吩咐些奇葩事。

熬到正点下班,他磨蹭到最后一个才走,夕阳无限好,门卫亭的大爷都跑出来看景。

"你接谁啊?不加班的都走光了。"大爷跟人闲聊。

那人说:"不清楚加不加班,来碰碰运气。"

大爷热心地道:"哪个部门啊?叫什么?我给你打电话问问。"

乔苑林走出来,数年如一日的余晖下,梁承背靠车门懒洋洋地插着兜,瞧见他,跟大爷说:"您费心,我运气还不错。"

走近了,乔苑林明知故问:"你来干吗?"

车身清洗过,梁承回答:"车的型号我忘了,开过来再给你看看。"

02

梁承正经地讲了一路汽车性能,乔苑林听得犯困,他将音响调大,黄昏电台的每日情歌正好播放到尾声。

刘若英唱道:"可惜你早已远去消失在人海,后来终于在眼泪中明白,有些人一旦错过就不再——"

梁承伸手关掉,也不讲了。在不算美好的回忆袭来之前,他移开话题:"饿不饿,晚上一起吃饭?"

乔苑林情绪不明,说:"不了,我要回家收拾东西。"

早晨答应搬进新家,那就不拖了,下班前他回复了二房东不再续约,对方让他尽快腾空房子。

把乔苑林送到小区楼下,梁承跟着一并下车,当年一屋子乱扔的球鞋和领带还残存在他印象里,他说:"我帮你搭把手吧。"

乔苑林其实不需要,但没说什么,他要找机会谈一谈关于参加节目的事。

房子在十五楼,一室一厅,精装,因为毕业回来只租了几个月,没添置多少物件儿。乔苑林从冰箱拿出两瓶纯净水,像招呼寻常朋友,说:"坐吧。"

梁承环顾一遭,不得不承认房间比他想象中整洁得多,至少明面上干干净净,连个饼干包装纸都看不见。

茶几上放着几本专业书,七八张写满笔记的A4纸,乔苑林归置成一沓,然后去阳台收下晾干的衣服。

沙发仅能容纳三个人,这一大团衣服横亘在他们之间,乔苑林拿起一件,两手轻翻叠得方正整齐。

梁承沉默地看着这个当年连油瓶子倒了懒得扶、厕所堵了还嫌皮搋子脏的高中生，在他离开的岁月里成长、改变，早已不是一个小屁孩儿了。

倏地，乔苑林抬眸瞄来一眼，轻快，赧然，倒和年少时"有话不好意思说"的模样如出一辙。

梁承便也像以前那样，问："有事？"

乔苑林舔了一下唇珠，领导之命不可违，他正式提起节目的事情，说："我们要做一档采访特辑，关于医务人员的，想邀请你参加。"

梁承道："哦，孙卓跟我提过，我拒绝了。"

乔苑林"嗯"一声，他真的劝不出口，就这样吧，至于孙卓会有什么反应，明天上班再说。

后背有点硌得慌，梁承动弹了一下，说："怎么，你领导派你出马？"

"我就是随便问问。"乔苑林道，"我猜到你不感兴趣，孙老大不听。"

梁承直击重点："完不成任务你会受惩罚吗？"

乔苑林也不知道，但面上游刃有余地说："没事，不至于。"

A4纸被风吹动，梁承隐约看成了一份演讲稿，一腔热血竞选部长，就为了帮他争取一份安稳的工作。如今成为职场新人，怎么能再因为他受罪？

"跟你们领导答复吧。"梁承说，"我答应了。"

乔苑林难以置信，梁承居然答应了，并且这么轻巧简单，搞得他不知道该阻止还是该感谢。

而梁承实在硌得受不了了，从背后摸出一本巴掌大的口袋书，《在地铁与你热吻》，非常直白的爱情小说。

房东留下的，乔苑林睡不着的时候就读过两页，催眠挺好使。

梁承翻开，"地铁一号线，我和你，拥挤中追逐的花瓣一样的粉色的嘴唇……"定语真长，但他认真看完，还翻页了。

"将恋爱当成一道地铁，过站不候，抓紧才有机会。"梁承品读着这一句，想起应小琼说的风凉话。

忽然，他漫不经心地问："这些年过得好吗？"

乔苑林一愣，这样寒暄的口吻让他犹豫，问道："你指哪一方面？"

"朋友。"梁承道,"有没有交到真心的朋友?"

乔苑林抿住唇,当年把他的真心和尊严都摧残成渣了,现在却云淡风轻地探寻这些,他掐着手里的衣服,用力地说:"嗯,交到了。"

梁承问:"真的?"

乔苑林说:"你刚走我就找到了。"

梁承合上书,看他,推测道:"那应该是和德心的同学?"

"就我同桌。"乔苑林捋了一下头发,"实不相瞒,你对我打击很大,你走之后我难过得头发都白了一根。"

梁承问:"后来呢?"

"后来被我同桌拔了。"乔苑林道,"他花了一个月零花钱送我一盒营养液,老山参的。"

梁承说:"那你们现在呢?"

乔苑林猛地松开手,将掐出皱痕的衣服放在他们之间,回答:"这不重要。"

黑夜和沉默一起毫无声息地扑来,梁承神色如常,甚至伸手抚平那道褶儿,待乔苑林鼻息平静,他暗含拆穿地问:"那为什么现在不联系了,因为那人去加拿大了?"

"呃……"乔苑林先是语塞,又觉奇怪,"你怎么知道?"

手机铃声不合时宜地响起来,医院打来的,梁承接通,听了两句便从沙发起身,走到门口挂了线。

乔苑林见惯乔文渊被一通电话叫走,无论何时,便说:"开车小心。"

梁承叮嘱他:"嗯,早点休息。"

天色漆黑一片,梁承拉开车门,走之前抬头望了一眼十五楼的灯光。

从英国回来,平海的变化算不上天翻地覆,却也陌生了许多。他安顿下来,在妇幼找到贺婕,在吉祥路找到应小琼和老四,在医学院找到郑宴东。

唯独找不到乔苑林。

旗袍店关门了,小楼通过中介卖掉,新房主不知道王芮之搬去了哪里。德心中学的学生更换七八届,段思存早已辞职,当年国际班的学生留学的留学,移民的移民。

上班路上，梁承提早出门，绕到德心中学的大门口停留一会儿，校服款式更改，但每天依旧有学生排着队系领带。

一张张蓬勃的面孔都不是乔苑林，没他眼睛漂亮，没他那么磨蹭又缺心眼儿，当着风纪老师咽下最后一口面包。

原来在校门口等人是这般滋味，乔苑林在七中尝过，梁承也终于知晓了。

遍寻不到，他可以一直找下去，就留在这里，等乔苑林重归故土。可如果乔苑林发生了任何不测……他没有胆量往下想。

驰骋回医院，梁承狠踩油门滑过一片长街，都好，怨恨或无所谓，怎么都好，至少现在乔苑林活生生的，看得见摸得着。

那本爱情小说被放回了书架。

乔苑林从衣柜里拖出行李箱，摊开在地上，空荡的箱子有一处明显的凸起，他打开夹层，拿出藏在里面的丝绒盒子。

那粒纽扣保存得很好，跟着他去北京，香山故宫，前门后海，五道口都走遍了。北京真的好大，茫茫人海水泥森林，能掩没一切，况且是一个漂泊不定的人。

他千万次对自己说，到此为止，不要再找了，可下次擦肩他还是会回头。

直到千万次地落空，他终于停下，回到这片梁承说"永远不会再回来"的地方。

可是为什么，梁承又回来了？那月台上说过的话究竟算不算数？是否只有他被捆缚了近三千个日夜？

乔苑林平躺在床上，双肩瑟缩，蒙在被子里混乱地睡着了。

凌晨两点，梁承还在医院病房，病床上躺着一个小女孩儿，刚三岁，压着被子的小手因病呈现杵状指，是完全性腔静脉异位引流，情况不太好，原定下周的手术提前到两天后。主刀的老专家需要休息片刻，半小时后继续会诊。

父母愁云满面，看医生如看佛，可惜梁承做不出慈悲的表情，该交代的自有手术协议，临走，他拍了拍女孩儿爸爸的肩膀。

"梁医生……"对方语态乞求，多想讨一句定心的安慰。

梁承说："天命未知，大家就尽人事。"

乔苑林搬进了新家，贺婕好夸张，撺掇乔文渊过年似的包了一顿饺子，四人份，但梁承抽不出空过来。

饺子剩了一堆，第二天做成煎饺，可惜梁承还是没空。

节目的事孙卓很满意，乔苑林拿到详细的策划方案，这套采访特辑与传统选择不同，包含私立医院医生、法医、整容医师、兽医等。

梁承是打头阵的第一辑，用孙卓的话说，技术拔尖，履历优秀，高大英俊，简直是不二人选，仿佛在挑老公。

记者组要先做资料采集，乔苑林让梁承答应立了一功，这事自然又落到他头上。

二组人手紧张，他问："老大，我自己去？"

"在一组给你借了个帮手。"孙卓说，"你们不是校友嘛，小雷主动提出过来帮忙。"

两天后，乔苑林早晨直接去了若潭医院，脖子上挂着单反相机，一边走一边拍。原来医院侧面有个疗养花园，还养着黑天鹅。

梁承就去单位接了他那一次，这几天再没露过面，昨晚发消息，让他今天到了去心外科就行。

刚七点，乔苑林不慌不忙地在花园逛了一圈，跟住院的老头老太太们聊了几句，有个大爷在做引体向上，实在不像有病的。

手机振动，梁承发来问：几点到？

乔苑林回：已经到了。

梁承：在哪儿？

乔苑林编辑一句"你也到了吗"，心想上班这么早啊，他从侧门进入门诊大楼，到电梯前按下发送。

降至一楼的电梯缓缓拉开门,梁承穿着湖绿色的手术服,脸庞消瘦一圈更显锋利,这些天忙得几乎没回过家,昨晚在更衣室睡的。

也几乎没笑过,抬眼看见乔苑林,他缓缓带了零星笑意,说:"到了,进来。"

医院的电梯宽大得能容纳一张病床,装他们俩有点浪费,乔苑林却觉局促,想后退一步,偏偏梁承凑近要看他的相机。

"我没拍什么。"乔苑林咕哝道,淡淡的酒精味包裹着他。

电梯门即将闭合,有人跑过来赶上最后一秒,门又打开,对方拎着两份肯德基的早餐走进来。

梁承默认是病患或病患家属,帮忙按电梯,问:"你去哪个科?"

雷君明看过梁承的照片,笑起来,礼貌地说:"您就是梁医生吧,我是电视台新闻中心的记者。"

"我们一起的。"乔苑林介绍道,"他是我师兄,雷君明。"

梁承扫过那两份早餐,又琢磨了两秒,问:"你们单位,管同事叫师兄?"

03

乔苑林解释:"我们是大学同学,我小一届。"

雷君明只大了一届,但气质沉稳,再加上文质彬彬的长相,一看很像个有经验的职场前辈,道:"苑林参加了学校的新闻社,我是副社长,一来二去就熟了。"

他说完递上早餐,乔苑林接住,说:"谢谢师兄。"

梁承抱臂环在胸前,绷起顺畅的肌肉线条,提醒道:"最好不要在门诊楼吃东西,不卫生,明天我带你们去职工餐厅吃。"

"是我欠考虑了。"雷君明不好意思地说,"太麻烦梁医生了。"

电梯数字跃升,到心外科,门开后梁承率先迈出一步,回头看乔苑林,用问句来回答:"你没告诉同事我是你哥?"

乔苑林满脑袋黑杠,再婚家庭,继兄弟,细究下来法律上还不算数,他怎么可能跟别人说?

此刻解释反而奇怪,他含混地点了点头。

"所以不用客气。"梁承有股自己地盘谁也弄不住的劲儿,既痞,还端着,"走吧,转一圈。"

墙上贴着总索引,乔苑林拍了一张,忽然想起德心中学的手绘地图。他带梁助教逛实验楼、教学楼和图书馆,现在换成梁医生催促他快一些。

"医院每一层都比较大,分 ABCD 四个区。"梁承边走边说,放慢脚步等乔苑林追上,"心外科位置好,楼下检验超声功能采血,楼上 CT/MR 诊断,临床药学室,都好找。"

梁承把每间诊室都带到了,当班的医生都打了招呼,资深的,年轻的,实习生,还有消毒经过的清洁阿姨,凡是喘气的都没放过。

几人到了办公室,梁承的桌子格外好认,纤尘不染,一丝不乱,桌角摆着一盆顶部开花的仙人球。

对面桌的医生姓胡,补觉刚醒,说:"哎哟,我的梁哥,你怎么还没回家?"

梁承玩笑道:"忙着上电视。"

"牛,果然成功人士都不用睡觉,我一晚夜班就想死了。"胡医生拿起手机,"快车到了,我撤了啊。"

梁承将白大褂穿在外面,戴上手表,昼夜不分地连轴转之后,他其实今天休息,七点钟应该交班回家。

雷君明主动道:"只是做资料采集,梁医生您不用全程陪着我们。"

梁承从抽屉里拿出开会专用的笔记本,他确实要告辞一会儿,上午有个食管鳞癌新辅助放化疗的研讨会,他要去听一听。

"会议大概两个小时。"梁承说,"我结束就回来。"

乔苑林问:"我们能去病房吗?"

梁承说:"我给你们找了个人,尽管问他,他都熟。"

说曹操曹操到,万组长敲门进来,为了上镜特意烫了个头,结果没见摄像机,失望得不要不要的。

两人在门诊部拍了一些照片后,万组长带他们到住院病房。经过护士站,有两名住院医生也在，乔苑林想了解一下大家对梁承的看法。

不知是同事情深，还是为了医院形象，大家对梁承一顿猛夸。万组长最不害臊，说："梁医生是心外一哥，若潭院草，我凭良心说的，绝不胡扯。"

乔苑林无语地道："我们是采访节目，不是偶像剧。"

刘护士说："节目立意都要求正能量，我们懂的。"

雷君明一直在拍照，闻言便掐住话锋，问："难道关于梁医生，有不那么'正能量'的一面？"

大家打哈哈，雷君明进一步用话术破防："不必担心，今天就是闲聊，正式的采访内容要设计和沟通的，放心吧。"

另一位陈护士透露："其实梁医生真的哪都好，就是他曾经……"

"咯咯。"赵医生谨慎地问，"万组长，这能讲吗？"

乔苑林心头一紧，生怕牵连出梁承身上的旧事，他一把抓回录音笔，按下暂停。

然而万组长已经宣之于口："这么说吧，梁医生是一哥和院草不假，但他真正的外号是——投诉帝王。"

护士站一片哄笑，雷君明愣了片刻也笑起来。只有乔苑林的神经陡然一松，抬手抹把汗，感觉差一点就要返回门诊部挂号了。

万组长漾起一抹苦笑，自从梁承加入医院，他的职业便遭遇了滑铁卢。梁承一个人的投诉顶整个科室，重点是屡教不改。

雷君明还没死心，问："投诉原因大多是什么？出过严重的事故吗？"

万组长摇头，"没有治疗问题，全是态度问题，梁医生你们也见过，性子冷，就连你们领导孙先生找他，他都不耐烦。"

雷君明说："您讲一件典型的吧，我们录下来参考。"

万组长道："就讲一件啊，那我得好好挑挑。"

"半年前那件事！"刘护士说，"那天我值班，给我吓死了。"

半年前，一位患儿术后出现低心排综合征，情况严重，没抢救过来。梁承当时负责另一台手术，结束后被患儿的家属拦下，死活要一个结果。

梁承便告知，回天乏术，节哀顺变。

赵医生道："一般都是这么说，而且孩子根本不是梁医生负责的。"

可是梁承太冷静，太平淡，家属情感上无法接受，认为医生没有尽力。当晚一共十几个亲戚来医院，堵在病房，把护士站给砸了。

场面一度失控，家属要求梁承公开道歉，被梁承拒绝了。

"就咱们站的这个位置。"万组长说，"患者爸爸一棍子敲下来，想吓唬人的，没想到梁医生没躲，砸在肩上愣是一声没吭，所有人都蒙了。"

刘护士小声道："怎么会耐痛力那么强？"

因为挨过痛楚更深的暴力，乔苑林紧张地问："然后呢？"

万组长心有戚戚地说："然后家属发泄了，也清醒了，我调解到天亮，等我们把家属送出医院……"

晨雾之中，街对面，立着三十多号黑衣黑裤的马仔，为首的老大穿着一件姹紫嫣红的花衬衫。

有个黝黑如黄豆酱的马仔走过来，号称他们是梁承的兄弟。众人惊骇，后来再也没人来若潭医院闹过事。

讲完，雷君明说："我明白孙主任为什么找梁医生做节目了，一定非常有看点。"

乔苑林想说点什么，身后轻咳，梁承开完会找过来，恰巧听见一帮人在嚼他的奇闻轶事。

万组长意犹未尽，问："还用得着我吗？"

梁承思索片刻，道："你带小雷熟悉熟悉，多拍点照片。"

人群四散，梁承带乔苑林转病房，随口介绍着，三床做了二尖瓣手术加心房颤动消融；八床灌注不良，手术风险很大；十一床卖医疗器械的，满嘴跑火车，自己开完胸一醒，就说手术时的牵开器弄得他很疼，麻醉师特意过来翻了个白眼。

乔苑林听得乐了："你瞎编逗我呢？"

的确有夸张的成分，梁承说："那你心情还好吗？"

在心外科，面对一群心脏病人，梁承只能这样掩盖住医院里弥漫的伤春悲秋，甚至不敢提谁时日无多，谁饱受折磨。

"谢谢。"乔苑林第一次在医院感到踏实。

梁承道:"你还有什么想了解的?"

乔苑林想着那个没抢救过来的患儿,问:"每一次面对病患的死亡,医生会挫败甚至想放弃吗?"

对亲朋而言是悲痛,可在每天上演生离死别的医院里,医生会一次又一次触动,还是日久麻木?冷静到让家属误会的梁医生,又会是什么感受?

乔苑林被梁承握住手腕,带到一间重症监护室,透过窗,病床上躺着一个瘦弱的小女孩儿,身体插着管子。

"半年前的患儿也是个小姑娘。"梁承说,"医生不是神,一边尽全力,可能一边无能为力。所以医生一面要和命运抗争,一面要和命运和解。"

乔苑林说:"这二者是博弈的关系吗?"

"是相辅相成。"梁承回答,"我曾经丧失全部信心,认为命运剥夺了我当医生的机会,我再也没资格拿手术刀。后来我跟它和解了,现在我每一天都在和它抗争。"

乔苑林问:"和解的契机是什么?"

梁承松开手,掌心朝上,"是因为一个人对我说,我不是坏人。"

咔嗒,乔苑林按下"停止"键,目光垂在录音笔上。录到这里就够了,他已经想好了采访内容的核心。

梁承打了一个哈欠,摊开的掌心被乔苑林放上一粒薄荷糖,压着掌纹中代表感情线的小分叉。

乔苑林和雷君明在医院泡了两天,进行资料采集和筛选,摄影组来考察取景,节目的各项工作都在推进中。

既有老人在病房里寿终正寝,家属哭成一片,护士连连安慰。同时有年少轻狂的少年在门诊撒野,被梁医生冷嘲热讽。

感谢与投诉,痊愈和死亡,无时无刻不在上演。就在采集工作结束的前五分钟,乔苑林还收获了一个令人遗憾的八卦。

医院对面的商铺很吃香,梁医生曾和一位郑姓法医合伙接手一间,卖鲜花，因审美堪忧，守着医院竟然经营不下去。转手后改成寿衣花圈，生意极好，老板成功在平海买了一套房。

乔苑林没笑死，鲜花哪有丑的啊？

人家说，主要是难听，谁探望病人送白狗花，能把人气死！

乔苑林笑容凝固，离开医院时都不跟梁承告别了。出门坐上车，梁承追出来，他隔窗骂了一句："怎么没赔死你？"

下班高峰期，出租车堵在高架桥上，乔苑林将整合好的资料检查一遍，问雷君明有没有需要补充的。

雷君明说："梁医生和家属发生冲突的事情，我觉得可以加上。"

医患关系极其敏感，那件事已经结束大半年，难以复制原貌，而偏颇不正是新闻的大忌，乔苑林不赞同。

雷君明作罢，低头玩起手机。

回到电视台，乔苑林直奔主任办公室，将这两天的工作成果交上去，如果没问题就可以着手构思采访内容。

"辛苦了。"孙卓围着一个颈枕，举起文件平视，"说说。"

乔苑林立在桌前，背着包和相机，陈述道："想围绕医生、患者和疾病三者之间的联系，梁医生为核心，展示他的治疗、心理和从医的一些想法。"

孙卓放下文件，"切入点没错，加一点新意会更好。"

新闻不是综艺，要的是真实。乔苑林问："您有什么想法？"

"听说梁医生经常被投诉。"孙卓打开手机，"小雷发给我一些资料，如果放进节目里，会非常有看点。"

乔苑林立刻说："老大，我觉得不合适。"

孙卓笑道："为什么？"

乔苑林按住桌沿，回答："梁承是冷静，不是冷漠，他不会无缘无故刻薄病人，就算再看不惯，也会尽全力治疗。我不介意采访他被投诉的事，但应该表现的是他的态度和医生群体偶尔面对的无奈，绝非放大一件无从证明的旧事来博眼球。"

孙卓没那么容易被动摇,问:"你想说他事出有因?"

乔苑林答:"我在说记者的责任,起因经过结果,现象利弊反思,都具备才是一篇好的报道。"

孙卓静默地看着他,忽然笑了:"这可怎么办?加一个爆点你就一大堆说辞,要是加上梁医生的往事,你是不是要跟我急眼啊?"

乔苑林的脸色刷地白了。

"一根棍子砸下来都不肯低头,有一帮疑似涉黑的兄弟,犯过大错,如今做着世界上最神圣的职业,梁医生实在太值得报道了。"

乔苑林在桌面留下一手冷汗,往后退了退,他一开始就在担心,心存侥幸地进行到这里,孙卓给了他当头一棒。

"不行,"他沉着嗓子,不让自己喊出来,"孙主任,不行。"

孙卓说:"梁医生本人还没拒绝,你能做他的主?"

乔苑林将背包单反甩在脚边,翻出手机,当着孙卓的面拨通梁承的号码,然后按下免提键。

接通了,他盯着孙卓说:"采访节目到此为止,你不再接受采访了。"

手机里,梁承察觉到不对劲:"出什么事了?"

乔苑林的忧惧、愤怒和自责一并爆发,吼道:"我根本就不想让你参加这个破节目!"

几秒钟后,梁承什么都没问,只说:"好。"

一挂线,孙卓就摘下脖子上的颈枕砸在桌上,骂道:"你知不知道自己在干什么?你还想不想干了?"

乔苑林知道,他在自毁前途,但不单是为了梁承,也为自己当记者的初衷。

"瞧着软绵绵的没经过事,没想到你主意大得很!"孙卓指着门口,"捡起你的包,采访部容不下你!"

乔苑林一句软话也不说,满脸苍白的倔强。

孙卓气得脸红脖子粗,强忍火气道:"看在我和你妈是旧同僚的分上,再给你一次机会,是说服梁承完成采访,还是从二组滚?!"

乔苑林昂着下巴问:"滚哪儿?"

孙卓撕下一张纸,潦草地写了两行字,揉成团丢在他身上,说:"收拾你的东西,明天开始你调到十二楼了。"

乔苑林弯腰拾起来,嘴角颤动,头也不回地走出了办公室。

窗外夜色渐浓,新闻中心归于严肃寂静。孙卓眉头舒展开,抬手敲了下电脑的空格键,显示器骤然变亮。

上面是一篇十多年前未能发表的报道,少年杀死养父,写得洋洋洒洒,署名林成碧。

当年孙卓费了好大力气压下这一篇,这么多年过去是第一次翻出来看。

许久,他蓦地笑了,感慨道:"老林,你的儿子跟你不太一样。"

04

乔苑林用一只纸箱收拾了全部物品,工位光秃秃的,他背着包,挂着相机和水壶,抱着箱子离开了电视台。

他不想回家,也没别的地方可去,就满身物件儿沿着大街漫游,模样太沮丧,迎面路过的陌生人纷纷扭头看他。

他小声发飙:"看你个头啊。"

途经星巴克,乔苑林进去买了杯焦糖拿铁,坐在边角小桌。嘬一口,好苦,他皱着脸,邻桌四个人在激情开会,而他像个被炒鱿鱼的失业青年。

手机连响几声,他打开微信,组里的同事包括北京出差的祥爷他们,都来问什么情况,问他怎么会惹毛孙老大。

看来大家已经接到通知了,事情没有转圜的余地,乔苑林又嘬一口拿铁,放没放焦糖啊,怎么那么苦?

组长直接打过来,铃声响得乔苑林头疼,他谁也不想理,任性地挂断电话,关掉了手机。

为了学新闻,当记者,他不惜跟家长闹翻,好不容易毕业工作,下定决心干一番事业,多忙多累却乐在其中。

他想证明给乔文渊看,他的理想和治病救人一样高贵,他的选择没错。

他也要让林成碧明白,他比后来生的孩子优秀,他才是最像她、最让她骄傲的那个。

可是转正还不到一个月,他就卷铺盖走人了。

宁缘街尾,黑色奔驰轰鸣着冲出若潭医院,梁承给足了油,戴上耳机,给乔苑林拨打第二通电话。

半小时前,那通没头没尾的电话结束,他给患者看了两张胸片,等下班再打回去,机械的女声说用户正忙。

此时,用户索性关机了。

梁承一边往电视台赶,一边分析发生过什么,那句崩溃的大吼——

我根本不想让你参加……思来想去,八成是他的缘故。

"傻瓜。"他用力按着喇叭,语调却很轻,"你还和以前一样,那么笨。"

到了电视台,大门敞着,梁承几乎把车头揳进院里,吓得门卫室的大爷连忙出来,看他觉得眼熟,说:"外面车不能进,你找人?"

新闻中心的大楼亮着几排灯,梁承问:"采访部的人下班了吗?"

"采访部的人多着呢,你找的人在哪个组啊?"大爷说着,"哎,我记起来了,你之前来过吧?"

梁承应道:"对,我找的人姓乔。"

大爷肯定地说:"他啊,走了。抱个纸箱子,那叫一个委屈,脸蛋儿都拉到脚背了,绝对被领导臭骂了一顿。"

梁承怀疑这老头以前是说书的,感染力很强,听得他心头烦躁,倒车一脚油驶远了。

华灯亮过好几轮,乔苑林离开星巴克,漫无目的地走过两个路口,手酸,脚疼,一群中学生放学结伴回家,追逐嬉笑无忧无虑,他羡慕地跟着人家转了弯。

后来又被跳交谊舞的大爷大妈吸引,在一片小广场上,他驻足发呆,一瞬间消极地想,上什么班,不写新闻了,明天开始做自媒体写公众号。

走走停停流浪至夜深，气温降下来，他一贯怕冷，而且累得走不动了，总算招手叫了辆出租车。

一直驶进明湖花园的大门，离家越来越近，乔苑林的理智逐渐恢复，他搓了搓脸，说："师傅，就在这里停吧。"

这么晚了，乔文渊和贺婕可能已经休息，汽车的声响难免惊扰。如果没睡在等他，他就说说临时加班，手机没电了。

下了车，乔苑林步伐沉重地向前走，走到楼前松了一口气，家里黑着灯，至少他不用撒谎装蒜。

抱着东西不便，乔苑林侧身用肩膀顶开院子的小门，"吱呀"一声，等他抬头，几步外的门庭下灯泡昏黄，梁承立在阶上。

俱是无言，乔苑林顿住，周围仅有蚊子恼人的振翅。

梁承走下台阶，看清了，原来门卫大爷没胡诌，当真委屈，脸蛋儿青白，明明下午从医院走时还神采飞扬的。

忍耐几个钟头，失魂落魄地晃了八条街，情绪和疲惫在面对梁承这一刻纷至沓来，乔苑林快要撑不住了。

梁承先一步靠近，左手拿走箱子，抬起右手搂住他摇晃的身躯。

大手覆上那截冰凉的后颈，揉红揉热，蹭乱了发尾。

"你为什么要回来？"乔苑林埋在他肩上，"都怪你……为什么要回来……"

而梁承说："我不会再走了。"

乔苑林缓慢地抬起头，似恨似痛，一刹那潮湿了一双眼睛。

05

乔苑林其实从小就不是一个爱哭的小孩儿，白大褂震慑不住他，老师还不及父母严厉，因此他的身体虽然不好，但比同龄的孩子更加坚强。

他当年在月台上哭得肝肠寸断，好歹火车开走了，姓梁的瞧不见他。今晚是近在咫尺，泪珠刚溢满眼眶，梁承就抚上了他的眼尾。

乔苑林倏地躲开了，丢面子，用手背粗暴地蹭了蹭。他从梁承的臂弯中脱离，说："蚊子好烦，我、我先进去了。"

家里悄无声息，冰箱里留着两菜一汤。乔苑林没胃口，钻进房间，脸朝下安详地趴在了床上。

不多时，梁承敲门进来，端着一杯热牛奶，说："喝完洗个澡。"

要你管，乔苑林闷声道："我不洗。"

梁承把牛奶放在床头柜上，说："简单冲一下，你白天在医院，不干净。"

乔苑林一骨碌起来，"嫌我脏你抱我干吗？"

梁承摆出一副哑口无言的样子，让乔苑林舒心几分。乔苑林端起牛奶，贵族少爷盘问保镖似的："我箱子呢？"

"客厅。"梁承问，"你被开除了？"

乔苑林唇上糊着一层奶渍，吸溜进去，说："没有，不过被踢出采访部了。"

梁承道："什么原因，我去找孙卓——"

"不行。"乔苑林把空杯子还给梁承，重新趴在床上，"你不许管我的事，我困了，要睡觉。"

梁承拿他束手无策，至少在此刻是如此。

乔苑林卷着被子打个滚，将自己包裹起来。关了灯，他望着梁承在门口的背影，无意识地问："你真的不走了？"

梁承说："嗯。"

乔苑林回过神来，分不清理智还是负气，划清界限道："跟我没关系。"

门轻轻合住，梁承笑着叹息了一声。太晚了，他推开客房的门，准备好好地睡一觉。

小时候因为极度缺乏安全感，久而久之，他睡眠很轻，有一点风吹草动就会醒过来，这些年情况愈发严重。

离开平海后，在陌生的国度和城市，梁承总是惊梦，醒来抓着床沿的手背青筋暴起，他在恐惧，怕某个人没有好好地长大。

长夜过去，梁承一觉睡到大天亮。

乔苑林索性睡到了中午，爬起来泡个澡，吃饱饭回床上睡午觉，手机一直关着，颓废避世地消耗了整个周末。

星期日晚上，他必须要面对现实了，在垃圾筐翻到孙卓写字的那张纸，展开，上面写着一个名字和一串手机号。

乔文渊和贺婕散步去了，山中无老虎，乔苑林坐在餐桌一家之主的位子上，拨通号码，响了七八声才接通。

"喂，哪位？"

是一道不耐烦的女声，嗓门还挺大，乔苑林愣了两秒，他不清楚对方的职务，便说："您好，是鲍老师吗？"

"我是鲍春山。"女人说，"我这忙着呢，你有话快说。"

乔苑林赶忙道："鲍老师久仰，我是采访部的乔苑林，孙主任给我写了——"

鲍春山打断他道："行了，我知道了，明天到十二楼找我。"

"啊，好的。"乔苑林问，"我还负责跑采访吗？"

鲍春山给了他调职第一骂："你一个记者不跑采访跑马拉松啊？问些废话！明天早点到，我这忙着给孩子辅导作业呢，挂了！"

手机里已是忙音，乔苑林被吼得半天没缓过劲儿，不知道为什么，他感觉鲍春山的声音有点耳熟，尤其是大声喊的时候。

门锁转动，梁承今天值班，从医院过来的。

乔苑林找到撒气对象，说："大晚上的，你当这儿是旅馆吗？"

自从乔苑林那晚暴露了脆弱和眼泪，就像小狗露出了柔软的肚皮，现在后知后觉地别扭，龇牙找事儿。梁承立在玄关，说："经济不景气，我跑腿挣个外快。"

"跑腿"算敏感词，乔苑林立刻撇清干系道："我可没让你跑。"

"没说你啊。"梁承左手拎着一瓶洗衣液，"我妈说家里的牌子不好闻，让我帮她买一瓶新的。"

乔苑林自作多情了，抄起手机起身，可梁承过来挡着路，将负在身后的右手伸出来，手上提着一大袋子零食。

"顺便买的。"梁承说。

黑巧威化饼、红薯干、鸡汁豆腐、蛋黄酥……全是乔苑林当年喜欢吃的。梁承在拿捏他,他不上当:"你以为我还是贪嘴的年纪吗?我都二十四了。"

"哦。"梁承猝不及防地问,"那是这个夏末生日,还是年底生日啊?"

乔苑林一怔,婚礼上就差点露馅儿,这些日子他把这茬给忘了,现在该坦白还是该继续圆谎?

"那一年的生日……"他支吾道,"是我骗你的。"

梁承记了八年错误的日子,可那一天的太阳、球场和湖边的心愿历历在目,即使真相大白,大概也永远不会忘记。

他问:"今年的那一天,还过吗?"

乔苑林摇摇头,"都知道了,何必自欺欺人。"

梁承说:"要是我愿意继续上当呢?"

两个人心不在焉地僵持着,思绪飘回那个夏天。直到乔文渊跟贺婕散步回来,他们重拾精神,佯装波澜不惊。

乔文渊招呼道:"梁承,陪我喝杯工夫茶。"

"好。"梁承拉开椅子,看见桌上皱巴巴的纸,"鲍春山?"

乔苑林拿起来,问:"怎么了?"

梁承想了想,说:"没记错的话,晚屏后巷,她是小乐的妈。"

CHAPTER
10

第十章

迟 来 的

安 宁

他们单独一张小桌,对着门,屋檐滴答落雨,
有股与世隔绝的安宁。
桌上两碗白粥,拌笋腌萝卜,一碟豆腐卷,清香可口。

01

星期一，乔苑林抱着一箱子家当到单位，特意赶早，等电梯的人不多，他不必担心跟孙卓碰上。

每层楼的装潢和布局基本一致，到了十二楼，他有种没挪窝的错觉，但入眼一行大字将他拉回现实——老干部活动中心。

这一层分三个办公区，除了活动中心，还有新媒体运营部和一个栏目组。他依旧要跑采访，所以应该在栏目组吧。

乔苑林沿着环廊绕了一段，在一大间办公室外停顿，墙上铭牌镌刻着：《平海八达通》栏目组。

他第一反应很惊吓，"不会是这儿吧！"

《平海八达通》是本地人都知道的节目，每天报道平海市的鸡毛蒜皮。乔苑林上一次看这节目是初二，记者羞耻地喊口号"小达出马，一个顶俩"，把他雷得赶紧换了台。

这节目创办之初也辉煌过，几十年来一路火花带闪电，从新闻频道变成生活频道，颓废滑坡，如今收视率低，效益差，也就大爷大妈有兴趣瞅两眼。

久而久之，这档节目在台里越来越没有存在感，大联欢出节目都想不起来那种。犹如冷宫，临退休的，犯错误的，不好安置的关系户，基本都被存放进去。

乔苑林一脸惶恐，难道在孙卓心中，他这个旧同僚的儿子算关系户？可他考试考核一直是第一啊，林成碧都离巢多少年了！

他现在回采访部给孙卓跪下，还来得及吗？

清洁阿姨来上班，经过时问："小帅哥，你杵在这儿好半天了，办事还是找人哪？"

乔苑林怀着一线希望，说："我可能走错地方了。"

清洁阿姨道:"那别在这个门口晃悠了,遇见暴躁姐要挨骂的。"

乔苑林道:"暴躁姐?"

"就这屋的主编。"阿姨打碎他的幻想,"姓鲍。"

刚说完,一个绑着低马尾的中年女人从电梯方向过来,衣着过分朴素,背的包竟然是那种学生运动书包,手上拎着俩韭菜合子。

乔苑林心怦怦跳。女人到门口,上下扫他一眼,推开门说:"昨晚打电话的是不是你?"

"是我。"乔苑林跟进去,一片办公区和二组差不多,他悲从中来,"您就是……鲍主编吧。"

鲍春山回过头,"大清早你哭丧呢,晦不晦气,给我喜庆点!"

乔苑林挤出一抹笑容,进办公室带上门,当年后巷的吵骂声记忆犹新,是这个味儿。

鲍春山坐下吃早饭,没提孙卓交代过什么,只道:"咱们组不缺闲人,缺干事的,先试半个月,不行你就哪儿凉快哪儿待着去。"

乔苑林应道:"嗯,我会加油的。"

鲍春山说:"还有,八达通和你以前做的新闻不一样,要有生活趣味。听说你跟孙主任意见不合才调来的,把你的犟脾气给我收好,我可不容你闹腾。"

乔苑林一肚子不甘不忿,在飘香的韭菜味里翻江倒海,他连声保证,领了份文件出去干活。走到门口,他纠结着停下来。

为了提升新领导对他的印象,也为了以后日子好过,他决定耍一下职场心机,问:"主编,令郎是不是叫裘乐?"

鲍春山说:"以前是,现在叫鲍乐。"

"我跟小乐认识。"乔苑林道,"以前在晚屏巷子,我住旗袍店,您见过我吗?"

鲍春山道:"不记得。"

"那您记得梁承吗?"乔苑林一咬牙一跺脚一横心,"我是梁承的弟弟。"

鲍春山气场十足地挑眉,说:"就那个骑摩托车撞崩我家门,把我儿子塞垃圾桶的梁承？他是你哥？"

乔苑林一凛，"……不是亲哥，其实也不算很熟。"

在八达通的职业新生涯拉开序幕，前三天乔苑林仍抱有幻想，盼望孙卓一个电话打来，说采访部需要他。而实际是在食堂遇见，姓孙的就冲他点了一下头。

不过他不后悔，那档特辑邀请了另一位医生，不会再牵扯到梁承身上。

接受现实后，乔苑林全心投入工作，明白了鲍春山"不缺闲人"的含义。这破栏目组有不少混日子的闲人，起初勤快，在其中消磨久了便也失去了上进心。

他不想那样，宁愿一个人使三个人的劲儿。鲍春山看出他这一点，渐渐吩咐他的事情越来越多，他不仅是记者，简直是主编助理了。

一礼拜下来，他认识了新伙伴，记者巍哥、编辑小许、摄影大志叔。八达通报道了旧小区管道故障、健身房跑路、情侣当街热吻被电动车撞倒……

下班前，乔苑林去交素材和稿子，敲开门，鲍春山刚被挂断电话，最后一句貌似说的是"您再考虑考虑"。

晨会时提过，鲍春山下周想报道一位见义勇为的老人，但对方不想接受采访，刚才估计是被彻底拒绝了。

乔苑林说："主编，这种事不能勉强的。"

"你懂什么。"鲍春山道，"老人抓的是潜逃犯，还负伤了，这件事公安局要正面宣传的。自媒体和别的新闻都在抢，人家不是拒绝采访，是拒绝咱们八达通。"

如果能独家报道，对栏目组大有好处，乔苑林问："老爷子出院了吗？要不上门探望一下，比较有诚意？"

鲍春山看他，"你明天休息是吧？"

电视台门口斜停着奔驰越野，梁承下班没准点，乔苑林也是，全凭运气不太靠谱。还好门卫大爷提前通知他，人没走，可接。

梁承探出头，说："谢了啊。"

大爷呵呵笑，"甭客气，不能白吃你送的橘子。"

乔苑林夹着电脑包出来，车前盖锃亮晃眼。他迟钝一步，大爷替梁承催他："快走吧，你哥等好一会儿了。"

"……"上了车，乔苑林掏出电脑，打开热点。

两个人保持沉默，心照不宣一般，梁承专心开车，乔苑林办公，电台唱着略微糟心但能接受的老情歌。

堵在高架上，浮躁的司机按喇叭，梁承撑着额角欣赏黄昏，偶尔偏头，乔苑林的轮廓描着赤金的边，异常漂亮。

察觉出他在看，乔苑林说："你很无聊吗？"

"嗯，没人理我。"梁承道。

乔苑林打开文件，借公事化解当下的尴尬，说："最近有个大爷，摊煎饼的时候有人插队，结果那人是潜逃十年的通缉犯。"

梁承问："通缉犯摊煎饼搁几个鸡蛋啊？"

"你烦不烦。"乔苑林鼓着脸忍笑，滑动页面，"那位大爷勇擒逃犯，光荣负伤，原来他是一名退休警察……"

梁承奇怪道："怎么不讲了？"

乔苑林扭脸看他，将电脑屏幕转向他，指着文档中的名字，程立业。

梁承瞥了一眼，车流移动，他收回目光专注开车。

乔苑林合上电脑，有点后悔，想掩盖什么似的去调大歌曲音量。

梁承拦下来，说："没事，要采访他？"

乔苑林说："他不愿意，明天登门去谈一谈。"

梁承问："要紧吗？"

乔苑林违心地回答："不要紧，试试而已。"

车河从高架桥奔流直下，梁承说："你知道吗？你有小心思的时候会抿一下唇。"

乔苑林立即抿了一下，又松开，两瓣嘴唇不知该怎么处置了。

片刻后，梁承说："或许我可以帮你。"

后半程乔苑林没动弹,拳头握着,有种受人恩惠于是违背原则的错觉……又觉得,梁承是在讨要安慰。

周六上午,梁承陪乔苑林去市局家属院,外来车辆不许进入,他们步行进去,凭记忆找到三号楼。

当年程立业给贺婕留过一个详细住址,让她需要帮忙随时过来,但贺婕并没有来过。

单元门口,四楼飘出熬中药的味道。他们上了楼,乔苑林走在前面,按门铃之前看了一下梁承的神情。

叮咚,梁承淡然地帮他按了。

开门的是程怀明,刑警队长的记忆力非同一般,一眼就认出乔苑林是岭海仓库报警的中学生,等看到身后的梁承,他明显有些错愕。

进了屋,卧室门开着,程立业在里面喊:"怀明,谁来了?"

程怀明没有回答,进厨房关火端药,领他们走进卧室。床上,程立业一条手臂打着石膏,腰也扭了,直挺挺地躺着。

梁承踱至床边,冷淡地说:"怎么没住院?"

程立业这些年很显老,是名副其实的"大爷"了,他瞪着梁承看,定住魂儿,许久才重重地叹出一口浊气,道:"我没做梦吧……"

乔苑林拎着一箱牛奶,搁下问:"叔,你记得我吗?"

程立业回忆起来,道:"假装捡钱的小孩儿……我就猜着你们认识!"一激动,腰疼,却笑着,"坐,快坐。"

梁承穿着衬衫长裤,虽然扣子敞着俩,袖子折在肘弯,但不妨碍他的高贵冷艳。把乔苑林带过来,他的目的就达到了,并不想聊天叙旧。

程怀明看得出来,拿包烟,说:"屋里闷,去阳台抽一根。"

卧室只剩乔苑林,他表明来意,掏出自己的工作证,希望程立业接受采访。

有梁承这么大一个人情在,程立业不好拒绝,为难道:"我是真觉得没必要,虽然退休了,可我干了几十年警察,警察抓犯人天经地义,没什么好表彰的。"

乔苑林说:"英雄值得被看到。"

"我算哪门子英雄。"程立业苦笑一声,"我是民警,一辈子没接触过几宗大案,现在老了,就不抛头露面装大瓣儿蒜了。"

乔苑林沉默稍许,问:"为了救养母失手杀人,算大案吗?"

程立业呆住,涨红脸道:"梁承的事,你都知道?"

在难闻的药草气中,乔苑林仿佛已经展开一场采访,他没拟过草稿,没预设角度,完全凭本能,将冒出的一个个问题抛出。

程立业招架着,这个刚立功的老警察,回忆着十多年前甚或更早的往事,报警的女人,伤痕累累的少年,巧舌如簧辩解的男人,画面纷乱如潮。

他为什么没有重视,只当成家庭纠纷,看作家长管教孩子,直到那一晚,警情通知像一条铁鞭抽在他身上。

可一切都太晚了,他来不及忏悔,却先为向他求助过的少年戴上了镣铐。

程立业悔恨至今,这是他一生无法释怀的事情,他不配以一个"好警察"的形象去接受礼赞。

乔苑林静静地听完,先以梁承朋友的身份来考虑,说:"梁承肯来,不单是为了我,他的生活有很大的变化,他一直在努力放下那些事。握手言和太夸张,希望你们都解开心结,过得轻松点。"

程立业抹把脸,道:"他今天过来,我真的太惊喜了,也不奢求别的了。"

乔苑林写下联系方式,说:"叔,如果改变主意,随时联系我。"

"你别劝了,我没脸受那些表扬……"

"不。"乔苑林扶程立业坐起来,把温凉的中药端给他,"表扬好听,但远不及你刚才的话厚重,我想给你做一个专访。"

程立业吃惊地看着乔苑林。

乔苑林说:"把你当警察的骄傲和遗憾都写出来,不要因为一件事否定全部。表彰见义勇为,是为了鼓励大众有这种精神,我也希望你能在采访中谈当年的事,警醒所有人不要犯同样的错误。"

梁承在阳台上抽了两支烟,跟程怀明聊了三句话,吊兰不错,天气不错,楼下绿化不错。

无聊得快要跳楼时，乔苑林从卧室出来，神色轻松地说："走吧。"

离开程家，进电梯，梁承嫌四壁不卫生，揣着兜立在正中央。乔苑林在他身前，兴致不错地看着屏幕上的广告。

"程立业答应了？"梁承问。

"嗯。"乔苑林回头，嗓子痒，"你身上的烟味儿不如中药好闻。"

梁承推卸道："程怀明的烟太次。"

乔苑林说："就没有好闻的烟。"

梁承又道："我平时不抽。"

乔苑林转回去，嘟囔道："谁管你抽不抽。"

梁承觑着那颗发丝绵密、圆中透着机灵的后脑勺，说："不管抽烟，那我帮了你的忙，好歹管顿饭吧？"

02

夏季来平海旅游的人多，街边的小饭馆生意火爆，像样一点的餐厅门口都排着长长的等号队伍。

梁承和乔苑林都不愿意把时间浪费在等待上面，开着车晃了两条街，愣是没找到一家合心意的。

乔苑林说："不是我不请你，是老天爷帮我省钱。"

梁承想要反驳，中控台的液晶屏幕一闪，来电显示"应哥"，他忘戴耳机了，直接点开道："喂？"

"今天休息不？"应小琼问。

双休日是餐厅最忙的时候，梁承说："有事？"

应小琼回答："那当然了，有重要的事找你商量。"

梁承在路口转弯，讨价还价道："餐厅给我留个位子，我和乔苑林一起过去，不然没空。"

"你俩啊？"应小琼爽快地答应，"先别二人世界了，麻溜过来！"

通话结束，饭辙也搞定了，梁承伸手开音响，啪，被乔苑林一巴掌打回了方向盘上。

"怎么了?"他问。

乔苑林不高兴地说:"谁要请你去海鲜汇吃饭啊,齁贵。"

梁承失笑,说:"咱们敲应小琼一顿,成吧?"

半小时后,梁承和乔苑林到餐厅放眼一望,大堂的位子全坐满了,一齐在心里骂应小琼不靠谱。

领班把他们带到总经理办公室,敲开门,偌大的一间居然没有办公桌,正中一张双人床,电视,哑铃架子,墙上左边挂着一幅《蜀道难》,右边挂着一幅《蒙娜丽莎的微笑》。

乔苑林备受冲击,进屋都是蒙的,梁承也是第一次见识,有点不知道说什么好。

他们俩杵着不动,老四一甩头,"是不是我现在太火了,让你们有距离感啊?"

"少放屁。"应小琼招手,"快来,吃不吃饭啊!"

茶几上摆着几道菜,食材是老四精心挑选的,旁边放着一箱威士忌,信州岩井、格兰杰、波摩、百富,各式各样的牌子。

乔苑林坐到懒人沙发上,有点矮,挨着梁承修长笔直的小腿。

上次四个人一起吃饭也是在这儿,吃咖喱火锅,商量盘店的事情,这次弄着一箱酒,梁承问:"开烟酒店吗?"

应小琼嫌弃道:"你土不土,老子要开酒吧。"

城西商圈的梵谛街是平海最时髦的地方,好多时装店,无数设计师和买手扎在那边,四年前,有人在街上开了家酒吧。

那家酒吧暴火,先是时尚界的人带头,后来愈发风靡,蜂拥投资的人越来越多,这些年已经变成一条酒吧街。

"我的眼线。"应小琼说半截喝一口酒。

乔苑林端详他,"你还画眼线了?"

应小琼无语地换个近义词:"我的耳目,跟我报告有一家酒吧的老板股票玩脱了,要钱周转,想把店盘出去。"

老四说:"应哥问我要不要搭伙,我觉得不错。"

应小琼问梁承:"都是兄弟,你要不要参与?"

梁承平时滴酒不沾,甚至没去过酒吧,贸然被邀请入伙酒吧生意,着实兴趣不大,说:"应哥,你当初干大排档,所以开餐厅有经验,但酒吧不一样吧。"

"是,我也有这个担心。"应小琼道,"但我就爱折腾。"

乔苑林一言不发地吃肉,他在采访中见过投资失败的惨状,不放心,问:"应哥,你有把握吗?"

应小琼乐了,笑起来有浅浅的鱼尾纹,说:"你是替我操心呢,还是替梁承操心啊?"

乔苑林道:"我替百万博主操心。"

老四心想怎么又关我事,嘲讽道:"你这小屁孩子快歇歇吧,喝杯啤酒就能醉,哪懂酒吧的门道。"

乔苑林哼了一声,不再插话。聊了会儿酒吧经营,应小琼也烦了,痞里痞气地冲他笑,问他和梁承去哪儿了。

梁承说:"程怀明家。"

应小琼老实一瞬,"怎么不叫我一起啊?好久没见过程大队长了。"

岭海仓库的阴阳怪气至今刻在乔苑林的心上,他问:"应哥,你跟程警官认识吗?"

"哦,他逮的我。"应小琼像在说光荣事迹,"后来,我给他当了好几年线人,他有时候事儿特多。"

乔苑林成功地把应小琼带跑了,听了一筐当线人的八卦,不知不觉吃得很撑,他窝在懒人沙发上有些困。

迷迷瞪瞪的,有人揽了一下他的肩,然后他靠住梁承的小腿,枕着膝,坚硬的骨头硌着他的腮帮子,发酸,但忽然盖在他头上的大手很舒服。

威士忌的酒气似乎把他熏醉了,他不想动,等旁人离开,杯盘狼藉收拾干净,他和梁承仍鹊巢鸠占地赖在这一亩三分地上。

瞧出他没精神，梁承说："要不去应哥的床上睡会儿。"

乔苑林还是不动，问："你会合伙投资酒吧吗？"

"可能性不大。"梁承说，"改天去梵谛街看看。"

乔苑林道："挨着医院的花店都能倒闭，你可长点心吧。"

那算是梁承的黑历史了，说："花店也不是我一个人开的，郑宴东也有责任。"

乔苑林首先想起那一辆黑色雷克萨斯，"郑宴东结婚了吗？"

"没有。"梁承说，"怎么问这个？"

"就是觉得以前很傻。"乔苑林轻笑。

梁承说："我——"

门开了，应小琼转一圈回来午睡。

乔苑林从梁承腿边离开，抓着刘海一下下拂向脑后，直至清醒。

回家的路上他给鲍春山汇报工作，便沉默着没有言语。

周一开会，鲍春山本来不抱多大希望，没想到抢到了独家，而且是专访。她看不出是否满意，不过直接将这件事交给乔苑林全权负责。

接踵而来的是加班，乔苑林又往市局家属院跑了两三次，怕程立业劳累，边访问边闲聊，结束再回电视台磨稿子。

等正式采访的稿子完成，乔苑林打印一份带回家，给梁承发了信息，问对方今晚能不能过来。

梁承答应了，但将近凌晨才回来，在医院手术中心洗过澡，面目清朗，沙哑的嗓音却掩饰不住疲倦。

他坐在乔苑林的床边，跷着二郎腿，揉捏眉心提神，"什么事？"

乔苑林递给他采访稿，说："明天正式拍摄，你看一下提到家暴案的那部分，有问题的话我今晚修改。"

"祖宗。"梁承疲劳驾驶回来，就为这事，"你拍照发给我不就得了？"

乔苑林道："播出前要保密的，万一你给我泄露了怎么办？"

梁承嗤笑了一声，读完几段内容，没什么问题，当时的事情模糊处理成一种类型案件，没人猜得出当事人是谁。

他捏着纸页，反而续上一点精神，将其他内容也读了一下，看到某一行，问程立业对当事人有什么想说的话。

乔苑林道："这一条是我先问他，准备私下转述给你和贺阿姨，后来我想了想，希望能拍摄下来，算是你知他知的公开道歉。"

梁承自己都没奢求过，他不恨程立业，就是厌恶了很多年，此刻仿佛一切情绪都淡去了，心上的石头化成齑粉，落个曾经对他而言难于登天的轻松。

"谢谢。"他说。

乔苑林开玩笑地说："不用，我得到了成就感，很知足。"

梁承懂那种感觉，就像做手术时产生的"心流"体验，无法形容的快感。他也早见识过乔苑林对记者这一行的憧憬，想必会永远乐在其中。

这时，乔苑林说："这是我全权负责的第一个采访，节目播出后，要是我妈能看到就好了。"

梁承未动声色，问："你当记者，是受到你妈妈的影响？"

"嗯。"乔苑林回答，"我妈是一个特别理智的人，她大学一开始念的法律系，后来意识到喜欢新闻，不顾阻挠转了专业。"

梁承莫名地笑了一下，垂眸显得冷，说："她很成功。"

乔苑林点点头，"她对自己要求一直很高，算是完美主义者吧。"

"世界上没有谁是完美的。"梁承沉声说，"凡人都会犯错。"

"我妈说她犯的最大错误就是嫁给我爸。"乔苑林有些失落，"她生下我，我却有病，算不算另一种失误？"

梁承心不在焉地说："我不知道。"

乔苑林还以为会得到安慰，"你会不会聊天啊……"

他把梁承从床边拽起来，感觉这人已经乏得分不清手术刀和水果刀了，推搡到门外，不说"你去睡觉"，只说"我困了"。

门关上，梁承冲门缝对他补了一句"晚安"。

第二天，乔苑林惦记拍摄的事情，早早就起床上班去了。家里剩下三个大夫,一人吐槽一句自己医院,找不到其他话题。

梁承到医院换上白大褂,把每天该签字的都签了字,在门诊开工。一对夫妻抱着孩子过来,孩子才八个月大,在父亲怀里安静地睡着。

焐热听诊器,梁承伸手探入襁褓,婴儿的第二心音单一、微弱,胸骨左缘二到四肋间有杂音。

等相关检查结果出来,确诊是法洛四联症,梁承建议住院。

患儿父亲去办理手续,年轻妈妈抱着孩子哄,晃动间有清脆的铃声。婴儿醒了,从襁褓伸出手,细小的腕上系着一个迷你小铃铛。

梁承对着那双黑葡萄似的眼珠,说:"你好时尚啊。"

婴儿似乎在笑,流下一串哈喇子。孩子妈妈说:"这是乐安寺求的祈福铃铛,高僧开过光亲手编的,听说很灵。"

梁承向来不信神佛,不敬鬼神,便没有吭声。

不料,孩子妈妈又说:"医生,比起铃铛,我更相信你。"

他微怔:"谢谢。"

"为了让他好好长大,信或不信,有用无用,我们都会试的。"孩子妈妈心疼,但更多的是乐观,"这个小铃铛他系着,一响,他就笑,傻傻地流口水,这就够啦。"

这一天记不清接诊多少,但梁承喘口气的间隙总会想起那位妈妈的话。

傍晚忙完,浓厚的云层堆积在天边,好些日子没下雨了,这座城市急需滋润。

梁承驱车离开医院,半路雨下起来,绵绵地擦在挡风玻璃上,他没开雨刷,空调也关了,降下车窗感受潮湿的风。

红灯,他给乔苑林发消息:拍完节目了吗?

没有回复就是回复,大概率乔苑林还在忙。

梁承罕见地幼稚起来,停不下手指:那天你没回答我。

梁承:还有四天。

梁承:错的生日要不要过?

梁承：不要吗？

梁承：以后都不要了？

乐安寺门前有数十级台阶，青灰石板淋湿成深色，两旁的落叶黏在上面，一小时后，越野在阶下刹停。

梁承钻进细雨中，手机响，乔苑林打了过来。

接通，乔苑林在里面问："明知道生日是假的……你发什么疯？"

"那生日礼物呢？"梁承说，"隔了八年才补，你还想要吗？"

03

节目主要在程立业任职的街道派出所拍摄，收工已经深夜，大伙回台里加班，路上决定去麦当劳补充一点夜宵。

乔苑林不想吃，先回新闻中心了，年少时的学习习惯过渡到工作上，总觉得把事情一鼓作气完成才踏实。

凌晨一过太安静，他戴耳机听着白噪音，很多年没碰过钢琴的十指在键盘上飞舞，骨节更加分明。

八达通的组员虽然闲散，但新闻人对熬夜通宵并不陌生，等长夜过半，纷纷拿出枕头、睡袋，大志哥甚至有一张行军床。

乔苑林就一件牛仔外套，披着，忙完去剪辑室看了一眼进度，走路有些晕，躲到茶水间喝药，因为空腹喝完又觉得胃疼。

晨光在天际泛起一道白线，手机响，他打开微信，只是订阅的公众号推送消息。列表排着四五个头像，乔文渊昨晚问他几点回家，贺婕叮嘱他别熬夜，其他都是同事发的。

再往下，梁承的小白狗头像仿佛一个异类。乔苑林戳开，那一连串追问令他手足无措，打回去，梁承的问题更叫他难以回答。

补给他生日礼物，他当年恳求的时候为什么不给？

乔苑林切到日历，一夜过去还有三天就是八月五号。过？不过？他为一个子虚乌有的日子纠结。

返回微信，他猜梁承在睡觉，便扔了一个干巴巴的开场白：你昨晚回的哪儿？

也就两秒，梁承：哪儿也没回。

乔苑林：啊？

梁承发来一个定位，显示乐安寺。

乔苑林：你怎么会在寺里？

梁承：出家了。

乔苑林感觉这人又骗自己打过去，他不上当，翻找发怒表情包，这时外面飘来鲍春山的大嗓门。

他赶忙出去，见鲍春山立在办公室门外，单手叉腰，说："这次的专访做得不错，刚接到通知，市公安局要出一个宣传片，让咱们栏目负责。"

大家本来睡眼惺忪，一下子精神了，鲍春山张大嘴打哈欠，说："行了！所有人半天假，回家收拾干净睡一觉！"

听到好消息，乔苑林浑身放松下来，到工位上收拾包，手机又响，他打开消息一看，梁承发来一桌斋菜的照片。

这什么情况？都吃上寺内食堂了，总不能真出家了吧？

没好奇心当不了记者，乔苑林离开电视台，打车奔去乐安寺。天刚蒙蒙亮，不消半个钟头就到了。

乐安寺就在市区，年代颇久，傍着一座碧绿的矮山。因为规模太小形不成标志性景点，来烧香的都是本地市民。

据王芮之说，她曾在林成碧高考前来磕头，然后林成碧就考上了名牌大学。她又在林成碧预产期来上香，结果乔苑林……后来她再也不来了。

凹凸不平的石阶积了些雨水，乔苑林小心踩上去，登到门口，寺门虚掩，一位住院的小僧正在清扫落叶。

像电视剧情节，他问："您好，有没有一位叫梁承的……"

小僧回答："哦，梁先生就在里面。"

乔苑林心里咯噔一下，道谢后进入寺庙。他不敢声张，轻手轻脚地拐上一道长廊，把手机调成静音。

调好一抬头,梁承立在不远处,大概也没睡过,上衣和裤子有褶痕和潮湿的水汽,整个人落拓又英俊。

似晨曦似佛光的光线从廊檐打下来,凌厉感被模糊,他透着接近于温柔的平和,叫道:"乔施主?"

乔苑林吓得眼波轻颤,小声问:"到底出什么事了?"

医院发生事故,患者不治身亡,家属又带人闹事,多重打击下心理崩溃、大彻大悟、远离红尘……他乱糟糟地想着,走到梁承面前,抬手摸上对方的短发。

梁承道:"干什么?"

乔苑林愁眉蹙蹙,"是真发,幸好还没剃度。"

梁承:"……"

昨天傍晚挂了电话,梁承来寺里求祈福铃铛,可来得稍迟,寺门关闭已经不接待香客。他孜孜不倦地敲开门,所有僧人都坐在长廊里,仿佛在开茶话会。

原来是寺内的线路老化,停电了,厢房不开空调热得没法睡觉,僧人全待在外面吹风听雨。梁承说他也许能修好,于是帮忙检查、维修,折腾快两个小时才搞定。

恰逢雨势变大,他借口开车不安全,留在寺内躲雨,住持为了感谢他,愿意给他一个祈福铃铛。

不仅如此,住持连夜开光,亲自教他怎么编织成链,不知不觉他就在寺里度过一夜。

乔苑林傻眼好一会儿,快分不清现在是不是二十一世纪了,怎么感觉像他身中剧毒,梁承找高僧求药似的?

他问:"就为了一个小铃铛,值得吗?"

梁承也自觉反常,他近三十年的人生里极少这样冲动,但他觉得值,说:"就当谢谢你的平安结一直保佑我。"

乔苑林瞄他平整的裤兜,说:"那,你编的东西在哪儿呢?"

梁承假装咳嗽一声,撇开脸,"不太好编,我还没学会。"

"……一晚上都没学会?"乔苑林道,"总比手术缝合简单吧。"

厢房内小僧探头,喊二位施主用饭。乔苑林刚冲人吐完槽,脸色一柔,双手合十乖乖巧巧地道谢。

他们单独一张小桌,对着门,屋檐滴答落雨,有股与世隔绝的安宁。桌上两碗白粥,拌笋腌萝卜,一碟豆腐卷,清香可口。

乔苑林胃部的绞痛终于缓解,快吃完,悄声对梁承说:"你饱了吗?我还想再要一碟豆腐卷。"

当这是小吃店点菜呢,梁承问:"所以?"

"但我不好意思说。"乔苑林道,"你帮我要。"

梁承也无语了,"我就好意思?"

乔苑林说:"那我饿着吧。"

梁承叹口气,这辈子还没求过谁,如今败在一碟豆腐卷上。他觍着脸去要了一份,吃完和乔苑林捐了香火才走。

天色大明,街上的人多了起来。寺外台阶下聚满了大爷大妈,有近百人,有人手里拿着牌子,有人拿着纸笔,堪比大学毕业前的校招会。

梁承瞥见两位大爷靠着他的车头,聊得热火朝天,忍不住道:"还是寺里清静。"

乔苑林说:"你现在返回剃度还来得及。"

"不用了。"雨后初晴,梁承嫌晒垂着眼,瞧不出戏谑或认真,"没尝够红尘俗世,至少谈个对象再说吧。"

这句话貌似引起了关注,他们走下台阶,四面的大爷大妈围过来。

梁承把乔苑林拉到身边,挨着,看清一位大妈手里的牌子,女儿,二十九岁,本科,收入稳定有房有车……这是个相亲角。

有个大爷问他们:"结婚了吗?有对象吗?"

梁承和乔苑林同时摇摇头。

又一位叔叔问:"是不是本地户口?"

梁承和乔苑林异口同声:"是。"

"学历?"

"研究生。"

"在哪儿工作？"

梁承说医院，乔苑林说电视台。

叔叔阿姨们挺满意，学历不错，大单位，一位阿姨指着梁承，说："你们好帅啊，不过你岁数比较合适，旁边这个太小了。"

梁承掏出车钥匙，作势离开。

有个大爷喊："开的大奔呢！"

大爷说："条件这么好怎么还单身啊？"

梁承随口道："没合适的。"

"那你中意什么样的？"大家乱问，"留个微信号吧，什么标准，喜欢什么类型的姑娘？"

梁承已将乔苑林挡在身后侧，没回头，用周围人都听得到的音量，回答："不凑巧，我没有结婚的打算。"

一片死寂，大爷大妈们全愣了，看着他们俩的目光逐渐由"丈母娘看女婿，越看越满意"变为探究，继而四散离去。

乔苑林被梁承死死扣着手臂，从汹涌的相亲大军中辟开一条路，一路将他拉上了车。

车内开着冷气，乔苑林却觉得虚热，额头一片轻薄的汗水。梁承抽张纸巾递给他，他不接，问："为什么？"

重逢以来他能感受到梁承的示好，翻来覆去地想过，当年那般决绝，现在把他看作什么？继兄弟，还是有些交情的旧相识？

他一遍遍地提醒自己，不要庸人自扰，更不敢自作多情，可他是个成年人，截至刚才，他无法再忽略梁承。

他又问一遍："为什么要向陌生人说那些？"

梁承道："我是在对你说。"

乔苑林僵靠着椅背，"我不明白。"

"乔苑林。"梁承声色低沉，格外郑重，"八年前我没有勇气——"

不待梁承说完，乔苑林刷地扭脸对着窗外。

曾经的难堪和痛苦,他经受不住第二次,而这个元凶又道:"我们——"

乔苑林粗声说:"过去的事我早就忘了,你不要再提。你任何决定都是你的自由,和我没关系。"

梁承攥着方向盘,喉结滑动,张嘴还没发出声再次被打断。

"你行行好。"乔苑林来完硬的来软的,委屈十足,"我心脏本来就不好,你饶了我吧。"

到小区门口,乔苑林解开安全带,逃也似的走了,连车门都忘了关。

自此之后,乔苑林躲着梁承,怕在家里遇上,没头没脑地去姑姑乔文博家住了两天。

幸好台里事忙,他顾不上瞎琢磨,忙了一天只剩下疲惫,手机每天收发数十条消息,小白狗头像落在后面看不到了。

对程立业的专访正式播出,因为是独家新闻,八达通的收视率今年首创新高。程立业作为一名老警察,一面是见义勇为的褒奖,一面是反思和忏悔,两起类型案件的对比引起巨大讨论,多家媒体进行了分析报道。

在新闻中心,栏目组狠赚了一把存在感,后续还有公安宣传片,虽然算不得大翻身,但绝对是亮眼的一仗。

乔苑林点击鼠标,电脑上的新闻画面定格,记者一栏标注着他的名字。他更愿意当成是一个新的开始。

不光精神上满足,他们接到新的赞助商,这个月奖金喜人。

办公室的同事走得差不多了,乔苑林关掉电脑下班,桌面变暗,日历上烫金印刷的数字泛着幽光。

明天就是五号了。

电梯下降一半,手机振动,乔苑林盯着来电显示,信号不好,他有正当的理由拒接。

一直到一楼梯门打开,仍响着,看来躲不过去了,他接通走出电梯:"喂?"

里面有电视声,梁承在家,说:"晚上包饺子,乔叔让我叫你回来。"

乔苑林道:"好。"

梁承不问自答:"我晚上值班,吃完饭就走了,不会在家里多待。"

乔苑林很不是滋味,隔着手机和梁承对峙,忽然,有人在背后叫了他一声。

回过头,雷君明刚出电梯,打招呼道:"苑林,下班了?"

"嗯。"乔苑林将手机移开一点。

雷君明遗憾地说:"你离开采访部见面都不方便了,怎么样,在新栏目还适应吗?"

乔苑林回答:"还行。"

"我看最新一期了,真好。"雷君明说,"我知道你在哪儿都会很出色。"

乔苑林笑笑,看了眼屏幕,梁承还没挂断。

雷君明走近,问:"明晚有空吗?"

"明晚……"

"五号,正好发工资。"雷君明道,"一起吃晚饭,或者去喝点东西放松放松,挑你喜欢的。"

乔苑林握着手机,若有似无的呼吸声从里面传入耳朵,他抿一下嘴唇,弄不清此刻的心思。

"乔苑林。"梁承好像在叫他。

而他回答:"那就明天,我来请客吧。"

04

出租车停在小区门口,打着表,乔苑林多坐了一刻钟才下来。

走到楼下,四周没有梁承的车,他开门进屋,玄关的鞋架上也没有多一双鞋子。他希望别碰面,如愿了,可是并不感到轻松。

莫名地,他有些心虚。

乔文渊在客厅讲电话,谈的公事,语调比新闻主播还正经。贺婕在餐厅切橙子,说:"苑林回来啦。"

"嗯。"乔苑林过去放包,露出没啥烦恼的模样,"这么大一箱啊。"

贺婕说:"梁承有个患者在老家开果园,因为洪水损失惨重,他就买了几箱分给科室同事,这箱拿过来给咱们吃。"

乔苑林尝了一块,汁水甘甜,问:"他吃过饭了吗?"

"别提了,吃了三个就说饱了,回医院值班去了。"贺婕擦擦手起身,"早知道不包那么多了,走,我给你煮去。"

乔苑林不好意思麻烦贺婕,但他向来不懂煮东西的火候,便进厨房学习。等着水滚沸,他说:"我明晚不在家吃饭。"

贺婕道:"又加班吗?"

"我约了同事。"乔苑林想了想,"应该不会太晚回来,十一点之前吧。"

贺婕没想到他会报备,而且是跟自己,心中熨帖。这时乔文渊讲完电话过来,说:"再敢喝酒就别回来,到大街上去睡。"

吃完饺子,乔苑林洗澡上床,抱着平板电脑看网上关于这期节目的留言,把中肯的建议提炼下来记在备忘录上。

微信弹出消息提示,他点开,雷君明发来一家餐厅的点评链接。

当时答应明晚一起吃饭后,乔苑林挂断电话,至于吃什么、去哪儿吃,他头脑空白,让雷君明决定。

打开链接,是一家北京菜,雷君明又发来一条消息:你要请客,那吃完饭师兄请你喝东西。

乔苑林回复:好。

雷君明:这家评价很地道,尤其是招牌烤鸭,你觉得怎么样?

乔苑林:挺不错的。

雷君明:毕业后很想念在北京读书的日子,你第一次跟我说话就是在学校二食堂,记不记得?

乔苑林没印象了,说:不是新闻社面试吗?

雷君明:你果然忘了,我在餐口排队,你傻乎乎地问我,师兄,鸭腿饭是不是北京烤鸭撕下来的腿啊?

乔苑林隐约记起来,那是入学第一天。他认为大学的第一顿饭意义非凡,看哪个餐口排队人多就去问,所以不记得具体问过谁了。

而最后，他买了角落那家的牛肉锅盔。

深夜，若潭医院住院部，梁承从病房出来。法洛四联症的婴儿已经住院，肺动脉段凹陷严重，一小时前急性缺氧发作一次，这会儿安稳下来，刚到护理站，刘护士说："梁医生辛苦了。"

"没什么。"梁承叮嘱了几句。

桌上有包话梅，他顺手拿了一颗，酸，咬紧牙关才忍住干呕，一番自虐后，倒是被刺激得精神了不少。

王护士翻值班表，说："梁医生，今天是冯医生的班啊。"

"我跟她换了。"梁承说。

"那你明天就清闲了。"王护士道，"下班就能走，有约啊？"

梁承将话梅核儿从左脸颊顶到右，预留出的时间已无意义，他活该，于是坦荡地自嘲："人品不行，约不上。"

漫长的一夜过去，大清早，门诊部挤满了人。

梁承在换药室小憩，被吵醒，出来碰上了孙卓。那档节目并未搁浅，毕竟电视台和医院协议好的，今天将正式拍摄。

孙卓主动道："梁医生。"

梁承点一下头，他退出后节目便跟他毫无瓜葛，不过好歹答应过，而且孙卓总归是乔苑林的领导，所以他推荐了另一位医生。

打了声招呼，梁承就去手术中心了。一直忙到下午，快要下班，他冲个澡换上自己的衣服，要再去病房转一趟。

电梯人多，梁承碰了一下扶手，到住院部率先拐进洗手间，迎面从隔间出来一人，是雷君明。

"梁医生。"雷君明依旧笑得文质彬彬。

梁承不咸不淡地"嗯"一声，弯腰洗手，两个人并立在水池前，他抬头从镜中审视对方，衬衫熨烫过，还喷了古龙水。

雷君明回看他，找话聊："梁医生，你和苑林是堂兄弟吗？"

"不是。"梁承不确定乔苑林愿不愿意透露家事，说，"以前是邻居。"

雷君明颇为意外，笑道："远亲近邻嘛，可能比大哥还亲。"

梁承冲洗泡沫，问："你们大学时很熟？"

"我们蛮有缘的。"雷君明回答，"苑林在食堂跟我搭讪，我就记住他了，后来又进了新闻社，接触下来他是个挺招人喜欢的小孩儿。"

梁承烘干双手，看了一眼手表，正值傍晚的堵车高峰期，说："还不下班吗？"

雷君明道："我是来帮忙的，跟孙主任说一声就可以走了。"

节目组转移到病房拍摄，怕吵，有事都挤在消防通道讨论，梁承经过，貌似听见乔苑林的名字。

二组组长说人手不够，半个月了，估摸孙卓已经消气，便趁机进谏，希望把乔苑林调回采访部。

孙卓不同意，场面僵持。

梁承朝病房走去，走到一半，听见什么回过了头。

城西商业街华灯初上，乔苑林穿着件奶油色T恤，磨白牛仔裤，在樱桃木的中式餐桌上显得格外柔和。

雷君明打来，说被孙老大留下了，要晚一点到，让他先吃。

乔苑林翻了几遍菜单，烤鸭诱人，他却想起小玉大排档的海鲜，以及炸开花的生日蜡烛和被瓜分的蛋糕。

等待将近一小时，他感觉差不多了，然而一顿饭吃完雷君明也没过来。他打包了半只烤鸭，发消息说：师兄，要不改天再约吧。

雷君明回复：我这边快收工了，马上去找你。

乔苑林：我吃完了，老在餐厅坐着不太好。

雷君明：旁边是酒吧街，你找一家，到了我请你喝东西。

乔苑林想提醒对方他不能喝酒，但今天已经够扫兴了，就回复了一个"OK"。

离开餐厅，他兴致缺缺地溜达到隔壁街上。

路牌上写着：梵谛西街。

不就是应小琼想投资酒吧的那条街？乔苑林走马观花，天一黑，这里是全市人流量最大的地方，男男女女，灯红酒绿。

各色招牌光芒耀目，声浪沿着街边流淌，乔苑林不知道应小琼要投的是哪一家，挑了间不那么吵的走进去。

卡座要预约，他只好坐吧台的高脚椅，第一次来，为了显得熟练老成，露出被鲍春山骂过的厌世表情。

酒保问："哈尼，是会员吗？"

乔苑林一惊，原来酒吧里叫得这么亲，他故作淡定地道："目前不是，但可以考虑。"

酒保没推销，说："喝点什么？"

爵士乐悠扬放松，暗色光晕里男人女人聊天谈情，人手一杯洋酒，只有乔苑林孤独地嚼可口可乐。

太无聊了，他摸出手机听姚拂骂难伺候的客户，刷新朋友圈，田宇在加拿大开派对，他点了个赞。

外面街上一阵引擎轰鸣，越野车呼啸而过。

乔苑林偏头张望，忽然一个男人挡住他的视野。

他打量对方，四十来岁，油光水滑的背头，定制西装，下颌修着雅痞范儿的胡楂儿，像电视剧里的投行精英。

男人跟他搭讪："小朋友，自己一个人？"

乔苑林生平最恨"小朋友""小屁孩儿"这些词，说："叔，有事？"

男人肉麻地说他顽皮，问："成年了吧，叔叔请你喝酒。"

乔苑林道："我不和陌生人喝酒。"

"你很直接啊。"男人抬手搭他的后背。

乔苑林挺直躲开，"我在忙，记者，正暗访调查呢。"他拍拍包，"非正常拍摄，懂吧？别烦我，否则不给你打码。"

男人边笑边说他可爱，离开前跟酒保说："给这位小朋友一杯酒，算我的。"

乔苑林没来得及拒绝，男人就走了。他莫名获得一杯鸡尾酒，红色的，飘着莓果香气，应该比啤酒好喝。

就尝一口总不会醉吧，他给自己找理由，轻轻啜饮。

那辆越野就停在隔壁酒吧，梁承下车觑了一眼招牌，推门进去。应小琼问他合伙的事考虑得怎么样了，他兴趣不大，非让他来实地感受，说绝对动心。

现在人到了，没动心，被震耳欲聋的动静吵得头疼。他一个人占据宽大的环形卡座，就要一杯冰水，不喝酒不蹦迪，冷漠地扫了一圈灯光下的莺莺燕燕。

实在没劲，梁承掏出祈福铃铛，默默编织收尾的一小截。

劲歌热舞一首接一首，梁承觉得远不如乐安寺的诵经悦耳。终于编完，这一天还有三小时就要结束了。

乔苑林在做什么？雷君明来了吗？

两个人在一起，聊大学时光，聊记者理想，想必投契又自在。

梁承饮尽杯底的碎冰，嚼得满口冰凉，走出酒吧正对人来人往的街，从今年开始，他再也不用惦记五号这一天了。

那铃铛呢，又该如何处置？

梁承拿出手机，像个卑鄙小人，一整晚都在想打这通煞风景的电话。拨出号码，他预判乔苑林会是平静还是厌烦。

无人接听，然而片刻后，铃声从附近传来。

梁承循声转身，旁边酒吧门口，乔苑林和一个陌生老男人，拉拉扯扯，被夺过手机挂断了。

"你有病啊……"乔苑林推开对方。

几口鸡尾酒喝下去，他头晕得厉害。跟上次喝醉不太一样，手脚发软，胸口憋闷。他在吧台上趴着，男人再次出现，絮絮叨叨地要送他回家。

乔苑林无力挣脱，被半搂半拖地带出来，风一吹清醒些，他道："你放开我，离我远点……"

梁承已经大步奔来，从后捏住男人的衣领一把推搡出去。乔苑林跟跄着，他伸手抓住,手臂暴突着一道道青筋。

乔苑林晕得看不清人,只闻到熟悉的消毒水气味,瞬间老实下来。

男人站定,骂道:"你是什么人啊?!"

"我是他大哥。"梁承说,"你是什么人,要不要去派出所互相认识认识?"

男人将信将疑。

乔苑林迷迷瞪瞪听见半句,大喊:"我今晚一点都不开心!"

梁承把人按在怀里,抚着背,冲那男人说:"还没看够是吧?要么打残了我给你治,要么滚。"

男人咒骂着退到街边,招了招手,一辆出租车靠边停下,副驾驶的门打开,雷君明姗姗来迟。

梁承简直气笑了,手上失去力道,惹得乔苑林吃痛挣扎。

雷君明跑过来,惊讶道:"梁医生,你怎么在这里?"

梁承冷声说:"我倒想问你怎么不在。"

"我留下帮忙……"雷君明看清乔苑林的状态,"苑林,你喝多了?"

不等乔苑林开口叫"师兄",梁承先道:"你主动约他,为什么放他鸽子?他不能喝酒,为什么还约在酒吧街?"

雷君明心底发怵,此时的梁承目露逼人凶光,一闪而过的戾气甚至有些可怖,他解释:"我……"

梁承说:"你可以走了,今天的约会结束了。"

雷君明道:"我送他吧。"

梁承摘下乔苑林手上的外卖餐盒,丢垃圾一样丢给雷君明,强势得不由反抗道:"拿上你的鸭子,人我要带走。"

说完,梁承扶着乔苑林离开。走出几步,乔苑林头晕目眩地往下坠,站稳后不知从哪儿冒出一股劲,死活要自己走。

梁承只好松开他,护在一旁,一肚子火无从发泄,"过去了八年,还不如十六岁有脑子,一个人跑到酒吧喝酒,喝成这样,被不三不四的人捡醉虾!"

乔苑林抬着脸,接腔道:"什么叫捡醉虾?"

梁承想到刚才的男人就恶心,咬着牙低声说:"就是你这只醉虾被人捡回去,剥掉壳,露出肉,从头到尾被人吃干抹净。"

乔苑林打个酒嗝,居然笑道:"你傻啊,虾头不能吃!"

梁承彻底受不了他,大掌罩住那张脸,用力一揉,却弄得自己满手滚烫。

奔驰停在路边,梁承把乔苑林撂在原地,掏出车钥匙走过去,打开车门拿了一瓶纯净水。

一回头,他顿住了。

许是揉得痛,也许是醉得厉害,乔苑林的面目竟然有些可怜,他扯了扯衣领,脸颊至锁骨呈现出一片不寻常的嫣红。

他涣散着目光,不闹了。

梁承叫他:"乔苑林?"

他迷离又懵懂,喃喃地道:"哥,我好热啊。"

05

梁承意识到乔苑林不止喝醉那么简单。

将人弄上车,用安全带控制住,他从扶手箱里拿出一支小手电,拨开乔苑林半阖的眼皮检查瞳孔。

"唔。"乔苑林不舒服,眨巴眨巴眼睛,"干什么啊你?"

梁承耐着性子,问:"喝的什么酒?"

乔苑林想了想,红色的,回答:"红酒……还吃了份椒盐玉米片。"

梁承发动车子,引擎响彻整条喧闹的街,路过的人都能听出车主在不高兴。他单手开车,另一只手掐着乔苑林的手腕,计算一分钟内的脉搏。

还好,在正常波动区间,可乔苑林仍浑身发热,扭着身子往玻璃窗上贴。手机振动,从裤兜里滑出来。

来电显示"乔文渊",梁承捡起来接听:"乔叔,是我。"

上次喝醉回去乔苑林大放厥词,惹得乔文渊发火,今晚这种情况没准儿会父子决裂。梁承撒了个谎,说他们在外面遇上,离他的住处不远,于是带乔苑林回家坐坐。

"这孩子，大晚上去打扰你。"乔文渊问，"怎么他不接电话？"

梁承瞥一眼副驾上的醉鬼，说："他去洗手间了，估计是晚饭吃得不干净，肚子不舒服，我给他找点药让他在我这儿凑合一夜吧。"

好歹骗过去了，梁承将手机扔中控台上，"啪"的一声。乔苑林一激灵睁开眼，伏在车窗上回头瞧他。

梁承强压肝火，用自己的手机给医院同事打了个电话，描述情况的时候简直张不开嘴。咨询完，条件反射又想扔，手都伸一半了，愣是轻轻地放上了中控台。

梁承住的公寓是一处高档小区，五十二楼，房子是两居室，环面落地窗，平海的璀璨夜景尽收眼底，门一开，乔苑林跌跌撞撞地扑进客厅，戳在正中间。

四下陌生，干净整洁得过分，他迷茫地环顾一遭，看见客厅一角的独立花架，上面搁着一盆白色小花。

乔苑林曲里拐弯地走过去，被沙发挡住，顺势栽倒，真皮表面微凉，他蹬掉鞋子躺上去降温。

梁承端来一杯温开水，给乔苑林喂了两口，然后打开血压计检查，再戴上听诊器探听对方的心跳。

血压偏低，其他还好，乔苑林误服了药物，因为身体年轻所以反应激烈，重点是酒量差、酒品烂，直接醉出了迷药的效果。

沙发暖热了，他很不爽，扑棱着四肢嚷嚷道："开空调，你想热死我吗？"

进门就自动开了，梁承克制地调低一度，说："开着呢。"

乔苑林撒酒疯道："去，你给我拿个雪糕。"

梁承问："你使唤谁呢？"

虽然醉了，还听得出语气好坏，乔苑林摇晃地起身，软绵绵地扑到梁承身前，像撒娇："哥，我想吃雪糕，不要奶的，要冰的，嗷。"

梁承比服刑那两年还心累，效果微薄地叮嘱了几句，下楼去买。小区里面有便利店，他挑了两支冰棍儿，怕乔苑林后半夜肚子饿，又买了牛奶面包。

回到家，客厅没人了。

梁承走到卧室外，地板上丢着乔苑林脱掉的牛仔裤，里面黑着灯，月色混合霓虹的光洒进来些许，乔苑林滚在床上。踱到床边，梁承捻亮壁灯，昏黄亮起的刹那乔苑林猛地蜷缩起来，脸红身红，着实像一只熟透的虾子了。

他张着眼，不安地拢紧膝盖。

梁承目的不明，动作先于意识，伸出手碰到T恤卷起的衣角，想拉下来。

乔苑林惊慌地说："你干什么？"

"别碰我……"他混沌地以为对方是来搭讪的人，吓唬道，"我等的人马上就来了，你离我远点！"

梁承手指僵硬，问："你等的是谁？"

乔苑林说："师兄，我师兄。"

梁承的神经顷刻间松弛，仿如弦崩，巨大的空虚砸落，他怔忡地收回手，伫立在床边无法动弹。

片刻后，乔苑林难受得失控，骨碌到另一侧，下床溜进了浴室，水声陡然响起，随之而来的还有瓶瓶罐罐打翻的声音。

梁承回神，冲到浴室推开半掩的门。

淋浴头开着，乔苑林被冷水浇透了，他撑着大理石的洗手台，奶油色的衣服湿漉漉地贴在脊背上。

梁承将他翻过来，盯着他，从上至下。

乔苑林脚一软。

梁承不为所动，说："我是谁？"

乔苑林道："哥……"

近在咫尺的眉目，凝视之下乔苑林半醉半醒，他抿住唇珠。

倏地，乔苑林仰起脸，泪斑与红晕像滑稽的妆，他好生无辜，但稳准狠地扎人心窝子："过十二点了吗？"

梁承俯首看他，不知道忍着一腔什么："快了。"

乔苑林紧张地道："你、你还没给我生日礼物。"

梁承真想让这个麻烦精疼一下，躲着他不见，故意在这一天跟别人吃饭，还要说给他听，现在软成烂泥，又找他讨要礼物？

他恶劣地问:"我去给你拿礼物,还是继续伺候你?"

乔苑林醉蒙蒙地愣着,难以抉择,贪心得都想要。

缓缓地,他似服软于眼下,也似怨怼于过往,悄悄哭了起来。

06

乔苑林是从梦中渴醒的,喉咙烧灼,床头柜上贴心地放着一杯水,他爬了过去,端起来咕咚咕咚灌下去大半。

红肿的双眼逐渐聚焦,水杯旁边有一包消毒湿巾和一管润肤露,大片落地窗外是高空与艳阳,他一低头,地板上是他的T恤,潮湿皱巴,狼狈得让人不忍直视。

乔苑林捏着被子掀开一点,他穿着件深灰色的大背心。他盖紧被子,跌回枕头上,手腕晃出清脆的响声。抬起手臂,他盯着缠在腕间的古铜色小铃铛,记忆慢慢回溯——

昨夜他要生日礼物,梁承拿出这条编织的手链,给他戴上。

随着药效减退,那时的醉意也浅了,乔苑林此时一点点拼凑起来,仰在床上生无可恋。

这里是梁承的家。

咔嗒,门打开,梁承走进来。他停在床尾,平淡地说:"醒了。"

他觍着通红的脸,说:"我昨晚……"

梁承拾起浴巾扔到他脑袋上,命令道:"先洗澡。"

乔苑林起身。

浴室里的浴缸已经放好热水,香皂药皂沐浴露摆了一排,还有一块硫黄皂,乔苑林心想他有那么脏吗。洗完裹着浴袍出来,他走到客厅,沙发上有一条薄毯和一个枕头,难道梁承在沙发上睡的?

厨房有讲话声,乔苑林走去立在门口,梁承换了便装,在给营养科的同事打电话,同时往碗里磕了两个鸡蛋。挂线后,梁承侧目觑了他一眼。

乔苑林自觉理亏,还混着羞愤、尴尬等情绪,他也感觉出对方在不高兴,便没话找话道:"这是你买的房子吗?装修挺漂亮的。"

梁承不搭理他。

他又道:"楼层这么高,开窗的话,风声会不会很吵啊?"

梁承始终没吭声,直至蛋羹蒸好。

乔苑林鹌鹑似的窝在餐桌上,大气都不敢出,埋头对着碗,想夸一句好吃缓解氛围,又怕拍马屁拍错了地方。

半响,他从蛋羹里抠出最大一颗虾仁,夹到梁承的碗里。

他在心里默念:昨晚,你辛苦了。

手机突然振动,来电显示"雷师兄",右上角只剩百分之三的电量。梁承夹着那颗虾仁,终于开口:"充电器在卧室。"

乔苑林嫌雷君明放他鸽子,伸手挂断了。

梁承吃下虾仁,嚼得稀碎,然后说:"下不为例。"

乔苑林该乖乖点头,但梁承好久没这么冷硬地跟他说过话了,他找理由道:"我就是好奇鸡尾酒什么味道,喝了几口。"

"你如果好奇监狱什么样,要不要杀个人试试?"梁承是个心智齐全的成年人,而且是医生,昨晚的事他能按下不表。

现在都清醒了,乔苑林不服也好,生气也罢,他必须说清楚其中的利害:"一个月内你喝醉了两次,普通人都知道喝酒对身体不好,你有心脏病还碰酒?想没想过风险?"

乔苑林解释:"就因为我有病,什么都没尝过,所以……"

"你真的想试,有一百种安全的方法。"梁承道,"而你去酒吧,喝陌生人给的酒,乔苑林,你是不是心脏病转移到脑子里了?"

怎么还人身攻击啊?乔苑林反驳:"昨晚是小概率事件。"

"小概率事件一旦发生,叫事故。"梁承说,"发生后一切都晚了,你以为是去消遣,其实不知不觉成了别人消遣的猎物。"

乔苑林嘴硬:"这不没出事嘛。"

梁承将瓷勺撂在碗里,咣当,像法槌落下,他说:"如果出事了呢?被那个陌生人带走,你会受伤,可能还会因为过敏导致发病,万一身体发作起来，我今天不是给你煮饭而是给你接诊。"

乔苑林张张嘴："我……"

梁承骂道："我早晨醒的时候还后怕，你能不能长点心？"

乔苑林被教训得发蒙，好歹二十多岁的人了，脸上挂不住，他诚恳又负气地说："我知道错了，这就回家反省。"

说完，乔苑林回卧室捡衣服，脑子乱糟糟的，不小心进了卧室隔壁的书房。

不大的一间，高及天花板的书柜占据整面墙壁，不像当年连书桌都要合着用。而书柜中央的一格没摆书，竟放着一个玩偶娃娃。

乔苑林走近，那个娃娃有一双蓝色眼珠，很旧，模样款式都有些过时。他定在柜子前，听见梁承走进来。

原来他根本没忘，甚至记得一字不差："这是什么？没人喜欢的小屁孩儿，还是被捡回来的垃圾？"

梁承说："是补给你的生日礼物。"

祈福铃铛不过是幌子，这才是真的，乔苑林气息不稳，问："你为什么八年前不送给我？"

梁承握着拳，因为他杀过人，沾过血，他的东西不干净。

现在，这双手只会救人，他终于可以心无芥蒂地打开柜子，抱出那个娃娃，只是他不确定，说："你还想要吗？"

乔苑林一把夺过，记了八辈子仇，以牙还牙道："放这么多年得有多少细菌，我要拿回家消毒。"

他往外走，经过梁承身旁时被抓住小臂，"我真的要回家了……改天见。"

梁承借了他一身衣裤，换好，拎着玩偶离开，临出门还被塞了一支芒果味冰棍儿。

经此一事，乔苑林着实安分了不少，在家听父母的，在单位听领导的，搞得乔文渊以为他闹一次肚子闹得转了性。

不过他乖归乖，始终认为那晚的事情是个例。

冷静之后，乔苑林复盘整件事。他喝那杯酒真的是出于好奇，杯子小，喝下几口就一半了。而且他以为雷君明很快会到,不担心喝醉没人管。

他从小就懂得不能碰陌生人给的东西,防备心并不差,这次之所以疏忽,是因为那个男人根本没碰过那杯酒。

乔苑林反反复复地回忆,十分肯定,那个男人要请他喝一杯,说完就离开了,几分钟后酒保才调好酒给他。

后来他点了一份玉米片,再后来他好像醉了,头晕发热,想出去透透气,男人才再一次出现。从头到尾,那杯酒都没经过对方的手。

所以,其实是酒保有问题?

又或者,男人和酒保是一伙的?那作为员工,整个酒吧是否存在见不得人的隐患?

乔苑林依稀记得酒吧名字叫"春风",他写下来,连同印象里酒保和男人的全部特征。这件事绝不能就这么算了。

作为行动派,他应当向鲍春山汇报,成立专题,但组里人力物力紧张,这种长线调查的案件报道几乎为零。

再说他是当事人,误入虎穴,实在是难以启齿。

趴在桌上正愁呢,编辑小许从外面进来,说:"小乔,有人找。"

乔苑林抓了抓刘海,出去看见雷君明,有点尴尬,他本来以为对方挺稳重一人,现在感觉不太靠谱。

"苑林。"雷君明是来道歉的,"还生气吗?那天让你等那么久,是我不对。"

乔苑林干笑:"没事,都是记者,我理解。"

雷君明解释:"节目人手不够,孙主任突然要我留下,对不起。"

"真没关系。"乔苑林还惦记调查的事,如果在采访部会好办许多,"师兄,那家酒吧好像有问题。"

雷君明问:"什么问题?"

乔苑林大致讲了一下,如果采访部愿意做,他可以提供信息和协助。

雷君明推了一下眼镜,却说:"平海这么大,那个男的肯定找不到了。况且一家酒吧背后的利益链条错综复杂,你别纠结了,就当摔一跤,幸好没什么损失就算了。"

乔苑林愣了一会儿:"哦。"

雷君明哄道:"总之这次是我不好,今晚我请你,一定不会失约。"

乔苑林说:"不了,我今天有事。"

他推托得太明显,雷君明问:"那晚梁医生貌似对我有意见,他不希望你跟我接触吗?"

乔苑林听见"梁"字就皮肉一紧,脸也烫,便敷衍地丢了句"我回头问问他",然后在雷君明呆滞的目光里走了。

回到工位,乔苑林闲下来,想到梁承,扫过一格一格的键盘,想到梁承,戴上耳机听摇滚,想到梁承凶巴巴地吼他。

那么个硬茬子,也会后怕吗?

或许他并非没心肝,只不过和梁承在一起,叫安全感壮胆了而已。

黄昏,若潭的疗养花园美不胜收,从手术中心的窗口能眺望到池中的天鹅,梁医生一向不解风情,掠过一眼便拐进了男更衣室。

法洛四联症的患儿完成手术,他放松地伸个懒腰,打开柜门,拿出一条运动裤换上,下班想去跑跑步活动僵硬的颈椎。

系好裤带,手机在兜里响,他摸出来打开,是一条微信。

他以为乔苑林怎么也得消化个半拉月,所以这些天即使不放心,也没接过他、没去家里,结果这家伙却主动给他发了消息。

乔苑林:最近忙吗?

怪客气的,梁承编辑:还行。

乔苑林秒回:那晚的事,你忘干净。

梁承几不可闻地笑了一声。

他除非车祸失忆,否则是不可能忘掉了。

梁承换好衣服往外走,不答应不拒绝,坏心眼地回复:我可以忘记,但是有条件。

乔苑林:什么条件?

梁承：以后一滴酒都不许沾。

乔苑林：没了？

梁承：八月五号不许再找别人。

乔苑林：约法三章吗？还有呢？

梁承停下，自己明白第三条没有多少底气，就当逗乐子，他回道：不许躲我。

按下发送，梁承揣起手机，暂时逃避乔苑林接下来的回复。大步走出手术中心，拐到走廊，他忽然顿住了。

墙边长椅上，乔苑林抱着背包和单反，正专心致志地看着那行字。

梁承有些断片，咳嗽一声。

乔苑林抬起头，也有点呆，亲口憋出个答复："那我这不就来了。"

「番外」

绿玫瑰

郑宴东开车驶出法医检测鉴定中心，街上人迹寥寥，不太倒霉赶上一路红灯的话，四十分钟就能抵达海鲜汇。

梁承曾挖苦他，大老远的就为了吃口饭？

没办法啊，人总有没出息的时候。

商业街华灯璀璨，巨屏上播着新推出的香水广告。对比之下海鲜汇的招牌尤为黯淡，里面似乎打烊了。

郑宴东停好车子，不由得注意到旁边一辆眼熟的吉普。

餐厅大门没锁，厅堂有光，郑宴东推门进去却觉得一片安静。他算是熟客，前台经理认得他，音量稍低地向他打招呼。

"郑哥，来啦。"经理抱歉道，"真不好意思，今天不接待客人了。"

郑宴东听见杯盏落在桌面的声响，说："怎么，有人包场啊？"

经理回答："是我们老板有事。"

前庭和大堂之间布置了一扇屏风，本来挺雅致的物件儿，偏偏是花开富贵的样式，一看便知是应小琼的品位。

中央的一张四人桌上，两人对坐，一瓶酒三道菜，周围满座虚空，天花板上悬坠的水晶灯倒是一盏未熄。

郑宴东在屏风旁边望着，心里想："还不够费电的。"

菜只动了几口，白酒下去多半瓶，应小琼又给自己斟满一杯。他把酒瓶推到对面，不客气地说："我可不给你倒。"

程怀明穿着便装，常年侦办棘手的案子，眉间操劳出无法抚平的川字纹。他倒完端起酒杯，一口干掉，呼着辣气说："行了，就喝这么多吧。"

应小琼没有表情地道："听程大队长的。"

同在这座城市，但两个人已有数年没见，当年的案子重新翻出来，真相曝光，于是有了一起喝顿酒的理由，不过也就这一顿，并且两人还不知道该聊点什么。

应小琼与程怀明没多少话可说，"匪"和"兵"，或线人和刑警队长，总之是离朋友十万八千里的关系。何况，他对程怀明浅薄的信任曾经崩塌。

面对程怀明，应小琼心情复杂，他有过惧怕，寻过求助，为对方办过事，也恼恨过好几年。他文化水平不高，厘不清自己对程怀明，或者说对"警察"这一类人的心态。

要是郑宴东在就简单了，应小琼想，那个人很擅长揣摩和分析，一定能说些听起来蛮有道理的废话。

无论如何，结案了，他清楚程怀明是为此事而来，他们之间难以判定的恩怨，都在今夜了结。

临散场，应小琼带着在生意场淬炼的精明，开玩笑地说："我有原则，不请条子吃饭，你得付账。"

程怀明掏出四张纸钞，放在桌上，一本正经地道别："跟你姐保重。"

应小琼没有起身相送，等程怀明离开海鲜汇，翻出案子的报道不知道看第多少遍，喝完了剩下的酒。

经理过来收拾，问："老板，准备走吗？"

应小琼朝四百块钱努嘴："你的加班费。开车了吗？送我一趟。"

经理说："还有一位客人呢。"

"嗯？"应小琼拿上外套朝外走，不耐烦地道，"我都跟你说了今晚不营业，谁啊，就那么爱吃咱家的饭啊？"

他绕过屏风，看见那位久等的顾客——郑宴东端坐在前台后的高脚椅上，等得蔫儿了，领带扯开在一边，估计还趴着睡了一觉。

这人经常大晚上光顾，不稀奇，应小琼心情好时会吩咐厨房添菜，心情坏时连理都不理他。

郑宴东等着应老板开口，默默扭正领带。

应小琼倦了，说："餐厅今天不营业。"

"是不对外营业吧。"郑宴东长腿一迈，"就为了专请程队？怎么，你要改混白道了？找我啊。"

应小琼拿手机叫车："你别跟我贫。"

郑宴东尾随其后出了餐厅，说："应哥，我快饿死了。"

"这条街那么多餐厅，你去别家。"应小琼被冷风一吹，酒气仿佛涌上了鼻腔。他深呼吸换气，闻见郑宴东身上的香水味，"你一个剖尸的整天精致个什么？"

郑宴东道："你不要搞职业歧视。"

叫车软件显示正在匹配，应小琼盯着手机屏，忽然郑宴东伸手点了"取消"。

"你……"应小琼能一脚踹翻二百斤的大胖子，于是扬起手，一巴掌就把一米八七的男人拍下台阶。

郑宴东趔趄地站定，整条左臂发麻，掏车钥匙的动作像得了脑血栓，说："我送你回去……你给我煮碗面。"

应小琼被对方的滑稽样子惹笑，秋月高悬，明艳的笑脸抹了一层银光。他踩下台阶，事先声明："我看在你是梁承哥们的分上。"

应小琼住的小区离海鲜汇不远，去年冬天郑宴东送过他一次，没进大门。他想着以应小琼的审美，家里说不定什么德行，上楼前狠狠地做了做心理准备。

出乎意料的是，应小琼安身的一亩三分地并不出格，屋里微乱，也谈不上软装，每件家具都有些年头，是特别平凡的"家"的样子。

应小琼一向利落，进厨房洗手煮面，切菜时又重复了一遍："我看在你是梁承哥们的分上。"

郑宴东忽然感到喉咙太痒了，否则为什么发不出一个简单的"嗯"？

看到放在车里的糖盒，他问："应哥，有喉糖吗？"

应小琼说："茶几抽屉里，自己找，给我也拿一块。"

郑宴东拉开抽屉，里面塞着几个糖盒，摇了摇都空了，还有一沓票据、乱七八糟的常用药和一本脏旧的新华字典。

青菜丢进热油，刺啦刺啦，应小琼不耐烦地喊："找着没有？"

郑宴东停在厨房门口，回答："没，没找到。"

"不可能，应该还剩好几盒啊。"应小琼调小火嘀咕，"可能我姐过来给我收拾完又不知道放哪了，算了，把酱油给我。"

郑宴东过去打下手，在应小琼身旁盯着锅里的面，有点素，不比程怀明吃得有排场，说："小琼，下次我想吃蒜蓉大虾。"

应小琼斜着眼尾睨人，烟火气盖不住他的风情，但一张嘴便斩杀了旖旎，道："滚一边去，真拿自己当大瓣蒜了！"

郑宴东又想跟梁承吐槽：他怎么那么爱骂人？

一碗清汤面，炝了荷包蛋和一把上海青，应小琼煮完嫌热，去冲了个澡。他故意洗得很慢，出来时郑宴东已经吃完了。

他一刻不耽误，说："饱了就走吧。"

郑宴东钩了一下茶几抽屉的圆环拉钮，起身道："给我开门。"

应小琼走到玄关，说："从小区南门出去，走平成路比较近。"他握住门把手，潮湿的发梢凝着一滴水，颤悠悠地向下坠落。

忽然间，郑宴东从背后靠近他。

于是，应小琼发梢的水滴就落在郑宴东的衬衫袖子上，湿了一点。

应小琼僵着没动，说："搞偷袭啊。"

郑宴东低笑道："怕你拍死我。"

应小琼说："我现在向后肘击，能让你内脏出血。"

"哪个内脏？"郑宴东商量道，"肝或胃吧，肾对一个人很重要。"

应小琼绷紧了手臂肌肉，手腕浮现纤细交错的青筋，咔嗒，打开了门。

郑宴东与他擦肩离开，门关上之前，放下一句："什么时候你跟我相处，不再因为我是梁承的哥们就好了。"

墙壁隔音一般，应小琼听脚步声渐远花费了许久，回到客厅一屁股跌在沙发上，对着空掉的面碗，像一口咸汤没咽下去，堵得慌，也渴得慌。

他拽出抽屉，装喉糖的盒子明明白白地露着，旁边的常用药被翻过，一盒创可贴从最里面转移到显眼的位置。

背面的字迹有点褪色了，但依然欠揍：火玫瑰，别生我气。

应小琼骂了句脏话，把抽屉重重地关了回去。

那晚之后，应小琼迈向了事业的新里程，开酒吧。

他早在梵谛街相中了铺面，去年整条酒吧街停业整顿，元气大伤，最近才恢复了红火。

他本来有意拉梁承合伙，如今却犹豫了。当初梁承和郑宴东一起开花店，开到倒闭，万一梁承这次再拉来郑宴东入股怎么办？

他不想见到郑宴东，起码暂时不想。

通电话也不行。

应小琼不爱琢磨事，头一回深谋远虑，后来他决定施行迂回战术，不找梁承了，找乔苑林，而乔苑林自从有了老父亲给的存款，胆子更大了，腰杆更直了，也意识到记者涨工资确实慢了点。

应小琼拉到乔大记者的投资，两人联系密切了，情感度升高了，乔苑林像第一次买股票的股民，每天都问，应哥怎么样了，应哥辛苦了，应哥我好期待啊！

搞得应小琼也忍不住背地里冲梁承吐槽：他怎么那么能撒娇？

都是喊哥，感觉挺不一样的。梁承一向冷淡，银行的叫号机都比他感情充沛。乔苑林叫得特别亲，像亲弟弟。老四呢，热乎，仿佛发出两肋插刀的邀请。

应小琼坐在扒了墙皮的酒吧里，嫌空气指数不够烂似的，面对断壁残垣吞云吐雾。

绕了一圈想到郑宴东，那个人叫他哥的时候，是真心的，也是狡黠的，偶尔露出马脚叫一声"小琼"。

他夺门而出，在道牙子上冲装修队发泄。

应小琼擅长逮人，这辈子没躲过谁，可躲起来不带心软的，自家饭店愣是一个月没登门。

他不知道郑宴东去没去过，可能去了，找他？三番五次找不到，也就不去了吧。

在酒吧盯装修太耗神，礼拜天应小琼窝在家里睡觉，下午出门，单元门口的住户信箱里塞着一纸信封。

他拿出来一看，写着"应小琼收"。

郑宴东出差了，寄来三张城市景点的明信片，有地标建筑和青山绿水，背面写道：景致不错，下次旅游来这儿吧。

应小琼本来要去外面的小饭馆填五脏庙，他装好信封，改去了海鲜汇。待到夜深打烊，他独自坐在前台吃了一碗面。

吃饱，他给郑宴东发了条消息：你做好攻略再说。

深秋近冬，大排档的生意进入淡季，但吉祥路的夜市依旧热火朝天。

应小琼有阵子没来，来了就抄一把塑料椅子一坐，吆喝买卖，嗓子喊累了开一罐杏仁露，有时候喝得比卖得还多，无所谓，这里是他最放松的快乐老家。

十点多的夜市灯影追逐，喝"嗨"了吹牛的，砍价吵起来的，贫穷小情侣伙着一块红豆饼打情骂俏的，简直没人闲着。

应小琼却闭了嘴巴，撑着头欣赏流光流火的众生百态，不远的树下，国庆节缠在枝杈上的彩灯还没摘，将一人手里的咖啡照得像加了彩虹糖的效果。

"大晚上喝咖啡，毛病。"应小琼微哂，那玩意儿苦，他讨厌得很。

他还记得当年给梁承践行，郑宴东拎着半打星巴克过来，他当时惊了，怎么梁承还有这么不合适的哥们？

握着咖啡的男人犹立树下，应小琼定了定神，看清楚对方的脸。

郑宴东这才徐徐走近，在大排档三米之外停下，横亘于之间的人潮来往不断，他饮一口咖啡，忘记了当年买星巴克被鄙视过。

他的记忆里，那天初次见面的应小琼绿衫金链，晃了他的眼睛。

后来梁承走了，乔苑林毕业后离开平海，郑宴东和应小琼相识的纽带瓦解，他们根本来不及相熟。

可是在那些年，郑宴东其实来过许多次，他觉得东西好吃，不过老板跟自己应该处不成朋友。

而作为一个男人，他出于本能欣赏老板，还是那句话，人总有没出息的时候。

郑宴东暗暗做了一些事，有人醉酒找碴，应小琼抄家伙之前他先报了警。夜半降温，应小琼感冒发烧，他在桌上放过一盒药。

应小琼不过生日，不懂要许完愿吹蜡烛，郑宴东在餐巾纸留言"祝你岁岁有今朝"。小黑板更新了菜单，郑宴东圈出错别字，第二天应小琼去图书大厦买了本新华字典。

那时候郑宴东是个学生，挺有少年情怀，之后当上法医正式工作，人变得成熟，便光明正大了。

他每天跟尸体打交道，见到百般死状，其中情杀颇多，他感觉没办法憧憬爱情了，只为了养养眼看美人，还自以为风流倜傥。

到头来，他真的高估了自己。

一个月前赶夜机出差，去机场的路上绕到酒吧街，灯红酒绿，应小琼在街上举着手机发飙："这世界上有靠谱的装修队吗？糊弄到老子头上了！敢扒我的墙，紫红色怎么了？老子就刷成紫红色！"

那双眼睛在风中眨动，郑宴东盯着后视镜险些闯了信号灯。

应小琼的五官鲜妍分明，操劳得瘦了些，棱角愈发深刻，显得有一点跋扈乖戾，令人生畏不敢随意招惹。

郑宴东便不靠近，慢悠悠地又饮一口咖啡。

应小琼耐性差，心想：跟这儿拍文艺电影呢？

他撇开塑料椅子，脚边空掉的杏仁露易拉罐滚出去一个，许多句子打脑海飞掠，他挑了假装招揽顾客又暗藏玄机的一句："你杵着干什么，吃不吃蒜蓉大虾？"

郑宴东回答了，但听不清，应小琼蹙眉走过去，三米缩短成半米，伸手就能给对方来一下子。

他们以前逛过一次夜市，人挤人碰到手，然后应小琼就一直手揣着兜。

郑宴东此刻突然想，那只手夺过命、伤过人，给亲姐姐擦眼泪，跟兄弟勾肩搭背，戳懒惰员工的后脑勺……

应小琼拉住他了，拽着走："你刚才说什么了？"

男人不要厌，何况郑忤作出差回来刚升了组长，不算秋风得意，却也在今宵秋色里揣着一点期待来了。

郑宴东的心思暗暗浮动，一直想问的话终于说出口："应小琼，如果我认真了攻略，你以后能不能也认真对待我？"

图书在版编目（CIP）数据

心眼 / 北南著． — 广州：广东旅游出版社，2022.5
ISBN 978-7-5570-2650-9

Ⅰ．①心… Ⅱ．①北… Ⅲ．①长篇小说－中国－当代
Ⅳ．① I247.5

中国版本图书馆 CIP 数据核字（2021）第 257740 号

心眼
XIN YAN

出版人：刘志松
责任编辑：梅哲坤
责任校对：李瑞苑
责任技编：冼志良

广东旅游出版社出版发行
地址：广州市荔湾区沙面北街 71 号首、二层
邮编：510130
电话：020-87347732
印刷：北京中科印刷有限公司（地址：北京市通州区宋庄工业区一号楼 101 号）
开本：880 毫米×1230 毫米　1/32
字数：200 千
印张：10.5
版次：2022 年 5 月第 1 版
印次：2022 年 5 月第 1 次印刷
定价：49.80 元

【版权所有　侵权必究】
本书如有错页倒装等质量问题，请直接与印刷厂联系换书。印厂联系电话：010－69590320